バーバラ・ピム

幸せのグラス

芦津かおり訳

みすず書房

A GLASS OF BLESSINGS

by

Barbara Pym

First published by Jonathan Cape Ltd, London, 1958

第1章

教会で電話が鳴ったことにショックを受けたせいでしょうか、私はふとふり返りました。側廊の後ろのほうにピアーズ・ロングリッジの姿が見えます。オルガンの音色との対比で、電話の音はことさらにキンキン急きたてるように響きました。それまで教会で電話が鳴るのを聞いたことがなかったからか、とたんに気が散ってしまい、電話はどこにあるのだろうかとか、応える人はいるのだろうかなどと考えていました。ピーコックブルーの帽子をかぶった、小さくて猫背の女性が聖堂番を勤めているのですが、彼女が聖具室へ入っておそるおそる受話器をとる姿が目に浮かびました。少なくともこの場違いな騒々しい音は止むでしょう。そして彼女は、テムズ司祭は今お取り込み中ですとかご不在ですとか言うのかもしれません。実際のところ、電話の主だってそれくらいは察するべきです。というのも、今日はこの教会の守護聖人である聖ルカを祝う日なのだし、昼食時には、近隣に勤める人々や、朝のお勤めに間に合わなかった私のような怠け者のために礼拝が開かれているのですから。

電話の音はすぐに止みましたが、私はあいかわらず、いったい誰がかけていたのだろうと考えつづけました。そして、きっと司祭と付き合いのある金持ちの老婦人のどなたかが、ランチかディナーに誘ってきたのだろうと結論を出したのです。と、そこでこんどはまた違う種類のベルが鳴りはじめました。礼拝からずいぶん心が離れてしまったことを恥じつつ、とにかく集中しようと努めました。目を閉じて、三十三歳の誕生日を迎えた自分のために祈り、それから夫ロドニーや義理の母シビル、お祈りが必要だと思われる友人たち（漠然とではありますが）のためにも祈りました。そして最後の最後になって思い出したこともあります。教区誌でテムズ司祭が勧められていたことですが、誰か新しい助司祭が派遣されるようにお祈りするべきだったのです。次に目を開けたときには、側廊のほう――ピアーズ・ロングリッジらしき男性がちらりと見えたところです――を見やらずにはいられませんでした。彼は、私の大親友ロイーナ・タルボットのお兄さんです。

ロイーナはいつも彼のことを「かわいそうなピアーズ」と言います。というのも、彼の現状があまり満足のゆくものではなかったからでした。三十五歳という年齢のわりには多くの職を転々としており、若い頃の優秀さも活かされていないようでした。まだ結婚していないことも彼には不利に働いているようです。いったいどうして、お昼どきに聖ルカ教会にやってきたのでしょう？ そういえば、彼が最近になって学術書を専門とする出版社の校正の仕事に就いたとロイーナが言っていましたが、私はてっきりロンドン中心部のほうかと思っていました。私は彼のことをあまりよく知りませんし、最近はほとんど会っていません。建築鑑賞のために教会に入り、ついでに好奇心から礼拝にも出るというタイプの人がいますが、彼もきっとその手の人なのでしょうか。もう一度ちらりと彼を見やりました。小説で……というか、むしろ教区誌向けの短編などにありがちなのでしょうが、「孤独そうな人が、教会の後方にひざまずき、首をたれて祈っていた」といった文章をよく見かけます。ピアーズの場合は、興味深げにきょろきょろ辺りを見まわしていました。金髪で、鷲のような特徴をもつ彼はなんてハンサムなのでしょう……私はあらためて感心しながら、礼拝後に話しかけるチャンスはないかしらと考えていました。

そして、そのときがやってきました。長身でガリガリのテムズ司祭は、たっぷりとした白髪にとがった鼻をしたご老人です。彼はドアの横に立ち、ある青年には「じゃあ、また」と言ったり、他のいろいろな人に例の愛想のよい大声で話しかけたりしておられましたが、その横をすり抜けて職場に戻ってゆく人たちもいました。きっと彼らは、仕事前に大急ぎでお昼をかき込むか、せめてコーヒーを飲むくらいの時間はあるだろう、などと考えているに違いありません。

家から近いこともあって、この教会へはたびたび来ていたのですが、テムズ司祭と言葉を交わしたことはありませんでした。ドアの横に立つ彼のほうへと進みながら、今日は話しかけてもらえそうな気がしていました。ところが自分でも驚いたことに、切り出し文句さえ考えていなかったにもかかわらず、先に話しかけたのは私だったのです。私の言葉はあまり適切なものではありませんでした。「なんて奇妙ですこと！ 教会で電話のベルだなんて……。初めて聞きましたわ」そう切り出した後、私は口をつぐんで司祭の反応を待ちました。

テムズ司祭はまるで笑い出すかのようにぐっと頭を上方にそらし、「初めてですと？」と答えました。「ここの電話はしじゅう鳴りっぱなしですとも。もちろん司祭の家にも電話はありますがな。たいていは仕事の用件ですが、ときには親切なお友達が昼食会だのなんだのにご招待くださるんですよ。皆さん、実にご親切なことです！」

じゃあ、やはり私の想像は当たっていたのかもしれません。司祭の家には二人の司祭がお住まいです。招待されるのはきまってテムズ司祭だけで、ずんぐりむっくりで物静かなボード司祭には声がからないのでしょうか？　眼鏡をかけた丸顔のボード司祭は、やや教養のなさそうな声の持ち主。いつも大ミサの補佐役を務められますが、キャロルサービスでは朗読箇所を間違えたのかしらと思われることもありました。ボード司祭にだって、スモーク・サーモンであれなんであれ昼食会の料理を食べる資格はあるはずです。でも次の瞬間、あんがい彼はツナ缶のほうがお好きなタイプかもしれないと思ったのですが、あんな善良な方について、こんなつまらぬことを考えた自分が恥ずかしくもなりました。

「実を言いますとな、先ほどの電話は、こんど来られるランサム助司祭の件でしてな」テムズ司祭は続けました。「礼拝の後でスプーナー夫人が教えてくれたんじゃ。はっきりせんのだが、彼女の言葉から察するに、ひょっとするとランサム助司祭ご自身が電話してこられたのかもしれない。だが夫人はすこし、しどろもどろになられましてな……まあ無理もないが」

礼拝の最中に新しい助司祭自身が電話をしてくるというのは、幸先のよいことなのかしら、それとも彼にすこし配慮が欠けているということかしら、と考えてしまいました。

「来てくださる方が見つかってよかったですね」

「そう、われわれの祈りがかなえられたというわけじゃ、たいていの場合はそうなりますがな。もちろんまだ問題はあるんじゃが、計画通りに万事すすめば来月には来てもらえるはずです。そうしたら、冬の教会行事もすべて執り行うことができますわい。そのうちぜひいちど、夕飯前にシェリーでもいかがかな？」それから司祭は「それとも勉強会のどれかに参加されますか？」とつけ足されましたが、二つの選択肢は奇妙なほど対照的なものに思われました。「この秋は、南インドの問題をしっかり勉強しようと思っとりましてな……」そこで司祭の声がとぎれました。彼の目は私から離れて、横を通り抜けようとしている若者にくぎづけになっています。「やあ、ジェフリー、侍者をやる気はないかね？」司祭は大声で言いました。

　ジェフリーはおどおどした様子で、あまりやりたくはないといったことをモゴモゴつぶやきました。そして司祭が年配のご婦人――いつもポーチや戸口で聖職者を待ちぶせしているタイプです――につかまっているあいだに、するりと逃げてしまいました。

「ウィルメット」側で声がしました。「僕のこと覚えてないかい？」ピアーズ・ロングリッジです。私たちは十月の太陽の中へと並んで歩き出しました。

「教会の中で君に気づいたんだ。ぜったい君だって思ったよ」

「私も気づいてたんだけど、テムズ司祭に話しかけられてしまって」

「テムズだって？ ファーザー・テムズ……父なるテムズ川ってわけか」彼は笑いました。「かなり妙な名前だな」

「そうね、おかしいわね。でも今じゃ慣れてしまったわ。司祭自身も忘れてしまわれたようだし……妙な名前だってことをね。この教会にはよくいらっしゃるの？」

「いや、今日が初めてさ。ロイーナから聞いたかもしれないけど、ロンドンで、フランス語とポルトガル語の本を校正する仕事に就いたんだ。そのうえ夜は、熱心な事務員だとか中年女性だとかにフランス語やポルトガル語を教えてる。まったくＨ・Ｇ・ウェルズの初期小説*みたいだろ。そう思わないかい？」

「立派なお仕事ね」思い切ってそう言ってみました。

「まあ、なんとか生活していけるよ。君は聖ルカ教会のいわゆる「常連さん」なのかい？」

「そうね、この数ヶ月は通っているわ。あのね、うちの近くの教会はかなり「低いほう*」だから、とても我慢できなかったの」

「なるほどね」ピアーズも相槌をうちました。

　私たちはもうすこし歩きました。

「それで、そちらの近況は？　まだ結婚はしてないの？」私は明るく尋ねてみました。

「とんでもないよ！　そんな金がどこにあるって言うんだい？　それに、近頃の女性ってのはおっかないし、結婚に過大な期待をするみたいじゃないか。とても実現できそうもないほどの期待をね」それから彼はあわてて「もちろん、君がそうだと言ってるわけじゃないけどさ」とつけ足しました。「今日はとくに素敵だね、ウィルメット」微笑みながら私を見下ろす彼の視線は、なんとも意味深なものでした。

　彼の褒め言葉に嬉しくなりました。私はいつも身だしなみに気を使うほうですし、長身なのと目や髪の色が濃いこともあって、いつも人より目立つことができるからです。今日は黒い飾りがすこし付いた薄茶のドレスに、サンゴの宝石を合わせていました。近頃では、ロドニーが私の外見にコメントすることはめったにありませんが、ピアーズはその魅惑的な態度で、今の褒め言葉は本気に違いないと感じさせてくれました。交差点まで来て、じゃあここで、と言われたときには、とても残念な気持ちでした。

「仕事に戻らないと」彼はため息をつきます。「また会おうよ。そのうちランチでも」ためらいがちに彼はつけ足しました。なにか言わなければと思いながらも確約はしたくない、といった様子です。

「また、うちにも来てね」

「残念ながら、僕はいわゆる「社交的」な人間ではないからね」それから、彼はあわてて「でも、きっとまた会えるよ」と言いました。

「ええ、そうね。さようなら」

バスで買い物に行くことにしました。待っていたバスが来たので二階へ上がり、座席から外の通りを見下ろしていました。さほど進まないうちにピアーズが見えました。彼が入ろうとしていたのは、どう拡大解釈してもとても職場には見えない場所でした。パブ……というか「ワイン酒屋」です。よくあるおしゃれな名前の、酒や簡単な料理を出すお店で、たとえばポルトガルの「タヴェルナ」のような詩的な雰囲気を醸し出していました。実際ピアーズとロイーナ兄妹はポルトガル育ちだし、お父様がワイン関係の仕事をされていたことを考えれば、この喩えはなかなか的を射たものです。ピアーズのこれまでの経歴を記憶のかぎりたどってみました。たしかオックスフォード大学かケンブリッジ大学を出たのだけれど、最終試験の結果ががっかりするほど悪かったようです。学校の先生をしたり、旅行代理店の案内人をしたり、ひと頃はＢＢＣ〔英国放送協会〕に勤めたり、ポルトガル語辞書の編纂を手伝ったりもしました。実を言えば私は、この辞書の題扉から彼についてさらに多くを知ったのでした。

「ピアーズ・ロングリッジ。文学士。前大英博物館勤務。元英語講師」——名前は忘れましたが、ポルトガルのどこかの大学の講師です。それが今や「仕事に戻る」といいながら、午後二時にワイン酒屋にこっそり忍び込んでいる有りさま。過去の栄光はどこへ行ったのでしょう！（まあ、栄光があったとしての話ですが……）「前」や「元」といった言葉も、急にえらく悲しげに思われてきました。それに、バスからチラリと見えたピアーズの姿も、なんだかダラリとして、教会の薄暗い光の中で見たときよりもずいぶんやつれて冴えない感じでした。彼は店にすぐ入るわけではなく、しばらく舗道をうろうろして、道路に目をやったかと思うと、駐車の列をじっと見つめていました。とても奇妙な光景でしたが、そこでふと思い出したのです。ピアーズは車のナンバープレートに異常な関心があるのだとロイーナが言っていましたっけ。プレートの番号を数字順に一覧にするとか、もっと複雑なゲーム——たとえば自分のイニシャルの付いた車を見つけては、その後に続く番号を足して「幸運」占いをするなど——に使うとか、そんな風だったと思います。一人前の男性の遊び方としては、なんともバカげていますし、彼がそれをやっている現場をまるでスパイみたいに見つけてしまった自分も、なんだか性悪のように感じられたので、バスが動きだして、ピアーズがいよいよワイン酒屋に入っていく姿が見えたときにはホッとしました。

その後、いろいろなお店をうろついてから家路に着いたとき、自分の家がなんと立派で、なんと寒々しく見えるのだろうと思いました。そのような外観は、もちろん役人のロドニーにはぴったりなのですが、義母シビルには似つかわしくないように思えました。一緒にいてもうんざりしないタイプではありますが、彼女は世に言うところの「変わり者」です。正面扉を開けると、ちょうど彼女が玄関ホールに立っていました。ずんぐりした体型に四角顔の六十九歳、エネルギッシュでぶっきらぼうなタイプで、若い頃からずっと考古学に熱烈な関心を寄せています。だから地下の台所にある大テーブルが、パイ皿に盛られた陶器片であふれ返ることもしばしば。ラベル貼りと分類のために置いてあるのです。今、彼女は花を活けようとしているようでしたが、いかにも気乗りしなさそうなしかめ面で、いら立たしげにあちらこちらをいじっていました。

「ああ、ウィルメット、いいところに帰ってきてくれたね」彼女は言います。「どうも、私にはうまくできないんだよ。さりげない活け方にしようとしてたんだけど、菊にはどうも強情で性悪なところがあるようでさ」

「私がやってみますわ」私は手袋を取って仕事にかかりました。花を活ける才能はあるほうなので、技巧を凝らして「さりげなく」見せることができました。

「ノディが電話してきたよ。夕食に友達を連れてくるんだって」シビルが言いました。

「あら、お役所の友達かしら?」

「そうだろうよ。ノディの友達はみんな役所の人みたいだからね」彼女は、息子を少年時代のあだ名で呼ぶことに皮肉な喜びを覚えているようでした。「ノディ」だなんて、中年にさしかかりつつある役人にはまったく不似合いな呼び名のように思われますが……。だからこそシビルはこの名を使うのかしらと思ってしまうこともありました。

「あら、じゃあ着がえてこなくちゃ」

「あんまり綺麗にしすぎちゃだめだよ。だってほら、どうせ役人なんて自分の妻の服にも同僚の妻の服にも無頓着なんだからさ。もちろん、そんな風に十把一からげにはできないのかもしれないけどね」

「女性役人なら、それほど無頓着でもないでしょう」

シビルは笑いました。「例のご立派でおっかないご婦人方ね！ ノディがあんたに仕事をさせたくなかったのは、ああいうご婦人方のせいじゃないかってよく思うんだよ。ああいう風になってほしくなかったからじゃないかい？ ほら、ＥＲ〔エリザベス女王のこと〕の刻印のあるブリーフケースを抱えてセント・ジェームス駅やウェストミンスター駅で地下鉄から降りてゆく女たちさ」

「なかには結婚と仕事を両立させようとしている方もいるんでしょうね。ほら、ブリーフケースと買い物カゴを両脇に抱えて、おっかなそうだけれど不安げな顔をしている方もいるでしょ。まるで、仕事前に肉屋に行く時間はあるかとやきもきしていそうな感じの……」

「そうだね。でも独身女性だって食事はしなきゃいけないし、友達を夕食に招くことだってあるけどね」シビルは言いました。「新聞で読んだけどさ、このあいだ女性役人が、ファイリング・キャビネットの後ろで芽キャベツの下ごしらえをしているのを見つかったそうだよ。かわいそうに、帰宅後の貴重な十分を節約できると思ったんだろうにね」

「そうですわね」私は笑いました。「それから、スグリの下ごしらえや豆の莢むきも仕事場で簡単にできるんじゃないかしら。ファイリング・キャビネットで隠す必要さえないかも。あら！ ロドニーの鍵の音がしたわ、急いで着がえないと」

着がえを済ませて階下へ下りてみると、男性たちは客間でシェリーを飲んでいました。シビルは、着がえるほどの客ではないと判断したようで、もうその場に加わっていました。いずれにせよ彼女の服はいつも似たようなものばかり。服のスタイルといい色といい、これといった好みはなく、タバコの灰が落ちている以外は、わりと小ざっぱりしています。

堅物そうで、中年というにはすこし若めの男性が、暖炉の側に立っていました。ちょっとロドニーと似た感じでしたが、ロドニーのほうがハンサムだし、頭髪の減り方にも品があって、彼の年齢と役所での地位にふさわしいものでした。一方この男性は、白髪の交じりはじめたゴワゴワのイガぐり頭。

「ウィルメット、まだジェイムズ・キャッシュに会ったことはないよね？」ロドニーが尋ねました。

私たちは会釈を交わしました。ロドニーは私の飲み物を取りに窓際のテーブルへ行きました。

「ドライ・マティーニにするわ。シェリーの飲みたくなるお天気じゃないもの。ちょっと暖かすぎるのかしら？　十月なのに小春日和だしね」

不満げな表情がジェイムズ・キャッシュの顔にうっすら浮かびました。たぶん彼も、女はスピリッツ類を飲むべきでない、あるいは男女を問わず食事前にジンを飲むべきではないと考えるタイプの人間なのでしょう。

「私はジンを飲むときまって喉が乾くんだ」シビルは冷静に言いました。「ほんのちょっとだけでもね。なぜかしら？」

「ジン・ライムのほうがいいんじゃないかい？」ノイリー・プラット〔マティーニを造るのに使うフランス製ベルモットの種類〕のボトルに手をかけて、ロドニーがためらいがちに訊きました。

「いいえ、マティーニのほうがいいの、お願い」

「好きなものを飲ませておやりよ、ノディ。なんといっても今日はウィルメットの誕生日なんだからね」

「そりゃそうだ。そういえば、昼間グリフィン氏に会って、プレゼントの手配をしておいたからね」

「ありがとう、ダーリン」グリフィン氏というのは銀行の支配人です。さぞかし味気のない実務的なやりとりが交わされたことでしょう。まとまった額のお金が私の口座に振り込まれるのです。愛情から自然にわきでるロマンチックな贈り物ではありません。でも、お金のように堅実で無難なもののほうが、世の夫たち（たとえば私の友人ロイーナのご主人など）が贈る豪華なフランス製香水よりも、プレゼントとしてはよいのではないでしょうか。この取り決めそのものがいかにもロドニー的で、またイギリス人的でもありました。彼のそうしたイギリス人的な気質は、戦時中のイタリアで初めて出会ったときには、とても好ましく感じられたものです。あの頃の私はホームシックにかかっており、ジメジメしたイギリスの緑の墓地や、土曜の昼下がりに公園を散歩しながら交わす知的な会話などをとても恋しく感じたものです。

「ヒラリーが今夜来られなかったのは残念だね」ロドニーはやや堅苦しい口調で、ジェイムズ・キャッシュに言いました。

「病気なのかい？　さっきはよく聞こえなかったけど」シビルはぶっきらぼうに言います。

「いや、そういうわけじゃありません。産後まだ日が浅くてね」ジェイムズはかなりビックリした様子です。

「まあ、なんて素敵ですこと！」私はいかにも女らしい優しい声を出そうと努めました。「男の子？　それとも女の子？」

「男の子です」

「でかしたっ！　てわけだね」シビルは笑いました。

　私たちはグラスを空にして、ダイニングルームへと移りました。スモークサーモン、子鴨のロースト、スグリパイのクリーム添えなど、シビルが私の好物ばかり選んでくれていたことに感動しました。もちろん男性陣は、それが私のための特別メニューだとは気づかないで、どの料理も自分たち向けに用意されたと思っているのでしょうけれど。

「スグリにはどんなワインが合うのか、いつも頭を悩ませるんだよ」ロドニーは言い訳がましくジェイムズ・キャッシュのほうを向きました。「甘い物向きのワインより、すこし辛口のほうがいいのかと思って。それでいいのかな？」

　私はフフッと鼻で笑ってしまったのですが、それからロドニーが大真面目……というより、ほとんど恭しい態度で真剣に質問していたことに気づいたのです。だとすると、ジェイムズは例の退屈な「ワイン通」なのでしょうか？

「いやいや、実に見事に合わせてると思うよ、このワイン」彼は礼儀をわきまえた返事をしました。

「まあ、サモスワイン〔ギリシア・サモス島を原産地とする甘味の強い白ワイン〕みたいな、超甘口のワインでも悪くないだろうけどね。ああしたワインは、他に存在理由がないからな。スグリやルバーブと合わせて飲むためのワインさ。もしよければ、ひいきにしているワイン業者に訊いてみてもいいがね。かなり大胆で派手な合わせ方をするやつなんだ」

「ありがとう」ロドニーは大真面目です。「僕たち、とくに妻と母はスグリが大好きでね、あの手この手でスグリを食べるんだよ」

「女性に人気のあるフルーツなのかしらね」シビルが言いました。「ルバーブもそうだわ。女はすっぱくて厄介なものに手間暇かけるのを厭わないけど、男はそんなことをする価値はないと思ってるから」

男性陣はしばらく黙っていました。まるで、シビルの言葉にどう反論したものか、あるいはわざわざ反論するほどの価値があるものかと思案しているようでした。そして、反論の価値なしと結論づけたことは、ロドニーの次の言葉で明らかになりました。

「で、今日は何をしてたんだい、ウィルメット？　誕生日を楽しんだんだろうね」そして、まるで誕生日に妻を放ったらかした言い訳が必要であるかのように、ジェイムズに向かって「明日の夜は芝居見物の予定なんだ」とつけ足しました。

「聖ルカ教会の昼の礼拝に行ったわ。テムズ司祭に話しかけられたのよ。それからお買い物」

「この地区の教会はあまり「高いほう」じゃないからウィルメットの好みじゃないんだ」ロドニーが説明しました。

「あいにく僕にはどうでもいいことだけどね」ジェイムズが言いました。「教会にはまったく行かないから」

「私もだよ」とシビル。「二十歳のときにじっくり考えて出した結論さ。それ以来、変えようと思ったことはないね」

私はなにも言いませんでした。義母の冷徹なまでに大胆な不可知論は賞賛に値するものです。人生の終わりに近づきつつある人がそんな考えを抱くなんて、かなり度胸のいることだと思われました。夜更けに目が覚めて、怖くなったり死について考えたりすることはないのでしょうか？

「今日、礼拝の真っ最中に聖具室で電話が鳴ったんだけど、どうやら私たちの祈りが聞きとどけられたみたいなの。誰かよい助司祭さんが見つかりますようにって皆でこれまでお祈りしてきたから」私は説明しました。

「たしかに願いがかなえられることもありますよ」ジェイムズが冷静に言います。「ですが、それと同時に実際的な手段を講じる必要もありますね——主祭や聖職者推挙権をもつ人にちょっとお願いするとか、しかるべき新聞に広告を出すとかね」

「そうさ、チャーチ・タイムズ紙がいいよ」とシビル。「ふさわしい志願者の心をそそるような、うまい話を添えてね。法衣の支給、ローマ・カトリック風の儀式、礼服着用の立派な聖歌隊、青少年と関わるチャンス……なんて具合さ。でもまあ、最後の文句はよくないか。どんなことが起こるか見当はつくからね。大衆紙にでかでかと書きたてられたり、高級紙では短くひっそり扱われるような事件さ」

ロドニーは、警告するような視線をシビルに投げかけています。

「しかし、まったく気の滅入ることだよ」息子を無視して彼女は続けます。「ああいった哀れな人たちは、その後どうなっていくんだろうね。おそらく聖職は追われるのかしら……そういう決まりなんだろうね？　受け入れてくれる場所があればいいんだけど……。ああした罪深い人たちを更正させるのは気高い仕事だよ。この家だってそこそこ大きいんだから、四、五人は受け入れられるかもしれないね」

ロドニーと私はハラハラしながら彼女を見やりました。彼女は社会奉仕に熱心なのです。

「まさかお母さん、ここでそんな仕事を始めようっていうんじゃないでしょうね？」ロドニーはイライラした口調です。「それに、なんだか話がそれてしまってますし」

「たしかに脱線してしまったようですね」ジェイムズがクスリと笑いました。「ご婦人方にとっては、新しい司祭が来るというのはなかなか楽しみなことなんでしょう。彼は独身主義者ですか？」

「そうだと思いますわ。テムズ司祭もボード司祭も結婚されていませんから」私は答えました。

「司祭館で一緒に暮らしておられるのかな？」

「ええ、『司祭の家』と呼んでますの。教会と同じゴシック風の建物で、正面扉には『緊急時以外の訪問はお控えください』と書いてあるんです」

「聖職者の仕事ってのは、ぜんぶ急を要するものだと思ったけどな」とロドニー。「誕生、結婚、死、罪……ぜんぶ重大事ばかりだよ。まあたしかに、暇をもてあましたご婦人方が、慈善バザーだのなんだので押し寄せてくることもあるだろうがね」

「まあとにかく、こんどの助司祭が及第点に達していることを願うね」シビルは私のほうを見やりながら、あいまいな言い方をしました。「それじゃ私たちは失礼して、殿方にはポートワインと男同士の会話を楽しませてあげましょうかね？」テーブルを離れながら、彼女はつけ足しました。「女がポートワイン好きだと品がないなんて言われるんだから。それに、ポートワイン片手に男が交わす会話ってのは、女に聞かせるものじゃないらしいよ」

二人の男性に目をやった私は、微笑まずにはいられませんでした。二人ともあまりに堅苦しくて品行方正なタイプだからです。この二人ならきっと、ポートワインそのものについて議論してから、今日お役所であった出来事などについて話すのではないでしょうか。「女に聞かせるものじゃない」会話といっても、せいぜい女性タイピストの問題だとか同僚の不正だとかが関の山でしょう。

「今日、ロイーナのお兄さんに会ったんです」客間で二人になったとき、私はシビルに言いました。

「聖ルカ教会にいらっしゃったので、すこしお話ししました。それからバスに乗っていたら、彼がパブに入っていくところが見えたんですよ」

「おやおや」とシビル。そしてちょっと間をおいてから笑い出しました。「なんで「おやおや」なんて言っちゃったんだろう？　たしか彼にはどこか期待はずれなところがあったんだよね？　もう三十も半ばだろ。いくつになったら、人はありのままの姿を受け入れてもらえるようになるんだろう。五十代や六十代の人でも「期待はずれ」だったなんて言われるのかね？」

「たぶん三十歳までですね。この人ならすごいことをやるんじゃないかって期待するのは……。ひょっとしたら三十五歳までかしら」

「なんで彼は期待はずれなんだい？　職を転々としていて結婚してないから……そういうことかい？」

「ええ、そうだと思いますわ。だってほら、ロイーナは結婚してすっかり落ち着いているでしょう。子供も三人いて、ハリーはミンシング・レーン〔ロンドン中心部の商業地域〕で働いてますし」私はクスリと笑いました。「その、つまり彼はすごく堅実ないい方で、四代つづく家業をがんばって継いでおられるんですもの。ロイーナがハリーを選んだのはたぶん、ポルトガルで出会った男性たちとは正反対のタイプだったからじゃないかしら。ほら、なんとなくポルトガルの男性って、堅実で頼りがいがあるようには思えませんもの。そういえばピアーズは、昼は学術書の校正をして、夜はフランス語とポルトガル語を教えてるって言ってましたわ」

「あら、じゃあ、その教室に行ってみようよ」シビルは興奮して言いました。「来年の夏はポルトガルに行きたいって本気で考えてたんだよ。片言でもしゃべれれば役に立つだろ。こんど彼に会うときにちょっと訊いておいてくれるかい？」

「ええ、でもいつになるか分かりませんわ。ロイーナのところに泊まりにいくとき、ピアーズが来ているとは思えませんもの。ハリーは彼のことをあまり気に入っていませんから」

「そりゃあ残念だね。うちの夕食に招いたらどうだい？　きっと「堅実なるイギリス的家庭」を見てみたいんじゃないかね——うちもそう呼んでいいだろう。家庭生活は人にいい影響を及ぼすって言うしさ」

「まあ、初めての就職で地方からロンドンに上京した若い男女には、たぶんそうでしょうね。ＹＭＣＡや教会青年団の活動がない夜の時間を埋めるのには……。でも、ピアーズはそうした若者たちとはわけが違いますわ。そういえば、テムズ司祭が冬の夜間勉強会の話をされてましたけど、彼も参加する気になるかしら？」

「うーん、まずありえないだろうね」シビルは笑います。「でもその会、あんたにはいいんじゃないかい？　もし頭を使うような勉強会ならね」

「つまり、私にもなにかすることがあったほうがいいってことですか？」私はムキになってしまいました。というのも、ときどき私は自分の気ままな生活にやましさを覚えることがあったからです。子供がないのを後悔したことはありませんが、子供のいる友人たちの適度な忙しさを羨むことはあります。あの人たちなら「なにかやったら」などと言われることもないでしょう。

「そういうわけじゃないよ」シビルは穏やかに言います。「みんな自分のしたいようにすればいいのさ。あんたは毎日楽しそうに過ごしているからね」

実は結婚後、パートを一つ二つしてみたことはあるのですが、ロドニーは古いタイプの男性で、経済的に必要でないかぎり妻は外で働くべきではないという考えなのです。それに私はなんの資格も持っていないので、つまらない仕事をする羽目に陥るのも嫌だったのです。この秋には教会関係の活動にもっと関わるようにして、ピアーズ・ロングリッジとも近づきになり、できれば彼のクラスに通いたいとも思っています。それだけで毎日がじゅうぶん忙しくなりそうです。

「こんど厚生施設に一緒に行こうよ」シビルが提案しました。「前あちらに行ったときに、メアリー・ビーミッシュが訊いてたよ。あんたも関心あるだろうかって」

「ええ、ぜひご一緒させてください。きっと……」面白いでしょうね、と言いかけたのですが、あまり適切な言葉ではありません。切り出した文言を終えられずにいたところへ男性たちが戻ってきました。

「おやおや、殿方のお帰りだ」シビルが軽いあざけり口調で言います。「男性も女性も、それぞれ話題を変えなきゃね」

「僕らはこれまで遭遇した若いタイピスト嬢たちについて情報交換してたんですよ」ジェイムズはそ

う言いましたが、シビルの皮肉な視線を感じてつけ足しました。「いやいや、べつに大した内容じゃありませんがね」

「ちょうどジェイムズに話してたんだがね、ある娘《こ》がタイプした文書を僕がやんわり批判したことがあったんだ」ロドニーが言いました。「余白は二インチではなく三インチにしてくれと頼んだんだよ。実のところ、かなり大事なことだったからね。そうじゃなきゃ、わざわざ言ったりしないさ。「悪いけどこれではダメだよ、ピムさん」って言ったら、彼女は報告書を僕の手からひったくって、泣きながら部屋を飛び出していったんだ。後ろ手にドアをバタンと鳴らしてね。まったく、あれにはまいったよ」

「ひょっとして彼女、あなたに気があったんじゃないの?」妻にはあるまじき、関心なさそうな口調で私は言いました。

一瞬、皆が黙りました。それからジェイムズが笑い出したのです。「僕が請け合うよ、うちの課でその手のことはありえないな!」

彼が沈黙を破ってくれてホッとしました。ロドニーのほうを見やりましたが、彼はなにも感づいてないようです(もちろん、なにか感づくべきことがあれば、の話ですが)。

「お母さんはティアマリア〔コーヒー・リキュール〕がお好きですよね」彼はすらすらと尋ね、ボトルを取りました。「ウィルメットには甘すぎるんですよ」

ブランデーをグイッと喉に流し込んだら、むせてしまいました。それから私は厚生施設の訪問やメアリー・ビーミッシュのことを考えたのです。

第2章

メアリー・ビーミッシュの側にいると、私は自分がとんでもなく役立たずのように思えてしまいます。彼女はそういう人なのです。いつも他人のための善行に夢中で、「すばらしい！」と誰もが口をそろえて言うのでした。私とほぼ同年代ですが、小柄でかなりやぼったい格好をしています。おそらく、自分をよく見せようという気もなければ、そうする術も知らないのでしょう。うちの近所の集合フラットの一つにわがままな老母と暮らしていました。彼女は聖ルカ教会の教区評議員でもあり、委員会にもいくつか属しています。今朝の彼女ときたら（これはもう、私のような性悪な人間には我慢ならないのですが）献血に行って、しかもしっかり休まないうちに出てきてしまったようでした。シビルと私が厚生施設に着いたときには、彼女はイスに腰かけ、そのまわりを心配顔の女性たちがやきもきして取り囲んでいました。そのうちの一人が、紅茶の入ったカップを手に、どうしたものかと途方に暮れています。

「せめて二十分は休むべきだったのにね」厚生施設長のミス・ホームズが言いました。心配そうな顔をした長身女性です。「そんなに早く出てくるなんてバカだよ、まったく」

「しかも紅茶の一杯ももらわなかったなんて」レディー・ノラードが、持ち前の豊かな声で言いました。あの声を聴くといつも私は、誰か名女優がオスカー・ワイルド劇の未亡人を演じているところを想像してしまうのです。「まったく、いけない娘だよ。ほんとに」

「でも私、これまで何度も献血してますから」メアリーが弱々しくも明るい声で言いました。「いつもよりすこし早く出たからといって、そんなひどいことになるとは思わなかったんです。遅刻したくありませんでしたし……。なのにトロリーバス*に乗っていたらすこし目まいがしはじめて……」

「おやまあ、トロリーバスだって！」レディー・ノラードが恐怖の声を上げました。おそらく彼女は一度も乗ったことがないのでしょう。もちろん私もよく利用するというわけではありません。ロンドンでトロリーバスが走るような地区を訪ねる機会がほとんどありませんので。トロリーバスが、とんでもなく遠くのロマンチックで魅惑的な場所へ走っているように感じたことはありますが、かといって到着先でガッカリする（ほぼ確実にそうなるでしょう）覚悟で、実際に乗車してみるほどの勇気はありませんでした。

「かなりひどく揺れることがあるものね、船みたいにさ」とミス・ホームズ。

「私はね、そいつが好きなんだ」シビルがしわがれ声で言います。「それに、夜になると青い光を出すだろ、あれにもいつもウットリしちまう。さあ、みんなそろったようだから、ミーティングを始めたらどうかね？　あんたもすこし休めば気分がよくなるよ、メアリー」シビルはきびきびと言いました。「ホームズさん、謝辞はあるかい？」

ミス・ホームズは、いく人かの委員が出席できなかった理由を、不必要なほど細々《こまごま》と説明しはじめましたが、シビルがその蛇行をきっぱり止めて、ようやく会議は動き出しました。

　私が会合を苦手とする理由は、場にふさわしからぬ、関係のないことばかり考えてしまうからです。まずは進行中の議論をしっかり理解しようと努めるのですが、しばらくするとキョロキョロと部屋を見まわして、天井や暖炉付近にある素敵な彫刻や刳形《くりかた》を眺めたりしてしまいます。というのも、この厚生施設は、ロンドンでも十八世紀後期から十九世紀初期にかけて高級住宅街だった地区にあり、施設として使われている家も、当時の心地よい優雅さを多く残しているからです。とはいえ、どこもかしこも古びて荒れ果てた様子や、最新式のフラット群が爆撃の跡に立ち並んでいる様子に私は悲しくなってしまいました。もちろん、子供たちが街角の広場で走り回って遊べるようになったのはよいことに違いないのですが、その叫び声も笑い声も、彼らが住むことになる醜悪な住居を建てる機械の音にかき消されているのです。

「……お年寄りは魚があまりお好きじゃありませんわ」メアリー・ビーミッシュの声が聞こえました。「おかしいわね。うちの母もまったく同じなんです。お肉を必要とするみたいなの。でも、ふつうは七十を超えた人なら……」特有のほがらかな笑顔をかすかに浮かべて、彼女は肩をすくめてみせました。ビーミッシュ老夫人が大きなステーキをガツガツ平らげる姿や、骨付き肉をわしづかみする姿が目に浮かびました。そうやって元気を回復し、また娘をこき使ってはヘトヘトにさせるのです。シビルはあんなに独立心が強く、自分のことは自分でしてくれるのをありがたく思いました。それに私の母がもし生きていたとしても、ビーミッシュ老夫人がメアリーに強いるような過大な要求はぜったいにしないでしょう。

「でもね、週に一度は魚を出さなきゃならないんだよ」ミス・ホームズが困ったような口調で言いました。「毎日お肉を出す余裕なんかないもの。それに金曜はあきらかに魚を出すべき日だしね*」

「私が小さい頃には……」レディー・ノラードが言いました。「領地内の百姓のために、安くて栄養価の高いすばらしいスープ……というかブロス〔肉や野菜の入った薄い澄んだスープ〕がありましたわ。かなりお腹もふくれますしね。もちろん骨からダシを取るんですけど、たっぷり根野菜を入れますの。カブ類やニンジンなんかをね」

シビルがレディー・ノラードのほうをハラハラして見ているのに気づきました。レディー・ノラードはすぐに「労働者階級」だの「下層階級」だの、「貧乏人」などとさえ言い出しかねないので、シビルは警戒しているのです。

「ええ、もちろん美味しいスープも出してるんだけど」シビルは言います。「あいにく魚料理も続けなきゃいけないね。ホームズさんも言ったように、毎日肉料理を出す余裕はないですから。さて、次は青年クラブの話題だ、スポングさん?」

赤毛の若者が立ち上がり、かなり攻撃的な口調でなにか読みはじめました。彼の言うところの、クラブに忍びよる「厄介な要素」について議論が交わされ、そして会合は終わりました。気づいてみれば、結局私は会議中ひと言も口をきかず、目の前で行われている善行になんの貢献もしていませんでした。

「来てくれて嬉しいわ、ウィルメット」とメアリー・ビーミッシュ。「いつかフォーサイス夫人があなたを連れてきてくださらないかしらと期待してたのよ」

「ええ、あなたがそう言ってらしたとシビルから聞いたわ」そう答えてから、私は弱々しくつけ足しました。「でも、なんだか私には向いてないんじゃないかしら。献血のほうがいいかもしれないわね」

「あら、それはすばらしいわ！」メアリーは興奮して言いました。「もしほんとうにそのおつもりがあるなら、あなたの名前を伝えておくけれど」

「ええ、ぜひお願い」

「よかったわ。じゃあ私は急いで帰らなきゃ。母がランチをお待ちかねなの」

「かわいそうなメアリー」シビルが言いました。「あの娘には我慢することが多すぎるよ。年寄りがわが子の人生を自分に捧げさせるなんて、よくないね。それにエラ・ビーミッシュは娘の助けがほんとうに必要なわけでもないのにさ――金もたっぷりあるんだから、いびられ覚悟のコンパニオンでも雇えばいいのに」

「そうですね」私も相槌をうちました。「でも、メアリーってなんとなくつけこまれやすいタイプなんじゃないかしら。そういう人っているでしょ。それに実際、もし彼女がお母さまと善行に人生を捧げなかったとしたら、いったい何をしてたでしょうね？　結婚して子供でも産んでいたのかしら？　まあ、よく言われることですけれど……」

「そりゃ、自分の人生を生きていただろうさ。今の彼女の生活とたいして変わらなかったかもしれないけどね。今日は外でランチを食べようかと思ってたんだよ」シビルは続けました。「もう一時近いからさ。この店にするかい？」

　私たちは話しながら歩いていたのですが、まったく食欲をそそらない外観のカフェテリアの横で立ち止まりました。店のカウンター近くには短い行列ができています。シビルは堂々と店に入り、行列の最後尾に加わりましたので、私もそれに従うよりほかありませんでした。彼女は美味しい料理も知っているはずなのですが、自分自身に関するかぎりは見事なほど食に無頓着なのです。私はえり好みがはげしい……というか神経質ということもあって、自分ならぜったい入らないような場所にでも彼女に連れられてよく行ったものです。私は重いトレイを抱え、カウンター沿いをどうにか進みながら、もっとも害のなさそうな料理を選ぼうとしました。チーズサラダとバターつきパン、煮リンゴ、ブラックコーヒーです。

席が二つ空いているテーブルを見つけましたが、そこには若い男女がすでに座っていました。足元にはフライドポテトが散らかっていたようでした。私はポテトをひとつふたつ靴で脇へと寄せ、汚れたお皿をテーブルの隅に押しやり、そして腰かけました。

シビルは冷静かつ効率的にサラダのなかのレタスをチェックしはじめました。

「家でやるみたいにきっちり洗ってるわけはないからね」とシビル。「それは無理ってもんだよ。だってあんなに大量に用意するんだから。考えてもごらんよ！」チェックが終わり、シビルは放心状態で食べはじめました。まるで食べ物についての思考をパッタリ止めてしまったかのようです。

私はシビルほど完璧にレタスのチェックをする気になりませんでしたから、おっかなびっくり食べました。食べているあいだもずっと不安で、砂や虫が入っているのを想像したり、ぜったい食中毒になるわと確信して、症状が現れるのを観念して待ったりしていたのです。もちろん、症状が出るのに数時間かかることも承知していましたが……。周囲の客は並はずれてパッとしないように思われました。青年はソーセージとフライドポテトを真っ赤なソースでボトボトにしながら、とても低い声でガールフレンドに話しかけています。彼女も負けないくらいの低い声で「えっ、何て?」と訊きつづけていました。食事を済ませ、陽光の中へ出たときには嬉しかったです。

「どうだい、そう悪くなかっただろ?」シビルが穏やかに訊きました。「ちょっと歩こうか? こんなに気持ちのいい日だしね」

私たちは、開け放った窓のところに本を何列にも並べてある古本屋へやってきました。シビルは何冊か手にとって品定めを始めました。手袋をした手で本を取り上げ、タイトルを見ようとすこし本を顔から離すのですが、老眼鏡がないため、妙ちくりんで面白そうなタイトルに読めてしまうようです。彼女は読み上げました。「『パンに勝った日』、『バチカンで流した涙』……こりゃいったいどんな本なんだろうね? 昨日話題にしてたような気の毒な聖職者の自叙伝だろうか?」

「売れ残りの本を見ると、いつもなんだか悲しい気持ちになりますわ」私は言いました。「残っているのは売れゆきが悪かったからじゃなくて、がめつい出版社が早まって、とても捌き切れない分量を印刷したからだと思いたいものですわ」

シビルはオペラ歌手の自叙伝をななめ読みしていましたが、それを下に置きました。

「まったくすごい恋愛をしてるねえ、こういった女性たちは……」彼女はため息をつきます。「自分の人生がなんだかつまらなく思えちまうよ」

「そうですわね。でも自伝にしてみたら、私たちの人生だってきっとロマンチックに響くんじゃないかと思いますわ」私は言いました。「だって実際のところ、生まれて初めてのプロポーズで結婚する女性なんていないわけですし」

「あら、私はそうだったよ」シビルはあっさり言いました。「拒絶してみたかったけど、そんな機会はなかったもの。きっと、つらいものなんだろうね」

「ときにはそうですわね。でも、ちょっと得意な気持ちも交じりますわ。その男性が他の女性とはけっして結婚しなければいいのに……なんて思うんですけど、もちろん皆さんされますわ。しかも、お断りした後、がっかりするくらいすぐに結婚される場合もありました」

「ちょっと失礼」レインコートを着て眼鏡をかけた若者が、私の後ろから手を伸ばし、ちょっといかがわし気なタイトルの本を取りました。そしていそいそとページを捲りはじめたので、いわゆる「女らしい慎み」をもって、私は顔をそむけたのでした。

「さあ、家に戻って司祭宛の小包を仕上げちまうよ」とシビルは言いました。「厚生施設に来るといつもきまって、がんばろうって気にさせられるんだよね」彼女は、新聞の切り抜きでふくれ上がった財布を引っぱり出しました。不可知論者のわりに彼女は、貧困地区の司祭の嘆願文が新聞に載っていると見捨てておけず、皆にきっちり平等に古着類の小包を送ってやるのでした。

「エイドリアン・リアズビー＝ハミルトン聖堂参事会員」彼女は読み上げました。「こんどはこの人の番だね。聖アンセルムス教区Ｅ１〔イースト・エンドの貧しい地区〕……「このきわめて貧しい教区」って書いてるよ。こんなに高貴な名前の人が、こんな貧しい地区にいらっしゃるとはね！　ほら、高貴な生まれの人にはまだ、ヴィクトリア朝的な奉仕精神が健在ってことだね。「ベルグレイブにも清く気高き心はあり*」ってわけさ」彼女が大声で話すので、私たちのほうをふり返る人がひとりふたりいました。

「私のお古を居間にすこし置いておきましたわ」私は言いました。「私ももうちょっとしたら戻りますね」

「ミス・プリドーのお茶会に招かれてるのを忘れないでおくれよ。四時半だからね」別れ際にシビルが大声で言いました。

実を言うと、そのことはすっかり忘れていました。でも、まだまだ時間はあります。ありすぎるほどです。まだ三時をすこし回ったところでしたから。もし事務所勤めでもしていれば、そろそろお茶の時間でしょう。ロドニーやジェイムズ・キャッシュが勤める役所でもきっと今頃、スプーンがソーサーに当たる音や、トローリーがガタガタ動く音が廊下づたいに聞こえていることでしょう。まさに今この瞬間にも、ロドニーたちは引き出しや棚から自分のマグカップを取り出しているかもしれません。ときどき私は、自分がこぢんまりした事務所にいるところを想像して楽しむのでした。他の女性たちとどこかの部屋でお茶とビスケットを楽しみながら上司の悪口を言っていると、まさにその上司が、タイプミスのある手紙を手に飛び込んでくるのです。女性陣はティーカップ片手に立ったまま、彼に冷ややかな視線を投げかけます。そんななか、彼はいちおう言い分を述べるのですが、彼女らの不遜で無関心な態度にうろたえてしまいます。そして結局、上司の怒りは湿気た爆竹みたいにブスブスとくすぶったまま燃え尽きてしまい、彼はしどろもどろになる……そんな光景が目に浮かぶのでした。

ついに私はバスで聖ルカ教会へと向かいました。新しい帽子を買いたい衝動にうち勝って店を出てきた自分が、なんだか立派な人のように思えました。

教会の中は暗く暖かく、お香が強くたち込めていました。きざみタバコや安物のお茶と同じで、安いブランドのほうがきつい香りがするのかしら……などとぼんやり考えもしましたが、テムズ司祭ならぜったいに最高級のものしか使わないだろうと確信しました。かなり専門的な細かいことにもいくつか気づきました。どぎつい色に塗られたわれらが守護聖人の前にキャンドルが灯されていること、紫色の錦織カーテンのかかった告解聴聞席に、スミレ色の法衣がぞんざいに投げかけられていることなどです。この聴聞席にはテムズ司祭の名前が付されていました。助司祭たちの聴聞席はそれより劣ったものに見えました。たぶんカーテン素材がそれほど高級なものではなかったからでしょう。でも、助司祭の宗教的助言だって、司祭のそれとさして違いはないはずです。教会の中でひとりふたり、ひざまずいている人がいました。私もそれに倣い、はっきりしない祈り文句を唱えはじめました。そうした文句は、お祈りに慣れた人ならすぐに口をついて出てくるもので、心中の他の考えごと（たいていは信仰とはまったく関係のないことです）を追い払ってくれるのでした。

　しばらくして私は立ち上がり、小さな中庭へ出ました。そこでベンチに腰かけて、持っていた教区誌を読みました。まずはテムズ司祭の通信欄に目を通しましたが、それは例によって心配事をゴチャゴチャにぶちまけるような文章でした。宗教的なことがらと世俗のことがらが、まったくセンスなく押し合いへし合い詰め込まれており、でき上がった文章はほとんど滑稽ともいえるものです。万聖節〔諸聖人祭。十一月一日〕は義務の日だからミサに行かねばなりませんよと書いておきながら、同じ段落にある次の文では、新任の助司祭のために家具なしの部屋かフラット（「必ずしも独立していなくてよい」とのこと）を探しているといった、所帯じみた長話が続きます。「もちろんバスルームは自由に使えたほうがよい」そうですが、昼食と夕食は司祭の家で食べられるので、「軽い」朝食（「コンチネンタル」ですら可）以外にはなんの世話も必要ないと書いてあります。でも、こんなに勝手に決めつけてもよいものでしょうか。新しい助司祭が食欲旺盛な方という可能性も大いにありますし、早朝のお勤めの後には「軽い」朝食以上のものを食べる資格だってあるでしょう。そして司祭の通信はまた宗教関係の話題に戻り、〈謹厳なる晩禱と勤行〉への出席が嘆かわしいほど悪かったので、オルガン奏者のファスニッジ氏にわざわざペッカムから来てもらう意味がなかったといったことが書かれていました。そして最後は、〈教会の新年〉〔降臨節の第一日曜〕にはよりよきことがありますように、と締めくくられていました。ところが、その後にはまた取り乱した追伸があります。「ああ、なんということでしょう、われらが家政婦グリーンヒル夫人が私の書斎へ来て、辞めるとおっしゃいました。任務がきつすぎるうえ結合組織炎を患っておられるとのこと。たしかに、誰しも仕事の重圧を感じるものです。これは、まったくもって困った事態です！　どうか祈ってください。そして実際的な援助をお願いいたします。真にキリスト教的な任務に関心をお持ちで、ボード司祭と私の面倒を見てやろうとお考えのご親切な女性（または男性）はいらっしゃいませんか？　われわれには卵を茹でることくらいしかできないのです」

　二人がコンロ脇で煮えたぎる湯を不安げに覗き込み、それから時計を握りしめながら卵を鍋にそおっと入れる……そんな光景が目に浮かびました。卵が割れた場合どうしたらよいのか二人は知っているのでしょうか。私自身も知らないのですが……。

　それから次に、侍者たちのとても楽しい遠足についての報告を読みました。「コールマン氏と彼のハスキーに大いに助けられた」とのことですが、その表現には頭を悩ませました。ハスキーとはあの大きなシベリアン・ハスキー犬のことなのか、それとも車の種類かなにかでしょうか?……とそのとき、誰かが側から私を見下ろしているような気がしました。

「こんにちは、ミス……ミセス……ううむ……」テムズ司祭です。その首元には立派なマントが、ライオンの頭をかたどった金メッキの留め具で巻きつけられていました。まるで巨大な鳥が私の側に舞い降りたかのようです。「実はですな……」彼は続けました。「教区誌を読むあなたのお姿を見たときには、われわれの祈りがかなえられたと思ったんです」

まるでパーティーで軽薄なお世辞を言われたときのように、私は一瞬赤面しながらも得意な気持ちになりました。

「ちょうどグリーンヒル夫人がお辞めになる件を読んでいたところです」私は言いました。「どなたか家事をしてくださる方が見つかっていればいいのですが」

「いや、残念ながらまだなのです。だから今ちょうど、なんとすばらしいことだろうと思ったんじゃが。もし、私の熱烈なる訴えを読まれてあなたが……」そこで彼は言葉を止め、必死に懇願するようなまなざしを向けられました。多くの男性は——とりわけ聖職者は——女性をおだてて……というより脅して、お祈りに応じさせてしまうのかしらと思いました。このやり口はかなり成功率が高いでしょう。この私ですら一瞬、司祭の家に住み込んでお世話してあげようかしらという気持ちになったのですから。それからもちろん思い出したのです。自分が結婚していることや、大した家事をやってるわけではないけれど、それでもやはりロドニーの元を去るわけにはいかないことを。それにスキャンダルの心配なしに司祭二人と一緒に暮らすには、明らかに私は若すぎます。なのになぜテムズ司祭は、私が適役だと思われたのでしょう？　ひょっとすると私があまり若く見えなかったのでしょうか。そう考えると動揺してしまったので、急いでその考えを打ち消しました。厚生施設に午前中いたので一時的に老けてしまったのに違いありません。

「でも、私は夫の面倒を見なければなりませんので」私は言いました。

「その通り、ご婦人方にはご主人がおられますからな」司祭はすこしすねた口調です。「あなたが自由の身だという考えは、ちと虫がよすぎましたな。じゃが、クーパー〔十七世紀の詩人・讃美歌作者〕も言うように、きっと神の不思議なご加護があるでしょう。ひょっとしたらある日、見知らぬ方がここに座って教区誌を読んでおられるかもしれません。ちょうどあなたがなさっていたようにな」

「どなたかふさわしそうな方がいたら、かならず連絡しますわ」私は無難にその場を切り抜けようとしました。「実際、そうしたお仕事を探しておられる方に出会うことも、ときどきありますし」なにを血迷ったか、私は一瞬ピアーズ・ロングリッジのことを考えました。もし彼が校正の仕事を失くした場合のことです（そして、その可能性はけっこう高そうです）。「男性の家政夫でもよろしいんですか？」私は尋ねました。

「ああ、性別は問いませんぞ、もちろん」テムズ司祭はもみ手をしました。

家まで歩きながら、ランサム助司祭はどうしてテムズ司祭やボード司祭と一緒に暮らせないのだろうと考えました。司祭の家には場所はたっぷりあるはずです。

シビルは居間で、ロドニーの古いスーツをたたんで、まとまった包みにしようと格闘していました。

「これを寄付していいかって訊いたとき、ロドニーはすこし迷っていたんですよ」私は言いました。「あの人、古い物をずっと持っておくのが好きなんですよね。間違いなくこの二年間は一度も袖を通していないのに」

「黙っておけばいいのさ」茶色の紙で包みながらシビルが言いました。「聖職者にうってつけのグレーなんだから。司祭の家の誰かに取られちまうかもしれない。さて、そろそろミス・プリドーの家に行く身支度をしなきゃね」

お茶会に行くのはあまり気が進みませんでしたが、ミス・プリドーは私にとって、妙に興味をそそる存在ではありました。彼女といえば「困窮した貴婦人」という言葉がいつも思い出されるのですが、その表現は実は正確ではないのです。たしかに彼女は「貴婦人」ではありましたが、困窮とか衰退というよりは、「煮つめる」という言葉が彼女の現状をうまく言い表していると思います。ちょうどお料理で、不要なものを煮つめて濃くする、そんな連想をもつこの語のほうが、彼女にはピッタリくるのです。

彼女の場合、煮つめた後の残りかすは、華やかなりし時代にヨーロッパで家庭教師をしていた頃の鮮明な思い出でした。彼女はどうやら最良の部分だけを覚えておられるようで、ときに誇張しているとか、大嘘つきだとか悪口を言われることもありました。「うちのワイン園で作ったキアンティが、毎日二リットルも学校の教室に届けられたんですのよ」彼女がそう言っているのを聞いたことがあります。それに、歴史的事件の驚くべき内情や真相*——たとえば、一八八三年のあの冬の夜マイヤーリングの猟小屋でほんとうは何が起こったのかといったこと——を知っているといわんばかりの口ぶりをされることもありました。

ミス・プリドーは小柄で猫背、干からびた感じの女性です。その日の午後気づいたのですが、ロドニーの古いスーツがおそらく司祭のものになるのと同じように、前回の慈善セールに私が出したラヴェンダー色のカーディガンも彼女のものになったようで、すでに身につけておられました。ほとんど新品に近く、実のところ慈善セールに出すのはもったいないなかったのですが、色がどうも気に入らなかったのです。『ヴォーグ』だか『ハーパーズ』だかの女性誌が「この春はラヴェンダー色」とあおっていたのでつい意気込んで買ってしまったのでした。慈善セールの委員の女性の誰かが、いちばんよい品物をいくつかミス・プリドーに優先的に見せてあげたとしか思えませんでした。彼女のようなか弱いご老体が、慈善セールの荒々しい人ごみにもまれる様子など、とても想像したくなかったのです。それに、彼女にとっては慈善セールなど考えるだけでも嫌なものに違いありませんし、彼女が自分からあそこへ足を踏み入れるとは、とても考えられませんでした。

ミス・プリドーは、昼食会やお茶会の場合は家の中でも帽子をかぶる世代の方でしたので、私たちを迎え入れてくださったときも小さな黒いツバなし帽をかぶっておられました。ニオイスミレの造花がしゃれた角度でピン付けされています。例によって頬紅はかなり濃かったです。

彼女の小さな「客間」(と彼女は呼んでいましたが、実際は賃貸のワンルームフラットです)には、おみやげ物や、銀の額縁に入った写真が散らかっていました。写真には、ヨーロッパの皇室つながりの人々も間違いなくいたようですが、どの写真が皇室関係の方で、どの写真がミス・プリドーの親戚なのか見分けがつきませんでした。皇室の方たちの額縁にはたいていい大きな署名が添えられていたこと以外にあまり違いはなかったのです。

「デンビー卿をお待ちする必要はありませんわ」彼女は言いました。「お茶を入れますわね。きっと今日もお忙しくて遅れておられるのでしょう」

「誰にでも忙しい日はあるもんだね」シビルは言いました。「引退した外交官にだってね。デンビー卿は毎日どういう風に過ごしておられるのかね？」

「自叙伝を書いておられるんです。もちろん」ミス・プリドーの声に皮肉な響きはありませんでした。「それでかなりお忙しいみたいですのよ。それにほら、聖ルカ教会では司祭選出の委員にもなっておられるでしょ」

「テムズ司祭は新しい家政婦さんを見つけるのに苦労されているようですわ」

「かわいそうなオズワルド」とミス・プリドー。「次から次に問題が起こりますからね」

テムズ司祭がファースト・ネームで呼ばれるのを聞くといつも驚いてしまいます。彼もミス・プリドーをオーガスタと呼ぶのでしょうか。

そのときです。呼び鈴が鳴り、まもなくデンビー・グローテ卿が、今日はまったく冷え込みますなといわんばかりに手をこすり合わせて部屋に入ってこられました。とにかく彼はすべてにおいて（片眼鏡にいたるまで）〈引退した外交官〉を絵に描いたような風貌をされていましたので、私は一度たりとも細かく描写する必要を感じたことがありません。それにしても意外なのは、彼とミス・プリドーの親交です。後者は、貴婦人とはいっても外国でたかだか家庭教師をしていただけ。一方の彼は、そうした国々でずいぶん高い地位にいらっしゃったわけです。唯一考えられるのは、ちょうど人の死と同じく、引退というものが身分の差をならしてしまうということ。だから互いの身分差を忘れて、君主の誕生祝いに大使館で催されたガーデン・パーティーだとか、ごく限られた人だけが語りうる、その手の行事の思い出話に興じることができるのではないでしょうか。

個人的にはデンビー卿は退屈な方だと思っていましたし、薄い中国茶を儀式的にすすり、ショートブレッドをかじるお茶会はちょっとした試練でした。さいわいシビルが五時半すぎに帰り支度を始めました。

「ええっと、デンビー卿、リスボンにはいらっしゃったのでしたっけ?」手袋をはめながらシビルが尋ねます。「この冬、ウィルメットと二人でポルトガル語教室に通おうかと思ってるんですがね」

「「リスボンにいらっしゃったか」ですと?」デンビー卿は問いをくり返します。「リスボア……ああ、おりましたとも。ずいぶん前のことですがね。気候はすばらしいが、言葉はきわめて難解です。たぶんご婦人方の手には負えないかもしれませんな」

ミス・プリドーはちょっとつまらなそうな顔をなさったので(もちろん貴婦人らしく、ではありますが)、きっとリスボンはご存じないのだろうと判断しました。

「あちらでロングリッジという家族をご存じでしたか?」私はデンビー卿に訊いてみました。

「いや、記憶にありませんな」卿はそう答えてから、感慨深げにつけ足されました。「ロングボトム……めずらしい名前ですな」

わざわざ訂正する必要も感じませんでした。いずれにせよシビルと私はもう戸口から出てゆくところだったのです。

ねました。

「出るときテーブルに小さな包みを置いてらしたけど、あれは何ですの？」表に出てからシビルに尋
「コーヒー半ポンドばかりと、彼女のお気に入りのエジプト製巻タバコだよ」

「今日はたくさん善行をなさってますわね。まずは厚生施設でしょ、それから困っている司祭様、そしてミス・プリドー。私もそういう風になれればいいんですけど」

「きっとそういう日も来るよ」シビルは自信たっぷりです。「善行なんて中高年になってするものだよ。若いときは考えなくていいさ」

ひょっとしたら今晩にでも善行の喜びを味わうチャンスが訪れるかも……などと考えていたのですが、実のところその推測はあながち外れていませんでした。

帰宅したロドニーは、なにか気がかりなことがある様子でした。ふだんはシビルも私も、役所での日々の仕事についてロドニーに尋ねたりしないようにしていました。きっと極秘事項で話せないか、極秘でない場合はつまらなすぎるのだろうという印象を（間違っているのかもしれませんが）抱いていたからです。でもその日のロドニーは、胸の内を打ち明けたがっているように感じましたので、私は軽い口調で「どうかしたの、ダーリン？　ピム嬢がまた癇癪をおこしたの？」と尋ねてみました。

「いや、そうじゃないんだ」彼は答えました。「僕の部署の男性のことなんだ。実のところ僕とはなんの関係もないんだけど、なんとなく責任を感じてね。あそこでの仕事には向いてなくて、現にクビになっちゃったんだよ。だから、なにか別の仕事を見つける手伝いをしてやるべきかと思うんだ。とはいえ、どんな仕事がいいのか見当もつかないよ」

「その人、どんなことができるんだい？」シビルは例によって現実的です。

「うーん」おぼつかない様子のロドニー。「どうかなあ。少なくとも役所でやってたような仕事には向いてないね。アングロ・カトリック派の信者で料理好きだよ」彼は笑いました。「そんなところかな。残念ながら、それ以外はなにも知らないよ」

「あら、それはけっこう期待できそうだわ」私はそう言い、テムズ司祭が家政婦を求めておられること（「性別は問いませんぞ、もちろん！」とおっしゃっていました）や、ふさわしい方がいれば司祭に知らせる約束をしたことも夫に説明したのです。

「たしかに可能性はありそうだな」ロドニーは言いました。「ちょっと話ができすぎのようにも思えるがね。じゃあ僕から彼に、司祭に連絡をとるように言ってみようか？　それが最善の方法かな？」

「ええ、そうしてちょうだい。ものは試しよ。あんがい彼にピッタリってこともあるかもしれないし」

「哀れなベイソンにピッタリの職があるとはとても思えないがな」ロドニーは言いました。「でも君の言う通り、ものは試しだからね」

「その人の名はベイソンかい？　それともベイコン？」シビルがクスクス笑います。「だとしたら、縁起がいいかもしれない。少なくとも家事には向いてそうに聞こえるよ」

「もし私たちの祈りがこんな形でかなえられたら、なんて素敵なのかしら」私は言いました。「テムズ司祭がそのうち日曜朝のミサで、お説教壇からこのことを公表なさったら、さぞかし誇らしいことでしょうね！　まるで私の人生が肯定されたみたいに感じるかもしれないわ」

第3章

金曜の午後、ロイーナやハリーと過ごす週末にわくわく胸を躍らせながら、私はグリーンライン・バスに揺られていました。ラッシュアワーを避けるように気をつけたので、お茶の時間までにはあちらに着くでしょう。バスはあかぬけた住宅地域を走り抜けて、そろそろ田園地帯に入ります。田園……といっても、実のところ野趣には欠けるのですが、木々のあいだからアーサー王伝説に出てきそうな神秘的な湖もチラリと見えました。その向こうにある立派な邸宅は、今ではカントリークラブに改修されて、看板によるとスイミングプールとアメリカ式のバーを備えているそうです。

目的地のバス停に着くとロイーナが水色の小型車で迎えに来ていました。おそらくジャガーは、ハリーが駅かミンシング・レーンに行くのに使っているのでしょう。三人の子供サラ、バートラム、ペイシャンスは後部座席に詰め込まれ、小さな子に特有の食い入るような目で私を見つめていました。

「ウィルメット、嬉しいわ!」

身だしなみのよい、すらりとした若いイギリス人女性が二人、サリー州の道ばたで抱擁している……きっと私たちは、なかなか美しい「絵」になっていたことでしょう。ロイーナも私と同じくらいの長身ですが、青い目にブロンドという典型的イギリス人の風貌をしていました。戦時中のイタリアで婦人部隊に勤めていたときに私たちは知り合ったのです。それぞれの夫ともそこで知り合いました。あの頃の彼らは、颯爽とした人目をひく少佐でしたが、今ではハリーは毎日ミンシング・レーンに出勤し、ロドニーは九時半から六時まで役所で仕事をしています。二人ともイタリア時代より髪も薄くなって贅肉もついていました。ロイーナと私はそれほど変っていないと思いたいところです。

私たちは車に乗って、居心地のよさそうな大邸宅へ向かいました。エリザベス朝スタイルの建築で、正面扉の上の石には「1933年」と彫られていました。庭は広くてレイアウトも素敵です。ハリーは、ほんとうは芝生の上に杉を植えたかったようなのですが（生家の庭がそうだったようです）、杉よりも早く育つといわれるチリマツを次善の策として選んでいました。専属の庭師を雇っているので、家はつねに美しい鉢植えでいっぱいです。玄関ホールには早咲きの菊、サクラソウやシクラメンがあり、その美しさにうっとりさせられました。

「いつもの部屋よ、ウィルメット」ロイーナが言いました。「あなたの荷物はサラに運ばせるわ。あなたが来るのをすごく楽しみにしてたのよ」

サラは九歳になるぽっちゃりした色白の少女。私のバッグを抱えて、階段をヨタヨタと上がってきました。なにか声をかけようとしましたが、彼女とその名づけ親である私のあいだには、とりたてて神秘的なつながりは感じられません。子供に話しかける場合、無理して不自然な会話をする必要はないと思っていますのでごく陳腐な言葉をかけたのですが、それで彼女はご満悦になったようで自分のことをペチャクチャと話し出しました。同年齢の子と似たり寄ったりの、他愛もない内容です。

部屋で独りになれてホッとしました。部屋からは庭が見渡せ、マホガニーの家具はピカピカに磨かれています。ピンク色のシーツとタオル類、そして洗面所にはテンジクアオイの香りのする石鹸が置かれていました。ロイーナはいつも私のお気に入りの品を覚えていてくれます。部屋はとても居心地がよくて、なんだかうちの自分の部屋よりも快適にさえ思えたほどです。たぶんそれは、私が独りでいられる部屋だからでしょう。ベッド脇のテーブルにはロイーナが読み物を置いてくれていました。高級雑誌類に、綺麗な装丁の新しい小説が二冊。

客間ではお茶の用意ができていました。子守役のイタリア娘が子供たちを連れていってくれたので、ロイーナと私は思う存分おしゃべりを楽しむことができました。家具や小物がごちゃごちゃと感じよく散らかった部屋は、ほとんどエドワード朝風です。ロイーナは母親の遺品を受け継いだのですが、ちょうど彼女の母親がその母親から受け継いだ物を捨てられなかったのと同様に、ロイーナもそれらを処分する気になれなかったのです。陶器がたくさんあり、その一部はかなり醜悪なポルトガル製でしたが、感傷的な理由で捨てられないのだそうです。そうした物に混じって、チェルシーやドレスデン、マイセンなどの名陶もありました。グランドピアノの上には、銀の額に入った写真がたくさん並んでいましたが、ミス・プリドーの部屋のものとはずいぶん違います。ロイーナの両親、子供時代のピアーズとロイーナ、そして十九歳のロイーナの写真もありました。これはメイフェアーの売れっ子写真家に撮ってもらったもので、ツイードを着て真珠をつけた彼女には、なんだか神秘的なオーラが漂っていました。軍服姿のハリー、いろいろな成長の過程で撮った子供たちの写真。婦人部隊の制服を着た私の写真までありました。

「さて」ロイーナがリラックスした調子で言います。「最近どうしてたの？ ぜんぶ言っちゃいなさいよ」

「あら、とくになにもないわ、ほんとに」私は答えました。互いに胸の内の秘密ごとを打ち明けあった日々はもう過去のものとなったのです。それとも、そうした日々ではなく、秘密そのものが過去のものとなったのでしょうか。そう思うと悲しくなりました。「手紙にも書いたけど、聖ルカ教会でピアーズに会ったわよ。あれにはびっくりしたわ」

「ああ、かわいそうなピアーズ。今じゃもう彼がなにをやっても驚かないわ。こんどこそは……って祈っておきましょう」ロイーナは片手を高く上げて、どうしようもないといった風にその手を落としました。

「かなり堅実な仕事を二つやってるみたいね」私は言いました。「とてもしっかりした出版社の校正でしょ、それに夜間教室でフランス語とポルトガル語も教えているとか」

「ええ、まあね。校正のほうは飽きさえしなければ大丈夫かもしれないわ。だけど先生には向いてないからね。話すのはとても上手だけど……。不労所得が月々きっちり入ってくるのに向いたタイプなのよ」

「財産持ちと結婚するかもよ」と私。

「まあ、結婚ですって！ そんなこと、とうの昔にあきらめたわ。ふさわしそうな女の子を、いったい何人紹介しようとしたことか！」ロイーナはため息をつきました。「たしかに、退屈きわまりない娘がほとんどだったけど、財産持ちばっかりだったのよ」

「シビルと私で、あの人のポルトガル語教室に行こうかと思っているの――シビルは、ポルトガルのバカンスも素敵だろうと思っててね」

「知り合いが授業に来るとなったら、ピアーズもがんばって教える気になるかもね。とはいえ、なんでポルトガル語なんて習いたいのか、私にはさっぱり分からないわ」

「あなた、シビルがどんな人だか知ってるでしょ?」

「ええ、ハリーのお母さんとは正反対だわ。彼女ときたら、家のシーツやテーブルクロスのことと、子供用の編み物のことしか頭にないんだから。そういえば、今週末ピアーズに遊びにくるように言ったのよ。でも返事もしてこないわ」

「ひょっとして不意うちで現れるんじゃない」

「そうね、まったく彼らしいわね。あ、そうそう!」ロイーナは身を乗り出し、青い目をキラキラさせました。「不意うちといえば、先週街へ出たとき、ピカデリーで誰に会ったと思う? ロッキーよ!」

「まさか、ロッキー・ネイピアじゃないでしょうね?」

「そうよ、あの、いとしのロッキー様よ」

私たちは押し黙って、うっとりと昔を思い出しました。というのも、イタリアにいたときロッキー・ネイピアという将軍付きの副官がいて、短期間ではありますが私たちは二人とも彼に恋していたのです。

「すごいわね! それで、どうしたの?」

「一杯やろうって誘われたので、もちろんついて行ったわ。ハリーのお母さんとフォートナムでお昼を食べることになってたというのにね。バーでドライ・マティーニを二杯飲んだの。ところがね、私なにも感じなかったのよ！」

「え？　ロッキーのこと？　それともお酒のこと？」

「ロッキーのことよ――なんか悲しくない？　彼に恋してたあの六週間はあんなにもがき苦しんだっていうのに！」

「たったの六週間だっけ？」

「そうよ、だってその後ハリーと知り合ったんだもの。ロッキーに書いたあの手紙――ああ、今となっては恥ずかしいったらありゃしない。ダンの詩とか引用しちゃってさ……「あのような愛の後には、もはや誰も愛することはできない……」なんてね。女ってなんてバカなんでしょうね！」ロイーナの目はさらに輝きを増しました。「マティーニをすすりながら、ずっとあの手紙のことを考えてしまったわ。それにしても、なんでカクテルを「すする」なんて言うのかしらね？　実際のところは、間違いなくガブ飲みしてたんだけど」

「ロッキーがあの手紙のことを覚えているとは思わないわ」意地悪というよりは慰めのつもりで私はそう言ったのですが、実際には両方の動機がすこしずつ混ざっていたのかもしれません。

「そうね、そう考えると気が楽だわ。わんさか手紙をもらったでしょうしね。今は、あのおっかない奥さんと田舎に住んでるんだって。それに子供が一人いるんだって、考えてもみてよ！」

「あら、あなたには三人もいるじゃない」

「そうね、私はついてるわね。あなたに子供がないのは残念ね、ウィルメット」そしてロイーナはおそるおそる訊きました。「気にしてる?」

「すこしはね。なんだか自分が役立たずのような気がするもの。でも、やることがたくさんあって、毎日忙しいわよ」

「そりゃ、そうよ。あなたはダラダラしたりしないもの。それに、私なんかよりよっぽど頭もいいんだしね。ほら、ハリーだわ! 車の音が聞こえたもの。あなたにとても会いたがってたのよ。でも、まずダイニングルームに行って大きなグラスにピンク・ジンを作るの。それから、とても注意深くそのグラスを手に持ってこの部屋へ入ってくるわよ」

ハリーは、ロイーナが予告した通りの行動を取りました。彼は背が高くて色黒の三十九歳。髪には白いものが交じりはじめています。ナポリ近くのどこかの士官談話室で、ハリーの背中に立って天井に名前を書こうとしたことがありましたが、あの頃に比べると彼の物腰はずいぶんと気取ったものになっていました。

「ウィルメット、会えてほんとに嬉しいよ。あいかわらず美しくてエレガントだな。次はロドニーも連れてこいよ」

「ええ、あの人とても来たがってたんだけど、今週末は仕事で無理だったの」

「なんたる生活だ。まったく、あいつら役人はどうやって我慢してるんだろう?」

「ミンシング・レーンのほうはいかが?」と尋ねながら、軽いあざけり口調を交えずにはおられませんでした。

「悪くないよ、ありがとう。実際なかなか調子がいいんだけど、詳しくしゃべって退屈させたりはしないよ」

ハリーは知的なタイプではありませんでした。悩めるインテリ男性は刺激的ではあるのでしょうが、彼のようなタイプのほうが女性をホッとさせてくれるものです。一日の終わりにとても興味深い会話を妻にしてくれることはないかもしれないし、ひょっとしたら食後もすぐウトウトしてしまうのかもしれませんが、それでも彼は頑強で頼りになる存在でした。もちろん、それは彼が給料をきちんと稼いでくれて、奥さんが同じ政党を支持している場合に限りますが。

夕食はすばらしいものでした。料理上手のロイーナはもっと珍しいものにも挑戦したいのですが、ハリーと子供たちからのプレッシャーで質実剛健な英国料理を作らざるをえないのです。

「うん、なかなか美味《うま》そうだな」骨付きの仔牛肉が食卓に運ばれると、ハリーが言いました。「仔牛は好きかい、ウィルメット？」

「あらあら、忘れてたわ。今日は金曜日だわね」ロイーナは残念そうに言いました。「あなたの行く高いほうの教会の司祭様は、魚を食べるようにおっしゃる？」

「そうでもないわ」私は答えました。「でも、もちろんボード司祭も彼も今晩はお肉を食べないようになさっているでしょうけれどね」そのとき突然、司祭の家の台所に二人が立っている様子が目に浮かんできて、なんだか不安になりました。二人の司祭がカレイかタラの切り身を調理しようとしている姿です。たぶん最終的にはイワシかスパゲティの缶詰を開けねばならなくなるでしょう。もちろん、外で食べようということになれば話は別ですが……。あるいは、もう家政婦が見つかっているのかもしれません。もしテムズ司祭がベイソン氏の面接をして採用を決めていたなら、なんとすばらしいことでしょう。きっと今頃は、ベイソン氏が美味しいヴェロニカ風舌平目を作っているかもしれません。彼がキッチンテーブルでぶどうの皮をむいている姿が脳裏に浮かびました。もちろん彼の風貌は想像もつきませんが、彼の指──料理好きのアングロ・カトリック派信徒にいかにも似つかわしい、長くて繊細な指──がぶどうの種を取り除いている様子が目に浮かぶのでした。そう思うだけで笑みがこぼれてしまったので、ロイーナとハリーにもそれを話しました。

「聖職者はみんな結婚してたほうが、よっぽどいいのにな」ハリーは独断的です。「僕らの教区にこんど来た司祭も厄介そうだよ」

「結婚してらっしゃるの?」

「ああ、してるよ。でも高教会派に傾いていてね。まだ実践に移すチャンスはあまりなさそうだけどね」

「あら、でも高いほうの礼拝がいちばん興味をそそるわよ」私は弱々しく言いました。

「ピアーズもいつもそう言ってるわ」ロイーナが言います。

義兄の名前が出ると、ハリーは怒ったように鼻を鳴らしたので、私たちは話題を変えたほうがよさそうだと判断しました。

夕飯後は客間でコーヒーを飲み、テレビ番組を見ました。アナグマの生態に関する映像で、アナグマたちが薄明かりの中、シャクナゲの茂みと思われる場所を鼻で掘り回っているところが映されていました。でも解説者によれば、実際のところそれは薄明りではなく、木からつり下げた照明の光だったそうです。というのも、アナグマは夜にしか出没せず、自然光では撮影できないのだとか。薄暗がりに映る長く悲しげな顔をしたアナグマたちには、どこかしらメランコリーなところがありました。このお楽しみ（と呼べるとしての話ですが）も半ばを過ぎて気づいたのですが、ハリーがソファー上でにじり寄ってきて、私の手を握っていたのです。それに気づいたとたん私は、まずいら立ちの気持ちを覚えました。まったく性懲りもないバカな男……アナグマに似ていなくもないわ、と思いました。でも、その次には得意な気持ちと、すこしばかりの罪悪感を感じました。ロイーナは裁縫台の側の小さな灯りの中、テレビには一瞥もくれず、ペイシャンスのドレスのひだ飾りを付けるのに夢中です。

私はそっと手を引っ込めました。結局のところ、ハリーはそれほど堅実で頼りがいのある男性ではなかったのかもしれません。イタリアにいるあいだも、ずっと私に気があったのでしょうか？　そう考えながら私は、アナグマ的な薄暗がりの中、ひとりでニンマリしていたのです。

「今日は傑作だったよ」ハリーが大声で言いました。「スモレットとランチをしていたんだがね、あいつが牡蠣を一ダース注文しようなんて言うんだ。もちろん、僕と牡蠣の間柄は君も知ってるだろう？」

「そりゃそうよ！」私は言いました。というのも、ハリーも私もどちらも牡蠣にあたったことがあり、そのひどい体験について何度も親しげに思い出話を交わしたことがあるからです。

「ダーリン、また牡蠣の話なの！」ロイーナが絶望的な声を上げました。「とにかく、また食べたりしなかったでしょうね」

「もちろんさ。あれだけ痛い目にあったからね。でもおかしいのはさ——実際、これがこの話の味噌なんだがね――スモレットもあのとき僕と一緒にいたんだよ」ハリーは伸びをしました。「いったい、この番組は何なんだ？」ややいら立った調子で彼は訊きます。「ぜんぶ真っ暗じゃないか」彼が前方に身を乗り出してテレビのつまみを動かすと、画面が明るくなって、妙にのたくりまわる線がいっぱい現れました。「そもそも、見たい人がいるのかい？」

「私はテレビを見ないって知ってるでしょ」ロイーナが静かに答えました。

「私ももういいわ」私も言いました。

「早めに寝ましょう」ロイーナが言います。「明日は盛りだくさんだからね。午前中はショッピングで、午後はパーティーの支度をしなきゃいけないし」

「パーティー？」

「ええ、言ってたでしょう？　カクテル・パーティーをするのよ」

「まあ、なんて素敵！」

「残念ながら、そうでもないと思うわ」とロイーナ。「変わりばえしない顔ぶれよ。招待の借りがある人ばかりなの。でももちろん、あなたにとっては会ったことのない人たちだわね。朝食はベッドまで運ばせるわね、ウィルメット。うちの土曜の朝食は、子供たちが一緒だからひどい騒動なの。あなたまで巻き込んだりしないわ」

翌朝、起きてきた子供たちにハリーが「静かにしなさい」と声を荒らげているのを聞きながら、幸せな気持ちでベッドに横になっていますと、オレンジジュース、コーヒーとトーストを載せた朝食のトレイが運ばれてきました。十時に起床して、皆で近くのマーケットタウンまで買い物に出かけました。大型店のレストランで朝のコーヒーを飲みましたが、ゆったりとした空気が流れていました。子供らはモスグリーンの絨毯の上で、他の子たちととんだりはねたりふざけまわっています。育ちのよい子供たちのかん高い声が、犬たち（ほとんどがプードル犬です）の吠える声――ツイードのスーツを着た飼い主たちが多少はなだめる努力をしているのですが――と混ざり合いました。

「土曜はいつもこうするのよ」ロイーナが言いました。「ほんのすこしの時間でもリラックスできるのって素敵だわ」

「ご主人たちは何してるのかしら？」私は尋ねました。コーヒーを飲んでいる男性はほとんどいなかったからです。

「ああ、彼らは『男の買い物』にぶらついているのよ。金物屋へ行ったり、ガーデニング用品を注文したり……そんなところよ。そして、その後はパブで群れているわ」

「ロンドンでも同じみたい」私は言いました。「冬の土曜の朝は、ダッフルコート姿の男性が灯油缶を抱えているのをよく目にするわ。灯油缶を運ぶのっていかにも男らしい仕事のようだし」

「あまり長居しすぎないようにしなきゃ」ロイーナはそう言って、子供たちを心配げに見まわしました。「お昼も食べなきゃいけないし、パーティーの用意もあるからね。あなた、よければ中でハリーとジンでも飲んできたらどう？　私は子供たちを見てるから」

ハリーはカウンター席で、あまり魅力的とはいえない男たちや、一人か二人の女性と一緒になって、なにかの冗談で笑っていました。こういった人々と出会うことになるのかと思うと、前ほどパーティーが楽しみに感じられなくなってきました。ハリーはなかなか店を出ようとしませんでしたが、ようやくハリーとともに新鮮な外気に触れることができました。あわてて飲みほした二杯のお酒のせいで、私はすこし朦朧としてフラフラになってしまいました。

ハリーは私の腕を支えてくれました。「戻らなきゃいけないのが残念だな。教会を君に見せたかったんだがね」

「教会ですって？」私は驚いて訊きました。

「そうだよ。君はその手のものがいつでも好きだったよね」ハリーはモゴモゴと言います。

「また、こんどね」私はかなりバカっぽいパーティー用の声で言いました。教会がどんなだったか思い出そうとしました。真鍮をたっぷり使ったヴィクトリア朝風ゴシック建築だったでしょうか、それとも十八世紀風の冷たく質素な建築で、壁に美しい記念碑のある教会だったでしょうか？　教会に行こうだなんて、ハリーにはあまりに不似合いなように思われました。

彼は「田畑をつくり種をまこう」の賛美歌を口ずさみ、運転席に座りました。子供たちは、ランチを待たされたせいで機嫌が悪くなっていて、取っ組み合いの喧嘩を始めました。その後、小さなトーストやビスケットに載せるための具材を切りながら、ロイーナが言いました。「あなたが持ってきた服、早く見たいわ。いつもとてもエレガントなんだもの」

「ダークグレーのベルベット・ドレスよ」私は答えました、「それに、ヴィクトリア朝風のガーネットのネックレスとイヤリングを合わせるつもり」

「黒以外の服を着てる人がいるの、嬉しいわ！　ここじゃパーティーといえば黒を着るのよ。ほとんど制服みたいにね。まあ、あれこれ宝石をつけたり、ちょっと仕上げを変えたりはするけどね。たぶん、黒を着る機会があまりないからだと思うの。それに女性はきまって、自分は黒が似合うと思いこんでるでしょ。あるいは、誰か男性がそう言っていたと聞かされたことがあったりして……」

「ああ、昔の恋人か、もしくは架空の男性ね――フランス人かウィーンの人で、そういったことに目が利くという……」

ロイーナは笑いました。「マニキュアを塗る時間はあるかしら？　ちょっとは手がましに見えるかも」彼女は手をかざし、すこし悲しげに眺めました。

私自身、色のついたマニキュアは大嫌いなのですが、ロイーナの手をなんとかせねばならないことには同意せざるをえませんでした。メイドにかなりの家事をやってもらっているとはいえ、彼女の手はシミだらけでザラザラ。ネイルの手入れもされておらず、清潔でさえありませんでした。冷ややかで批判的な目で眺めていた私ですが、突然、私たちがまだイタリアで若く陽気な婦人部隊にいた頃の彼女の手をふと思い出したのです。将軍のお屋敷のバルコニーでロッキー・ネイピアが握った手は柔らかくてすべすべで、指先は上品なピンク色。まるでローレンス・ホープの「インド恋愛抒情詩」に出てくるような手でした。母がアーミー・ウッドフォード・フィンデンの編曲でよく歌ってくれましたっけ……。歌の記憶とロイーナの手の思い出に、涙があふれてきました。ひょっとすると私の心をそんなに打ったのは、彼女の小さくてごわついた手と、黒くエレガントなドレスの対比だったのかもしれません。さらに、彼女の手は私自身の手――前と変わらず柔らかくて滑らかです――よりもはるかに多くの貴重なことをしてきたのだという思いも、私の心を打ったのでしょう。

「そのままでいいわよ」私はややぶっきらぼうに言いました。「まったく問題ないと思うわ。それに、今からだとマニキュアが乾き切る時間はないから、汚れちゃうかもしれないし」

「そうね、あなたの言う通りだわ。マニキュアを塗るのってかなり神経を使うしね」

その後、客が到着しはじめました。ロイーナの予言通り、ほとんどの女性が黒いドレスを着ています。私はつい彼らの手を眺めるのですが、すこしくたびれた手——鮮やかなマニキュアや宝石付きのエタニティ・リングでいかに巧みにカモフラージュしていようと——のほうに好感を覚えてしまうのでした。私は一つだけ指輪を嵌めていましたが、それは婚約指輪で、バラ型のダイヤをはめ込んだ十八世紀の品。近代的なものよりよほど可憐に思われました。

強いお酒がふるまわれ、ハリーは皆のグラスを小まめに注ぎつづけたのですが、会話はなかなかはずみませんでした。客たちはほぼ全員が夫婦で、夫たちは妻から離れて会話を楽しんでいるようでしたが、そういう会話も妻の出現で妨げられることが多々ありました。妻たちはたいてい明るい声で家庭の問題を話すので側にいる人はのけ者にされているように感じ、夫婦の退屈で快適な生活から締め出されたような気持ちになるのです。

「ダーリン、あなたが車を出してるあいだにやっとコーラがきたわよ」とか、「イングリッドが子供たちをちゃんと寝かしつけられてたらいいんだけど。ダーリン、念のために電話をかけてみたほうがいいかしらね?」などなど。

夫たちはたいてい、内気な羊のようにモゴモゴと返事をしました——いいえ、実際のところは羊というより熊のよう……部屋中をうろつきたいけど、つながれた鎖の許す範囲しか動けない見世物の熊のようだわと思いました。ギュッと引っぱられて、すぐに服従させられるのです。また別の点で彼らの姿は、前夜テレビで見たまごまご動くアナグマをも想起させるものでした。

しばらくしてロイーナは私を部屋の隅に連れていき、新米の教区司祭とその奥さんに紹介しました。彼は長身で、苦悩に満ちた顔をしていました。まだ若いのにもう禿げています。彼の妻は私と同い年くらいでしょうか、緑色のこざっぱりした服装をして、愛想のよい笑顔と不安げなグレーの眼をもつ女性でした。彼女はそわそわ空のグラスを両手でひねくり回しています。

「なにか新しい飲み物を持ってこさせてくださいな」私は言いました。「この家に泊まっておりますから、ある意味で女主人みたいなものですし」

「もう結構ですわ、ありがとうございます」彼女は答えました。「実はお酒は飲みませんの。でも、パーティーに来てなにも飲まないのも愛想がないかと思って一杯だけいただいたんです」

「ハリーがソフトドリンクを用意してたはずですわ。取ってきますね」

「あら、ありがとうございます。実はかなり喉が渇いていますの」彼女はあっさり言いました。飲み物の置いてあるテーブルに私は行き、オレンジ・スカッシュのグラスを持って戻りました。

気まずい沈黙がありました。教区司祭はただそこに突っ立ち、妻は飲み物をすすっています。

「明日、そちらの教会にうかがいたいと思っていますの」明るい声で私は言いました。「郊外での暮らしはいかがですか?」

「前とはすっかり違います。前はロンドンでしたから」

「そうなんです、シェパード・ブッシュの近くですわ」妻も熱心に言います。

「それは大違いですわね!」私は大声で言いました。「もちろん、あちらにも緑はありますけどね……といってもシェパード・ブッシュ・グリーンそのもののことですけど」

　二人はかなり神経質な笑い方をしました。

「私の通っている教会に、新しい助司祭さんがもうすぐいらっしゃいますのよ」彼らが新しい話題を切り出さないので、私のほうがおしゃべり口調で言いました。「かなり将来有望そうなお名前よ――マリウス・ラブジョイ・ランサムという方ですの。クロックフォード〔英国国教会の聖職者名簿〕で調べたんです」

「ああ、彼ですか？　彼なら会ったことがあると思いますよ。たしかオックスフォードの神学第三級〔イギリスの大学の成績。合格者のなかでは最下位〕。イーリー神学コレッジ、ウォッピング聖マークス教会で助司祭、そしてノース・ケンジントン聖ガブリエル教会」司祭は、まるでクロックフォードを読み上げるかのように言いました。

　彼自身は神学でもっとよい成績を収めたのでしょうか？　そう思いながら私は尋ねました。「どんな方ですか？」

「ええ、すばらしい方です」司祭は忠実にそう言いましたが、彼の温和な顔を見ていると、誰についてでも、たぶん同じことを言ったろうなと思えてきました。「あなたはどちらの教会にいらっしゃっているのですか？」彼は訊きました。

　きっと「どちらの教会に礼拝されるのですか？」と尋ねられると思ったのですが、そうは訊かれなかったのでホッとしました。私が足を運んでいる教会の名を彼に告げました。

「ああ、聖ルカ教会ですか。あそこなら完全なるカトリックの恩恵を受けられますな」彼は憧れるようなまなざしです。

言葉を選びながら、テムズ司祭についてもうすこしおしゃべりを続けましたが、またしても会話が止まってしまいました。と、そのとき正面玄関のベルが鳴ったのです。

ロイーナもハリーも手が空かないようでしたので、来客を迎えようと玄関ホールに行きますと、イタリア人メイドのジュゼッピーナがもうそこにいました。彼女はドアを開け、訴えかけるような眼で私のほうをふり返ります。

「いいわ、ジュゼッピーナ。私がこの方をお連れするから」私は急いで言いました。というのも、戸口の上がり段に立っていたのは、月桂樹の枝を手にしたピアーズだったからです。かなり酔っているような印象を受けました。

「ウィルメット、なんて嬉しいサプライズだ！」彼は月桂樹の枝を私のほうに差し出して、お辞儀をしました。

「ピアーズ」私は力なく言いました。

彼は戸口に立ちつづけ、そこを動こうとしません。彼の瞳は、光を反射させる鏡か水のようにキラキラと奇妙に輝いており、頭髪はぼうぼうに荒れ放題。どういうわけか私はコールリッジの老水夫のことを思い出しました。それから私は彼の手を取り、玄関広間へと連れていったのです。

「あなたが来るかもしれないってロイーナが言ってたわ」

「ああ、あいにく返事をしなかったからね。こっちに着いてから、ハリーに立ち向かう勇気をつけようとしてるあいだに一時間も経っちゃった。それにしても駐車場にはジャガーばかりだな」

「ジャガー？」

「ああ、車のジャガーだよ。あんなにたくさんのジャガーに取り囲まれたらビビッてしまうよ。そのうえ279番が付いてるのが一台もないんだから」

「それって、今あなたが探している数なの？」

「そうさ、もう一週間になるかな。それにしても、なんであんなにジャガーばっかりなんだ？」

「カクテル・パーティーの最中なのよ」

「ああ、そういうことか。じゃあ、僕を連れていっておくれよ」ピアーズは、人々の声やグラスの音の聞こえる方向へのろのろと慎重に歩きはじめました。

ピアーズの問題とは、このことだったのでしょうか。私は考えました。お酒？ 恐ろしげな強勢を加えて、私はこの言葉を重々しくひとりで口ずさみました。例の辞書の題扉に載っていた言葉が、私の眼前によみがえってきました——前大英博物館勤務。元英語講師……。ポルトガルの大学では、太陽のもとで大の字になって酔っぱらっている姿、そして大英博物館では、おそらくへべれけになってエルギンの大理石彫刻に話しかけている彼の姿を思い浮かべました。

「兄さん！」ロイーナがかけ寄りました。持ち前の華やかさと、おそらくパーティーのせいでやや投げやりになった態度が、彼女の美しさをさらに引き立てています。「来てくれたのね！」

兄と妹は抱擁を交わし、それからロイーナはピアーズを客たちのところへ連れていきました。

「ウィルメット、飲んでないのかい？」ハリーが満杯のグラスを手に側に立っていました。「君と一緒に入れる温室でもあればいいのにな」

「とってもエドワード朝的ね」私は軽く返しました。「でも温室はないでしょ」

「いつか街でランチを食べながら昔話っていうのはどうだい?」ハリーは声を落として言いました。

私はすこし動揺しました。私と彼に関する「昔」なんてあったでしょうか? それともハリーは、「温室」だの「エドワード朝的」スタイルの延長線上で、紋切り型の下品なふるまいをしているだけなのでしょうか? 「あら、素敵ね」社交的な平静を取り戻して、私は言いました。「飲み物を注ぎにいったほうがいいんじゃない。グラスが空っぽの人が見えるわ」

「君の美しい目は鋭くもあるな」彼はそう言って、カクテルジャグを手に、熊もしくはアナグマのように歩いていきました。

「ハリーの言葉、ありゃいったいなんだい?」ピアーズが私のほうへやってきて言いました。

「なんでもないわ、バカげたパーティー用のおしゃべりよ」

「ここ、ひどく暑いと思わないか?」

「大丈夫? あなたの目、老水夫みたいにギラギラしてるわよ」

「じゃあ、彼みたいにおしゃべりをしようか?」

「よければどうぞ」

「じゃあ、どこかに座ろう。ハリーが隠れ家とかなんとか呼んでいる部屋はどうかな?」

私たちは、ほとんど爪先立ちをするかのようにこっそり玄関ホールを横切り、小さな部屋に入りました。そこはハリーが、出勤先のミンシング・レーンからあふれ出した仕事を家で処理するときに使う場所です。ピアーズが何着かのコートをソファから押しのけて、私たちは腰を下ろしましたが、それでもコートや帽子、手袋に埋もれてしまいました。部屋にはほのかに灯りがともされており、小さなガスストーブが、ポンッとかシューとか音をたてながら青色や珊瑚色の炎を出していました。そこにあるぬいぐるみたちに取り囲まれているのを感じました。ほとんどロマンチックといえる雰囲気です――実のところ、特別な雰囲気をかぎわける鑑定家ならば、間違いなくそう言ったでしょう。パーティーのざわめきが、玄関ホールの向こうからぼんやりこだまして聞こえてきました。

「ここで君に会えるとは、なんて素敵なんだ、ウィルメット。ここに来てる嫌な奴らのなかで君だけは別格だよ」ピアーズが言いました。

「あら、そうかしら？　皆いい方ばかりだと思うけど」

「そんなわけないだろ。そんなこと君も知ってるじゃないか」彼は辛辣にそう言い、私をあまりにもジーッと見つめるので、私はなにか言わなければという気になりました。

「シビル――義理の母の名前だけど――と私で、あなたのポルトガル語教室に参加しようかって考えているのよ」私は切り出しました。「来年の夏にポルトガルへ行きたいの」

「そうなの？　それで便利な言い回しを覚えたいってわけ？」彼は茶化すように言いました。

「参加しても迷惑じゃないわよね？」

「まさか。受講料を払った人はもちろん参加資格があるわけだから」彼はこの話題にあまり興味を示しませんでした。ヤケクソぎみになった私は、テムズ司祭のことや彼の日常生活の問題を話しました。長時間そうした話題を続けましたが、そろそろパーティーに戻ったほうがいいこと、そしてピアーズが空のグラスを気にしていることに気づいたのです。

「僕たち、もっと会うべきだな」彼は言いました。「もちろん、ポルトガル語のレッスンでってことにね」

「そういう意味じゃなくて……公園で散歩するとか、カフェでお茶するとかだよ。秘密の愛人のようじゃないよ」

「もちろんよ。いちど夕食に来てもらわないと」私は形式ばったことを言いました。

私は微笑みました。今夜はほとんど大成功といってよいでしょう。イタリア時代のパーティーで素敵だともてはやされたり、ちやほやされた後に感じたような、心地よい満足感を覚えました。とはいえ、もちろん今では事情は違います。でもハリーとランチをしたり、ピアーズと公園を散歩をするくらいなら、なんの問題もないでしょう。ロイーナがどれだけよい奥さんかということをハリーに教えてあげることもできるでしょう。そしてピアーズ……根なし草のように漂流して、たいてい酔っぱらっているピアーズについては、私の友情が彼によい効果を及ぼすこともありうるでしょう。冬に向けてのすばらしい計画のように思われました。それから、理由ははっきり分かりませんが、献血者名簿に登録する約束をメアリー・ビーミッシュにしたこともなぜか思い出されました。それから私は思い描いたのです……テーブルに横たわる私の腕の血管から、血がボトルに流れ込んでいます。そのボトルは、満杯になるや否やひったくるように奪い取られて、誰かの命を救うべく病院へと急送される。そういう風に考えていると、自分にも無限の可能性があるような気がしたのでした。

当然のことながら、翌朝になるとアンチ・クライマックスの感覚がやってきました。私たちは皆、遅くまで寝ていました。教会へ行きたいと私は言いましたが、周囲の反応は明らかに熱意に欠けるものでした。

「だけど、今日は月始めの日曜だよ」ハリーは言いました。「第一日曜の朝は教会に行かないのさ。司祭が歌つきの聖餐式をやるから、参加者はほとんどいないし礼拝もはるかに長いよ」

「それでも行きたいのよ」私は言い張りました。「それに、そういう礼拝のほうが好きだから」

「わかったよ。じゃあ車で君を連れていって、終わった頃にまた迎えにいくよ」ハリーがしぶしぶ言いました。

でもその瞬間、ピアーズが部屋へ入ってきたのです。そして結局、他の誰でもなく彼こそが、小さな車で（ハリーはジャガーをピアーズに安心して託す気になれなかったので）私を連れていってくれたのでした。

「僕もついでに君と礼拝に行こうかな」彼は言います。「でも、地方の教会に行くと、いつも気が滅入ってしまうんだけどな」

「ええ、よく分かるわ。なんだか悲しいわよね。まるで過去に引きずり戻されるみたいで。十八世紀や十九世紀の記念碑だの墓碑だのがいっぱいありすぎて、現代のものが入り込む場所はないみたいだし」

「かたくなな村人たちが、節くれだった手で『古今聖歌集』を握りしめて、どんな変化にも頑として歯向かおうとしてるんだ。地元の貴族が早禱にちょっと顔を出したり、聖書の一説を読んだりね」

「でも、必ずしもそうってわけではないでしょう」私は言いました。「だって田舎にも若い人はいるわけだし……」

「それに、新しく来た教区司祭がちょっとは盛り上げようとしているのかも」

「たぶん地方の教会っていつもお墓やイチイの大木に囲まれているし、なんだか湿った匂いがするからかしらね」

「お香の匂いがする可能性はほとんどないね」

礼拝にはすこし早すぎましたので、教会の庭を一緒に歩きまわり、墓石の碑文を読んだりしました。とても古いお墓もあり、笠石が壊れてツタの葉におおわれている感じは、整えてないグチャグチャのベッドを思い出させました。逆に、新しい墓石の外観やジャム瓶に活けられた花のせいで、なんだか別種の悲しさをそそるお墓もありました。

ようやく遠くに低音の調べが聞こえてきたので、教会へ入ろうということになりました。わずかな人たち——ほとんどは女性と小さな子供です——が、会衆席にばらばらと散らばって座っていました。音楽の聞こえるほうを見やると、司祭の妻がハルモニウムのペダルを威勢よく踏んでいました。女の子たちと二人の男性からなる合唱隊は、マーベック〔十六世紀イングランドの音楽家・神学者〕の音楽の魅力をじゅうぶんに表現できてはいませんでした。「この音楽を目当てに教会へ来る人はいないだろうな。ロンドンの教会にはそういうところもあるけどね」礼拝が終わってからピアーズも言いました。にもかかわらず私の印象では、言葉にこそ出しませんでしたが二人とも礼拝でなにか心を打たれたように感じました。礼拝後、私たちは司祭と言葉を交わしましたが、彼は私たちが来たことをとても喜んでくれているようでした。

「聖体拝領を受けた人たちは皆、四時間ほどなにも食べていなかったのかな?」帰りのドライブ中にピアーズが尋ねました。「まさかそんなわけはないと思うけど」

「たぶん、そんな知識すらないんじゃないかしら、だったら仕方ないわね。きっとレスター司祭――こう呼んでいいわよね――は、いったいどこから教えはじめようかってご苦労なさってるに違いないわ」

「ああ、盛り上げるのにね。かわいそうにな。ロンドンのこぢんまりした教会を任されていたら彼にとってどんなによかっただろうに。たとえ真鍮器具やステンドグラス、松の木がひどいとしても、古きよきカトリックの伝統さえあればね」

「ロンドンでは、どこか特定の教会へ通ってるの?」私は尋ねてみました。

「都合のいい時に、都合のいいところへ行くまでのことさ」

彼の返事があまりによそよそしいので、すこし興ざめしましたが、やっとのことで「私、あなたの住んでる場所さえ知らないわ」と言いました。

「ホランド・パークだよ。大まかに言えばね。でも、どちらかと言うと、ゴールドホーク・ロード寄りかな」

「それだけじゃ分かりにくいわ。でも、私の家にかなり近いに違いないわ」

「いいや、それは違うな、ウィルメット。ロンドンで優雅さとみじめさを分かつラインは、幅は狭いかもしれないけど厳然として存在するのさ」

「まさか、あなたがみすぼらしい地域に住んでるわけじゃないでしょ。フラットに住んでるの？　それともお部屋かなにかを借りてるの?」みすぼらしいと仄めかされたせいで、がぜん好奇心をかきたてられて訊きました。

「まあ、ある種のフラットだな」

「そこに独りで住んでるの？」

彼がためらったようでしたので私はあわてて言いました。「きっと同僚とシェアしてるのね」

「ああ、まあ、そんなもんだ」

これ以上詮索するわけにはいきませんでしたが、彼は女性と同棲しているのでしょうか？もしあっさりそう尋ねたら彼はなんと答えるのでしょうか？そんなことを考えずにはおれませんでした。

「今晩は帰るの？」私は続けました。

「ああ、明日の朝十時には出版社に行かなきゃいけないからね」

彼は疲れて意気消沈した様子で、それ以降のドライブは沈黙が続きました。車を降りたとき彼は「せめて日曜の朝のジンにはありつけるだろうな」と言いました。

昼食後、私たちは日曜版の朝刊を読みながらウトウトしました。お茶の時間になるとロイーナは窓際へ行き、長い黄色のカーテンを閉めました。

「日が短くなってきたわね」彼女は言いました。「十一月って大嫌い。それに日曜のお茶の後の時間も。きっと月曜の朝のことや次の週のことを考えて憂鬱になるからかしら。自分が仕事をしてなくても伝染してくるのよね。ピアーズ、あなた出版社でいったいどんな仕事をしてるの？」

「ああ、校正をするだけさ。つまらない仕事だよ、ほんとに」

「でも、夜間教室の仕事もあるじゃない」

「ああ、それもやってる」

「教えるほうは、ある意味で創造的な仕事よね。いつもそう思ってるの。人間形成を担っていると感じるんじゃない？」

「僕の生徒がどんな人たちか見てから言ってほしいね」ピアーズは憂鬱そうに言いました。

「そりゃもちろん、教えるのって疲れるものね」ロイーナは笑います。「自分自身を分け与えるわけだから。まあ、少なくとも理想としてはね」

「僕を分け与えてもらいたい人なんかいるかな」ピアーズはそっけない口調です。「それに僕はそれほど気前のいいほうでもないし」

翌朝グリーンライン・バスを待っているとき、ロイーナは私の手をとって大真面目に言いました。

「いとしのウィルメット、できればピアーズにたまには会ってやってね。きちんとした女友達をもつのは彼にはすごくいいことだと思うのよ。もちろん、あなたが嫌でなければの話だけれど」

「あら、女友達ならいっぱいいるでしょう」私は言いました。「なんといってもすごいハンサムなんだから」

「私にはほんとに分からないわ。ここじゃ友達の話はあまりしないしね。ときどき思うのよ。あまりいい仲間と付き合ってないんじゃないかってね」ロイーナは眉をひそめ、それから笑い出しました。

「あらまあ、そんな風に言ったら、あなたもひどい友達みたいに聞こえるわね。でも、私の言わんとすること分かるでしょ？　ロドニーによろしくね」

その夜ロドニーは帰宅して尋ねました。「ニコニコ・ハリーはどうだった？」ハリーと知り合いになる前から私たちがふざけて使っていたあだ名です。それから夫と私はしばしイタリア時代を懐かしみました――もう名前は忘れてしまいましたが奇妙な軍用車で夜な夜な長時間ドライブしたこと、ヘッドライトがどこかのお屋敷の出入り口にある壺だか紋章だかを照らし出したり、小さな町の広場に群がる人々の顔を照らしたりしたこと、とある軍人用クラブのロココ調ダイニングルームで気が抜けたぬるいアスティ・スプマンテが出てきたこと、酔っぱらい少佐が多すぎたことなど……十年も経ってから思い出してみると、当時の生活はまるで夢のように幻想的に感じられたのです。

「ところでさ」ロドニーは突然言いました。「言おうと思っていたんだけど、ベイソンが司祭の家での家政夫の仕事に採用されたようだよ。たぶん、すぐにでも越してくるみたいだ。うまくいけばいいんだがな。ある意味では僕も、彼の素行には責任を感じてるからね」

その瞬間、電話が鳴りました。メアリー・ビーミッシュでした。なにか頼まれるのかと不安に思いましたが、連絡のための電話でした。次の土曜の夜八時に教区ホールで催される社交イベントに聖ルカ教会の会衆全員が招待されて、新しく赴任されるランサム助司祭に会うことができるというのです。日曜のミサの後に告知されたそうで、私も関心があるだろうと、メアリーが知らせてくれたのです。

「助司祭はどこにお住まいになるの？」私は訊きました。「もう決まっているのかしら？」

「ええ、そうよ。うちにいらっしゃるのよ」メアリーは言いました。「うちに空き部屋が二つあるから、当座はそこを使ってもらうの。ガスコンロで朝食も自分で作っていただけるし、それ以外の食事は司祭の家で食べられるの」

私はこの知らせに対して不愉快さと愉快さを同時に感じました。不愉快さの理由は、どういうわけかビーミッシュ家には住んでほしくなかったから。その一方で、彼がガスコンロで朝食を用意している姿を思い浮かべると愉快にも思えたのでした。この取り決めのすべてがきわめて不適切なものに感じられました。とはいえ、もちろん教区ホールでの社交イベントには参加するつもりでした。なかなか面白い機会になりそうな予感がしたからです。

第4章

土曜がやってくると、シビルは私の夕飯について気をもみはじめました。

「夜の八時っていうのは実に厄介な時間だよ」彼女は言います。「教会はあまりに俗世離れしてるんだろうね。そんな時間を指定するなんてさ。とはいえ……」つねに公正な彼女はつけ足しました。「たぶん八時っていうのは、五時か六時に仕事を終えて、その後すぐに食事を済ませた人には都合のいい時間なんだろう。それに仕事をしてる人はあまり遅くまで起きていたくはないからね」

「でも明日は日曜ですわ」私は指摘しました。「そうすると、たぶん私たち皆のために選ばれた時間なんでしょうね。明日早起きして教会に行けるようにって」

「あんたの今までの言葉から判断するに、テムズ司祭は紅茶と菓子パンを夜八時に楽しめるような人じゃなさそうだね。いったい食事はどうされるんだろう?」

「たぶん長年やってて体が慣れておられるから、きっとなんの問題もないんでしょう。たぶん、ベイソンさんがハイ・ティー〔お茶と夕食を兼ねて夕方にとる食事〕かなにかを用意されてるんじゃないかしら」私はそう言ってから、テムズ司祭はいつも土曜の夜六時半から告白を聞いておられることを思い出しました。それもうまく空いた時間に入れ込む必要があるわけです。

「せめてなにか飲んでいったらどうだい？」シビルは尋ねます。「ぜったい喉が渇くと思うけどね」

私は断りました。教区ホールで軽食をいただくので、消化不良になるんじゃないかと思ったからです。それから私は、人は飲み物によってグループ分けできるんじゃないかしらと考えました。私自身は、二つの明確に定義づけされた集団に属するように思われました――マティーニを飲む集団、それからお茶を飲む集団です。後者にはごく最近加わったところです。それぞれ別種の慰めを与えてくれる飲み物ではありますが、そのときに手に入らないほうを飲みたくなってしまうこともぜったいにあるでしょう。実のところ、司祭の家の隣にある教区ホールへと向かいながら、シビルの勧めにもっと注意を払っておけばよかったと思いはじめていました。自分が社交の場で気後れするタイプだとは思っていませんが――パーティー会場に入るときはいつも自信満々です――今回はこれまでに経験したことのない場のように思われました。教会の集まりというのは必然的に、とても奇妙な取り合わせの人々を引き寄せることになりますから、やや不安な気持ちで緑色の壁を見つめながら、ドアを押し開けました。壁にはかなり損傷のある「デラ・ロッビア〔イタリアの彫刻家〕」の記念銘板がかかっていました。イタリア関係の物にはことごとく関心を寄せるテムズ司祭らしい選択です。気楽に話しかけられるような人が誰かいるでしょうか？　会衆のほぼ全員が、ランサム助司祭に会うため、または彼をひと目見るためにここに来ているわけだから、ごく限られた一部の人間が集まるホイスト競技会とはわけが違うはずです。きっと感じのよい人もいるはずです。そう考えると勇気が出ました。

たくさん人が来るだろうという私の予測は当たっていたようで、ホールはごった返していました。

会衆は、明らかにそれぞれカラーの異なる小グループに分かれていました。まるで中央飾りさながらに、黒っぽい服装のビーミッシュ老夫人がどっしりと立っていました。憂鬱そうでもあり、静かに勝ち誇っているようでもありました。おそらくランサム助司祭が彼女の家に住むことになっているためでしょう。彼女のまわりには、黄茶色の毛皮のコートを着た高齢の婦人たちがいましたが、そこにはミス・プリドーもいらっしゃいました。メアリー・ビーミッシュは、場違いなほどどぎつい青のウールドレスを着て、母親の近くをうろついています。どんな場面にもなじむ無難な黒いドレスを着てきてよかったと思いました。この老婦人グループの近くで、司祭の家の家政婦をしていたグリーンヒル夫人が、仲良しのスプーナー夫人とひそひそ話をしています。スプーナー夫人というのは、聖堂番を勤める小柄な女性。おなじみのピーコックブルーの帽子をかぶっており、帽子前面には、ピーコックをかたどった人工宝石がピン留めされていました。彼らはテムズ司祭のほうをちらちら見やったりしていたので、まるで聖職者の悪口を言っているようにさえ見えました。身なりのよい中年女性が二人いて、彼らと一緒にいる若い娘はときどき教会で見かけたことがありました。彼らは三人とも顎なしで、貴族的な大鼻をしています。その傍には、紫色の髪をした痩せ型の女性が立っており、まるで髪が思いがけない色に染まってしまって驚いたといわんばかりの表情をしていました。大ぶりの宝石をゴテゴテと身につけていましたが、教会に通う人が必ずしもダサいわけじゃないことを示すためだとしたら、ちょっとやり過ぎでしょう。驚いたことに、彼女は教区の修道院から来た尼僧たちと会話していました。尼僧たちは、小柄なお母さんっぽいタイプと、長身痩せ型のタイプに二分できました。後者はそろって金縁眼鏡に青白い蠟人形のような顔色。優しそうだけれどもよそよそしい笑みを浮かべているため、すこし腹黒い感じがするのでした。

男性の出席者がいるはずはないと決めてかかるべきではなかったのですが、第一印象ではぜったいそう思われました。教会関係の集まりでは、女性が圧倒的に男性の数よりまさっているからです。しかし実際のところ男性もいて、性別ごとに離れて立っていました。男の子や女の子は自由に両者のあいだを行き来しているようではありましたが……。最大多数の男性グループに君臨するのは、金髪でハンサムな司式者コールマン氏とその仲間たちです。たしか、そのうち何人かはコールマン氏と一緒に侍者をしているはずです。そして、そのグループのうちの一人――丸くて高い額をした、わりと若めの長身男性です――は、こんど司祭の家で家政夫の職を得たベイソン氏だろうと推測しました。教区評議委員会の委員二人と秘書、それに会計係が隅のほうで、いかにも重要人物といった風情で立っていました。部屋中央には三人の司祭がおられました。どうやらテムズ司祭とボード司祭がランサム助司祭を連れてまわって、様々なグループの人に紹介しておられるようです。ホールに入ったときにはランサム助司祭の背中しか見えませんでしたが、しばらくしてから彼の印象がようやくつかめたのです。ひと目で、彼が長身で濃い色の髪や瞳をされていることが分かりました。

独りぼっちだったのでどこかのグループに加わりたかったのですが、誰も私の入場に気づかなかったようで、迎え入れてくれる人はいませんでした。メアリー・ビーミッシュと老婦人たちのグループに加わるのが、気は滅入るけれどもごく自然な選択肢でした。でも、私のなかのなにかがそれに反発し、私の足は自然とコールマン氏やベイソン氏と思しき男性が話をしているほうへと向かったのでした。

ありがちなことですが、かなり謎めいた会話のちょうど終わりの部分を耳にしました。

「ほんとに、どれだけ苦労したことか……」とベイソン氏。

「まったくないほうが、かえっていいですな」コールマン氏は、すこし北部なまりのある声でヒソヒソ言いました。「たしか去年は、降臨節に日曜が四度しかなかったですからね。いつ使ったらいいのか、なかなか難しい問題ですな」

「こんばんは」女性の会話よりは男性の会話のほうが割って入りやすいものです。

ところが、今回の男性たちは、いつも私が慣れているような反応を示しませんでした。コールマン氏はやや敵意をもって、濃い青色の目で私をにらみつけました。ベイソン氏はすこし驚いた様子です。

「フォーサイスと申します」私は言いました。「ベイソンさんじゃありませんか? 司祭の家に落ち着かれたと聞いて、夫がとても喜んでおりましたわ」

「ああ、じゃあ、この仕事はあなたのおかげというわけですね」ベイソン氏は言いました。柔らかく熱のこもった声です。もし彼がもうすこし年配だったら、私のことを「奥方様」とでも呼んでいたかもしれません。

「夫があなたのことを話したときピンときましたの。テムズ司祭が困っておられるのを知っていましたから」

「まさに僕の探していた仕事ですよ」とベイソン氏。「それに簡単に見つかる仕事じゃありませんからね。それにしても、司祭たちはお気の毒な状況でしたよ――ほんとうに、自分がデウス・エクス・マキナ〔機械仕掛けの神。古代ギリシア演劇において、紛糾した事態を突然解決してしまう神や絶対者〕のような気分です」

コールマン氏は狐につままれたような顔をしています。

「まだきっちりご挨拶したことはありませんわね」私は言いました。彼だけ会話からのけ者にしたくなかったのです。「でも、遠くからいつも感心して拝見してましたのよ」


微笑んですこし紅くなった彼を見ると、ますます好感がわきました。それから私は、複雑な典礼をあれほど見事に執り行うのはさぞかし大変なのでしょうといったことを口にしました。

「いったん覚えてしまえば、どうってことありませんよ。フォーサイス夫人」彼は言いました。「他の仕事と一緒ですよ。テムズ司祭はときどきちょっとうるさいことをおっしゃるんですが、それでかえって奮い立たされるところもありますしね」

「もちろん、ちまたの噂じゃ、司祭は失意の人だということですからね」ベイソン氏は熱心な声で言いました。

「あら、そうですの?」あまり関心のなさそうな声を出そうと努めながらも、そのせいでベイソン氏が口をつぐんでしまわないようにと願いました。

「おや、教区では皆が知ってるはずですよ。そうですよね?」


コールマン氏は顔をそむけて、仲間の侍者に話しかけました。会話の展開をよしと思っておられない様子です。

「大執事になりたいと思っておられたんですよ」ベイソン氏は大きくはっきりした声で言いました。

「大執事ですか?」私は鸚鵡返しに言いましたが、それがどんな職なのか尋ねたくはありませんでした。教区の皆が明らかに知っていることを自分が知らないとは思われたくありませんでしたので。

「そうですよ！　そしてもうかなりのご高齢ですからね……七十歳は下らないでしょう」

「そうですわね。デンビー・グローテ卿よりは年上だと思いますわ」

「そう、デンビー卿も若者というわけではありませんからな。そしてあのお方もまた皆の話では、いろいろとヘマをされたようですな」

「あら、そうなんですの？　どんな風にですか？」彼についてこれまで聞いたことを思い出そうとしました。たしか戦争が始まった頃に中央ヨーロッパのどこかの大使館におられたのですが、ヒットラー軍に侵略されて、急いで出国せざるをえなかったとか。「でも、ご出国は戦争のせいだったのでしょう？」と言いました。その日の大使館の様子を想像してみたことがよくあったのです——大あわてで荷造りしたり、秘密書類を燃やしたり、使用済みの吸取紙をさえも外国風のタイル貼りストーブで焼き捨てる様子などです。

「ええ、そうです。でも秘密文書の破棄がいささか過ぎたようですな」ベイソン氏は満足げに言いました。「彼はすべて破棄してしまったんですが、すこしは持ち帰らねばいけなかったようです」

「そんなときに判断を下すのは難しいでしょうね」デンビー卿を擁護しようとして私は言いました。

「そうでしょうね。さいわいにして私たちがそんな立場に立つことはありそうもないですな」ベイソン氏は満足げです。

「司祭の家の暮らしはお気に召しまして？」

「ええ、なかなか快適です。寝室と居間が兼用になった部屋をいただいてます。といっても、グリーンヒル夫人のいた部屋ではありませんよ。あの一階のちっぽけな部屋、あれはひどくジメジメしてたと思いますよ」

「それで結合組織炎になって、お仕事がきつくなってしまったのですわね」

「おや、じゃあそれで辞めてしまったってわけですか？　まあ、それで正解だったと思いますよ。あのキッチンの有りさまといったら……信じられないですからね！　せいぜいベークドビーンズとフライドポテトくらいしか料理されてなかったんじゃないですかね、彼女では」

ベイソン氏の口の利き方はちょっと思いやりに欠けるのではないかという気がしましたが、彼のおしゃべりを止めることは不可能に思われました。

「今夜はグリーンヒル夫人と聖堂番のあの女性がお茶を担当されるようですな。まあ、お茶くらいなら彼女でもなんとかなるでしょう。「なかなかの一杯」を淹れられますし、なによりボード司祭があれをお好みですからね。テムズ司祭はラプサンのほうがお好きで、ミルクも砂糖も入れずに正しい飲み方をされます。私自身はアールグレイ派なんです。ラプサンはあまりに燻した風味がきつくてね」

「あら、そうですの？」ベイソン氏に分をわきまえさせてやらねばと思い、私はかなり冷ややかな口調で言いました。「たしかにラプサンの美味しさは、初めからは分からないですものね。私は大好きですけれど」

「それは、かなりの驚きですな。ご婦人方は、料理の繊細さや極上品のありがたみがお分かりにならないのかと思ってましたので」彼は臆面もなく話しつづけます。「もっとも偉大な料理人はみんな男性ですしね」

「この厄介な問題をどうお考えになりますか？」私はそう言いながら、議長のような気分でコールマン氏のほうを向きました。「ベイソンさんによれば、女性にはお料理の極意は分からないらしいですわ」

「さあ、どうでしょうなあ」コールマン氏はいささか困惑された様子です。「料理のとてもお上手な女性もいらっしゃいますし。ある意味、男性が料理する姿は滑稽でもありますしな」

ベイソン氏は気分を害したのか顔をそむけました。私とコールマン氏の会話も途切れてしまったようなので、一時的に私は話相手がいなくなってしまいました。部屋を見まわして周囲の様子をうかがいました。いつになったらお茶が出てくるのでしょう。と、そのときメアリー・ビーミッシュと目が合い、彼女は私のほうへとやってきました。

「あらウィルメット、独りでぽつりと立ってるなんて。いらっしゃったのに気がつかなかったわ。ごめんなさいね」

「あら、コールマンさんとベイソンさんとすごく楽しい会話をしていたのよ」まるで私が誰かに気づいてほしがっていたかのようなメアリーの口ぶりにいら立ちを覚えました。「実はね、ベイソンさんが司祭の家の仕事に就いたのはロドニーが紹介したからなの。だから、ひと言ご挨拶しなきゃと思ってね」

「テムズ司祭はベイソンさんに大喜びよ」メアリーは温かい声で言いました。「ねえ、私たちのほうへいらっしゃいよ。ちょうどミス・プリドーがヴェニスで皇族の家庭教師をされてた頃のことをうかがっていたのよ」

誘われるままに私はその小グループの会話に加わりました。たしかにミス・プリドーが例のカサカサした几帳面そうな声でお話しされてましたが、ヴェニスの話題はもう終わっていました。

「ご自分で朝食を作られるですって？」

「ええ、だってコンロもありますもの。ソーセージでもベーコンエッグでも料理できますし、お好みなら燻製ニシンだって作れますわ」ビーミッシュ夫人は料理の名前を美味しそうに挙げました。誇らしげな口ぶりです。ランサム助司祭のことを話しているのだと分かりました。「司祭を家に住まわすなんて、昔に戻ったみたいだよ」

ミス・プリドーがバッグから小さなハンカチを取り出して唇を押さえましたが、そこには鳩と〈アッシジ〉という言葉がクロス・ステッチで刺繍されていました。

「あなたには都合がいいですわね」彼女は言いました。

ミス・プリドーの言い方があまりにおかしくて、つい噴き出しそうになりました。まるでランサム助司祭が、強盗撃退やヒューズ修理など男性向けの仕事に便利そうだといわんばかりだったからです。

「でも、お宅におられる時間はたくさんありますの？」私は尋ねてみました。「その、いわゆる普通の意味で、ですけれど」

「ええ、それはあまりないでしょうね。お昼と夜は司祭の家で召し上がりますからね」メアリーが答えました。「でも、ときどきは私たちもお食事を出すことになると思いますわ」

もうすこし質問をしようと思っていたら「そのとき」がやってきたのです。聖職者たちが私たちに近づいてきました。テムズ司祭がランサム助司祭を紹介されるのでしょう。

マリウス・ラブジョイという洗礼名からしても、先ほどひと目見た印象からしても、きっとハンサムに違いないとは思っていましたが、それでも実際に見たときの衝撃はかなりのものでした。波うつ濃い色の髪に大きな茶色の目。実に並外れた男前です。顔の骨格も美しく、その表情は荘厳でした。そういえば、イースト・エンドとケンジントンの最悪の地域でお仕事をされていたということでしたから、その時分に目にされた貧困や苦労が、彼の表情にこういう影を落としたのかしらとも思いました。が、今の福祉国家ではそういうこともたぶんなかろうと気づいたのです。百年前のローダー司祭のときとは事情が違うのでしょう。

「はじめまして」彼を紹介されて、私はつぶやきました。

テムズ司祭は、司祭の家の居住スペースの問題についてくだくだと話しておられます。「意外と部屋数が少ないということをご理解いただいている方がどれくらいいらっしゃるかですな」彼は言いました。「一階には食堂と会合用の部屋、それに小さな洗面台つきの――むろんお湯は出ませんぞ――クロークルーム〔コートなどをかけるスペース〕、それから、もちろん台所、そしてグリーンヒル夫人が使っていた小部屋――今は収納部屋になっとりますがな――それだけです」

いったい何を収納されているのだろうかと考えてしまいました。

「二階には私の書斎と寝室、小礼拝堂、ボード司祭の部屋二つ、バスルーム、ベイソンさんの部屋、それにゲストルームがあります。聖職者が泊りに来られるときに使っていただくのじゃがね、なんともちっぽけな部屋でしてな。まったくもってぎゅうぎゅう詰めですぞ！　それにな……」と、もったいぶってひと呼吸おいてから、「驚かれるじゃろうが、地下はないんですぞ。信じられんでしょうが」とおっしゃいました。

「ああした古い家にはどこでも地下がありますのにね」ビーミッシュ夫人は、まるでテムズ司祭が地下室の存在をわざと隠しているかのような口ぶりです。

「しかし実は、司祭の家はあまり古くないんじゃよ。これも驚きですな。一九一一年に建てられたときには、司祭の家としての用途は考えておらんかったのじゃ。五人も子供のいる家庭だったそうですよ」

これにはどうコメントしてよいものか、誰にも分からない様子でした。

「今とはまったく違うわけですな」健康そうな頬を輝かせて、ボード司祭がようやく口を開きました。

「今じゃ子供の影も形もありませんからね、あそこには。おっ、グリーンヒル夫人が紅茶を淹れておられる。とうとう今日の集会のお目当てにありつけますな、ランサム助司祭？」と、冗談めかしたボード司祭。

あまりふさわしい言葉ではないなと思いながら、この冗談をランサム助司祭がどう受けとめるかに興味津々でした。

「たしかに、お茶にありつけて皆さんが大喜びされるのは間違いなしです」彼はなんとも奇妙な、ほとんど皮肉にも聞こえるような口調でおっしゃいました。きっと紹介されてまわるのにうんざりして、司祭らしい世間話ももう出尽くしてしまったのかもしれません。

「ああ、グリーンヒル夫人！」カップの載ったトレイを抱える「侍者」たちに伴われて夫人が近づいてくると、ボード司祭は両手をすり合わせて言いました。「元気づけの一杯ですな！　僕の分は砂糖山盛りで、とびきり濃いのにしてくださったでしょうな」

「きっとお気に召してもらえると思いますよ、司祭」グリーンヒル夫人は満足げです。彼女のやせてきつい表情は微笑みに変わりました。「それに大好物の砂糖つきパンも、ほらここにありますよ」

そんな和気あいあいとした教区のおしゃべりを聞きながら、アールグレイとヴェロニカ風舌平目が得意なベイソン氏の腕前は、ボード司祭にはもったいないことにならないかしらと考えていました。お茶をすこしすすり、すぐにカップを置きました。私の口にはまったく合いませんでしたし、どぎつい色の砂糖つきケーキの塊と取っ組み合う気にもならなかったのです。テムズ司祭も飲んだり食べたりされてはいませんでした。

「実はですな」彼は低い声で言いました。「もうかれこれ四十年以上も司祭をやっとりますが、インド紅茶は好きになれんのですよ。ビックリなさるでしょうがね。私の口には合わんのじゃ。それにしても食事という点では、夜の集会はいつも厄介な時間になってしまいますな。だが紅茶はもう伝統の一部になっとりますから、たいていの方は楽しんでおられるようじゃ。わしはまた後でなにかいただくとしよう」

「ベイソンさんはもう落ち着かれましたか？」

「おお、そうじゃった！　えーとミセス……、そのつまり、あなたが彼を紹介してくださったんでしたな。ああ、もちろんそうじゃった、覚えておりますぞ。じゅうぶんにお礼を申し上げたでしょうかな。実はですな」司祭は声を低めました。「ココヴァン〔赤ワインで煮込んだチキン〕を作ってくれるそうですぞ」

「あら、それは結構ですわね」

「今からベアトリーチェ修道院長とシスターたちにご挨拶にいくところなの」メアリー・ビーミッシ

ュが私のところへ来てささやきました。「あなた、ポラード夫人とミス・ダブ、それにスーザンとはお知り合い？」メアリーは、顎のない貴族的な顔立ちをした女性たちを指さしました。彼女らのことは、会場に入ったときに気づいていました。どんな会話になりそうかをちょっと想像してみた私は、もう帰宅せねばならないとあわてて伝えたのでした。実のところ、もうたくさんという気分でした。ドアのほうへできるだけそおっと移動しながら、こんなに早く帰る人は他にいるかしらとふり返ってみました。

そのとき、たまたまランサム助司祭と目が合いました。彼はいかにも「助けてください」といわんばかりの上目遣いですばやくこちらを見て、すこし微笑まれました。こんなに親しげに感情表現をされることにいささか驚きながら、誰か気づいた人がいたかと気になりました。かわいそうな助司祭、すべてにうんざりされていることでしょう！　またそのうち、わが家へ夕べの「一杯」にお招きするか、ディナーにご招待することもできるでしょう。今になってみると、彼がビーミッシュ家で暮らしているのがことさら腹立たしく感じられました。メアリーはまるで彼が自分の所有物であるかのような態度をとるに違いありません。

外に出ると雨が降り出していましたが、教会の近くでタクシーを拾えるとも思えません。どうしようかとためらってそこに立ちながら、ホール脇に止めてある車を見ていました。そのなかにはコールマン氏のハスキーもありました。待っていますと、彼は侍者たちのいく人かと一緒に出てきました。そして、私のいる方を見もせずにドヤドヤと車に乗り込み、あっさり走り去ってしまったのです。きっと仲間の一人の家か下宿へ行ったのでしょう。彼らの私生活を想像するのは至難の業でした。もう九時半近くになっていました。中途半端な時間です。映画に行くには遅すぎます。もちろん映画に行く気もさらさらなかったのですが、びしょ濡れでクタクタになって帰宅したときには、なんだかひどい扱いを受けたような気分でした。

でも客間に入ったら、なにもかもが暖かくて快適に感じられました。アーノルド・ルート教授――シビルの友人でご高齢の考古学者です――が暖炉の側に座って、陶器のかけらをシビルと一緒に分析していました。ロドニーは公式文書らしきものを読んでいました。

「おいおいダーリン、びしょぬれじゃないか！」彼は言いました。「どうして電話しなかったんだい？車で迎えにいったのに。コートと靴を脱いで暖炉の側へおいでよ」

彼がかいがいしく世話を焼いてくれたので、私はすぐに慰められました。「ポツポツ降り出したところだったの。それに車で拾ってもらうのはあまり好ましくなかったと思うわ」

「キリスト教徒は苦痛を得ること自体を目的にしているのかい？」シビルが例の分析的な口調で尋ねます。

「ほとんどの人は車を持ってないだろうさ」とロドニー。

「デベラル・リンバリーか？　いや、違うな」ルート教授は陶器の破片を取り上げてそう言い、「むしろ肉体的苦行は多くの宗教的制度の特色だよ」とつけ加えました。

教授は痩せ型のかなりハンサムな老人で、宗教心の欠如と考古学への興味という点でシビルと共通していました。

「新しい助司祭はどんな人だった？」ロドニーが尋ねます。

「長身でハンサム、目と髪は濃い色よ。名前はマリウスですって」

「じゃあ、まさに、あんたの願った通りだね」シビルは、まるで私が新しいおもちゃを手に入れた赤ん坊であるかのような口ぶりです。「それでビーミッシュ家に下宿してるんだろう？　エラは大喜びだろうし、メアリーもおそらく乗り気なんだろうね」

「でも、彼と顔を合わす時間はあまりないんじゃないかしら」私はすばやく言いました。「昼と夜のお食事は司祭の家で済まされるみたいだし、朝食はビーミッシュ家のガスコンロで自炊するんですって」

ロドニーは笑いました。「哀れなマリウス、『享楽主義者マリウス』*ってわけにはいかないんだな」

「さあ、どうかしら」私は返しました。「聞くところでは、ベイソンさんは司祭の家でココヴァンをお料理すると約束されたらしいわ」

「面白いな、そのペイターの話」ルート教授は自分の頭の中で考えつづけていたようです。「『マリウス』出版後じゃなかったかね。ペイターがオックスフォードを去って、いわば人生観察のためにケンジントンで暮らしはじめたのは？　当時のケンジントンでどんな人生が観察できたんだろうな」

「ランサム助司祭は北ケンジントンでも助司祭をされていたのよ」私は言いました。「きっとなんらかの人生をあちらで観察されたのでしょうね」

「後になってな」と教授は続けます。「ペイターはオックスフォードに戻ったんだ。たぶん思うぞんぶん人生観察をしたからだろうな」教授はクスクス笑い、パイプに煙草を詰めはじめました。「そんなラッキーな人間は多くおらんぞ！」

「ベイソンのことはどう思った?」ロドニーが尋ねます。

「ずいぶん変わった方ね。でも家政夫としては立派にやれるんじゃないかしら。かなりのおしゃべりね、そうじゃない?」

「ああ、僕らのところに勤めているときも、終始なんだかんだと述べ立てていたな。しかし、彼にとっての適所を見つけたようだね」

第5章

「学生の群があふれ出てくるよ」ダッフルコートとストライプ柄のマフラーを身につけた学部生に押し倒されそうになりながら、シビルが言います。「若いっていいね。未知の世界が開ける感じがね。そして知識という宝を手にするための鍵を受け取るんだから！」彼女は傘をドンと地面に打ちつけました。「ピアーズ・ロングリッジが私たちにもその鍵を与えてくれますように」

「そうですわね」おぼつかない口調で相槌をうちました。あまりに多くの若者の群を見たせいで、私は元気になったというよりは、うろたえてしまいました。そもそも、なにかを習得できるとは思っていなかったのです。ポルトガル語の果てしない難解さと比べれば、ピアーズにまた会える嬉しささえも、なんだか怪しいものに思われました。

「授業はこの建物であるみたいだよ」とシビル。「中に入ってから教室を尋ねるように門番が言ってたね」

十一月の黄昏の中、その建物は立派に見えました。おそらく夜間クラスにはすこし立派すぎるくらいです。スイング・ドアを押し開いて中に入ると、玄関ホールがありました。そこの告知板には、関心をかきたてるようなポスターが貼られていて、学生たちを宗教集会や政治集会、避難民の救助活動へと誘っていました。中央スペースの両側には、男女の大きな大理石像が二つあります。おそらく知識と知恵、勇気と希望などといったふさわしい概念を体現するものなのでしょう。女性の像の幅広で大きな白い足を見ながら、もし彼女が靴をはきたいと思ったら靴探しに困るだろうな、などと想像していました。すでに足にマメができかけているのが見える気がしましたし、扁平化した土踏まずの痛みさえ感じたのです。

「古代ギリシア人は裸足だったのですね」私がそう言ったとき、シビルはポルトガル語初心者クラスの場所を尋ねていました。

「18B教室だって。なんだか恐ろしげな響きだね」シビルが言います。「あ、六時の鐘が鳴っている。急がなくちゃ」

「そうですね、遅刻はしたくないですものね」私も相槌をうちました。

ピアーズがどんな様子で生徒と向き合うのか興味津々でした。あらゆる年齢層の人々が入り乱れて教室は満員でしたが、彼のいる気配はありませんでしたし、ドア越しに聞こえてくる声も、彼の教室に入ってこようとする生徒のものでした。時間が経つにつれて、周囲の人々のことがしだいに分かってきました。ミス・ウェザビーとミス・ケインはいわゆる「オールドミス」で、ポルトガルをヒッチハイクで回って旅行体験談を出版しようともくろんでいるそうです。ミス・ジェイムズとミス・ハニーはいずれも若くてかわいらしい娘さん。どうやら個人的な恋愛がらみの理由でポルトガル語を習っている様子で、「好き」と「愛している」に関わるさまざまな表現の説明が始まると、きまってクスクス笑い出すのでした。ミス・チャイルドの動機はあまりはっきりしませんでした。マーブル夫人は夜間クラスそのものが大好きなようで、昨年はスペイン語、一昨年はイタリア語のクラスに通っていたそうです。男性陣――ポッツ氏、ブライドウェル氏、スタニフォース氏、それにジョーンズ氏は皆さん通商関係のお仕事に就いていて、ペルナンブコやサン・パウロ、リオ・デ・ジャネイロなどから届く手紙と悪戦苦闘されているとのこと。一方、マケンティー氏はリスボン大地震に関する当時の文書を読み解くという目的で来られていました。旅行中に不自由しない程度のポルトガル語を学ぼうなどという恥知らずな動機でクラスに入っていた私とシビルは、他の人のような高尚な目的に欠けているようでした。二人のお嬢さんがたも、最終的には夫の獲得を目指されているわけですから。

六時五分頃になってピアーズが夕刊と本を何冊か抱えて入ってきました。教壇に立つ彼の姿はなんと素敵なのでしょう。黒板ですら、彼のハンサムな容貌に額縁を提供しているように思われました。シビルと私は前方のデスクに座っていたので、彼が特別に微笑みかけてくれるのが嬉しかったです。

「さて、ポルトガル語というのは、あなた方が思われるほどにはスペイン語と似てないんですよ」彼は切り出しました。「だから、スペイン語を知っている方はしばらく忘れるようにしてくださいね」

マーブル夫人はしょんぼりした様子になり、通商業界の紳士方はコソコソとささやき合いました。

「それから、この高い文法書を買うように言われたと思いますが、べつに僕が個人的に薦める本ではありません。とはいえ、動詞だとかなんだとかの、ああした退屈な暗記は、もちろんやれば役には立ちますがね」

すこしやる気がそがれましたが、それもすぐに忘れて、また興味をもつことができました。というのも、ピアーズは驚くほど教えるのが上手なのです。この分野で成功するためになにか特別な努力をしているのかしらとさえ思いました。再び昔のようになにかを勉強するというのは妙な感じがしましたが、学習過程にはある種の楽しさもありました。まるで、学校時代にすこし戻ったかのように感じます。ひどくバカげたことにもなにか面白みを感じて、ちょっとした冗談にも大笑いをしました。そして宿題が出されたときには、それが最高に滑稽なことのように思われたのです。

授業が終わると、生徒たちはコートを着ました。若い娘さんたちは、おそらく夜の約束があるのでしょう、あわてて駆け出していきました。それ以外には、なにか食べに行く人、バスや電車で家路につく人などがいました。私はといえば、ピアーズとなにか話ができればと願っていました。でも少人数のグループが彼を取り囲んでいます。おそらく、教室のドアのところで待ち構えていたのでしょう。私もそこに加わろうかと思いましたが、やはり近づかないことにしました。仮定法の用法に関する質問が聞こえてきたのですが、その手の会話についていけるとは思わなかったからです。彼を取り囲んでいる、あらゆる年齢層の生徒たちを眺めて楽しんでいましたが、やはりこういう夜間クラスに来る人というのは、皆多かれ少なかれ変人だという結論に達しました。一日の仕事を終えてからまた知識を得たいと思うのは、やはり不自然なことです。髭をはやした背の高い青年は、ひも製のバッグを持っていましたが、そこにはパン一斤（包装された薄切りタイプ）とネスカフェ缶、公立図書館の本が二冊入っていました。私はなんとも悲しくなりました。こうしたリアルで細々としたものが、彼の全人生を物語っているかのように思われたからです。

「授業が終わってからも生徒さんにつきまとわれるの？」シビルが開けっぴろげに訊きます。「たくさん質問されるんだろうね」

「ええ、そうですね」ピアーズは笑って答えました。「いつでも、なにかしら問題がありますから。でも僕は「そこまでは教え切れませんよ」と言うしかないんです。そうすると皆やる気をなくして帰ってしまう」

「教えるのってすごく疲れそう」私は言いました。「私たちは質問で煩わせないようにしなくちゃね。きっと理解してないことが山ほどあるんでしょうけれど、それを認めるにはプライドが高すぎるのかしら」

授業の後はシビルのクラブへ行って、ロドニーとルート教授と四人で食事をする予定でした。ピアーズも一緒に行けないのがとても残念でしたが、シビルに提案するわけにもいきませんでしたし、ピアーズ自身も急いで帰りたそうでした。でも、その場を去る前に彼は私を呼び寄せ、小声で言いました。「もし明日とくに予定がないなら、ランチでもしないか?」

ぜひ、と返事をしますと、彼はレストランと時間を指定しました。

「聞こえました?」私はシビルに言いました。ぜったい聞こえていたに違いないと思ったからです。

「ピアーズが、明日ランチに誘ってくれたんです」

「そりゃ、ポルトガル語会話の上達にはいいね」彼女はそっけない口調です。

「ほんの限られたことしか話せませんね。まだ一回しか授業を受けてませんし」さっきまで復誦していたなんとも味気ない文章を思い出しました。

「少なくとも、あんたとランチするあいだピアーズは飲みに行かずにすむわけだから、あんたたち両方にいいことだよ。ところで、ノディとアーノルドは玄関ホールで待ってるのかい？ 男性には居心地の悪いものなのかね、女性クラブっていうのは……。まあ、そうだとしても不思議はないけど」

「ここだよ！」ロドニーが姿を現しました。「いつ現れるのかと思ったよ。ここで待つのはなかなかの経験だったね」

「わしらは最大の努力をしてきたんだ。ちょっと下品な言い方だが、あちらの二人のご婦人方をひっかけようとしておったのさ。ところが、彼女らはわれわれの試みに気づかなかったのか、もしくは、そういう経験がないのかもしれん。おそらく口説き方がまずかったのだな」

「まったく、なにをしようとなさってたのやら」とシビル。「一方は有名女子高の校長、もう一人は植物学の教授ですよ。連れのいない殿方を探すよりももっと大事な仕事があったんだろうね」

「あるいは、僕らがほんとうは連れを待っていると分かっていて、気まずい事態が起こるのを恐れていたのかも」とロドニー。

「つまり、この二人が「私たちの男よ」と宣言した場合のことかな」ルート教授は声高に笑いました。

「なかなか痛快でしょうなあ――「考古学者と役人をめぐる女性たちの熾烈な争い」か。まあ、めったにない話ですね」

「あんたらをめぐって争奪戦が起こるなんて思うんなら、それはうぬぼれだよ」とシビル。「ウィルメットと私だけでディナーを楽しむことだってできるんだから」

私は弱々しく微笑みました。なぜだか分かりませんが、私はこの会話のわざとらしさを楽しむ気分ではありませんでした。それにディナーのあいだも周囲から距離を置いていました。シビルの料理の注文がうまいことと、ウェイトレスへの接し方が穏やかで効果的なことには舌を巻きながらも、明日のピアーズとのランチのことを思い描いていたのです。ありとあらゆるお天気の可能性も考慮に入れて（といっても、雨ならタクシーに乗ることになるだろうし、ほんとうは関係ないのですが……）心の中で自分のワードローブ全体を思い出していました。そしてようやく決断にいたったのです。テンの毛皮の付いた新しいダークグレーのスーツを着て、ターコイズブルーのビロード帽をかぶることにしましょう。

晴れた日でした。五分遅れでレストランへ到着しましたが、待ち合わせ用ロビーのない類いのお店でした。きっとピアーズはもう着席して、ドリンク片手に来店者があるたび顔を上げているのではないでしょうか。でも、店内を見まわしてみても、人を待つ男たちの期待まじりの視線に出会うだけ……。ピアーズはそこにいないという結論にたどり着かざるをえませんでした。

「ロングリッッジ氏は？ その名で予約はありますか？」私のまわりをウロウロしていた支配人に尋ねてみました。

「いいえ、奥様。そのお名前はありません。お待ちになりますか？」

彼は私を先導し、ドアにやや近すぎるテーブルに着席させました。ウェイターがやってきたので、ティオペペを注文しました。それを飲みながら気づいたのです。もちろんピアーズが遅刻してくると予期しておくべきでした。なんといっても、あれだけ仕事を転々としてきた人なのだから、時間にルーズだとしても不思議はありません。ひょっとしたら、彼の人生がこれまでうまくいっていない理由のひとつなのかもしれません。

あっという間に飲み終えました。当初の失望感とイライラは、お酒のおかげですこしは追いはらえたものの、私はまた違う意味でいら立ちを覚えはじめたのです。ピアーズが登場する気分になるまで、私はここに独りぼっちでシェリーを飲みつづけないといけないのでしょうか？ すでに二十分遅れていましたし、このまま現れないとしても不思議はありません。きっと彼か私のどちらかが、日時かレストラン、あるいはその両方を勘違いしていたのでしょう。独りでもランチを注文するべきだったのかもしれません。ひょっとすると、デート相手にすっぽかされた女性用の特別メニューが格安で提供されているかもしれません。メニューの内容を考えて楽しみました。水のように薄いスープに、ソース抜きの茹でた魚がよさそうです――もちろん、拒絶された女性こそ、店のありとあらゆる得意料理でもてなすべきだという考えがあれば話は別でしょうけれど……。その場合は、なにもかもをリキュール漬けにしてフランベ〔リキュールに漬けて火をつける料理法〕にするのでしょうか……そんなことを考えているうちに私の顔には笑みが浮かんでいたに違いありません。というのも、ふと見上げると、ピアーズが私に微笑みかけていたのです。ダッフルコート（大人の男がロンドンで着るものではありません）を着た彼の姿にいら立ちを覚えたようにも思うのですが、彼に会えてあまりに嬉しく、またホッとしたため、それも忘れてしまいました。

「微笑んでもらう資格もないけどね」彼はそう言って腰かけました。「許しがたいほどの遅刻だ。でも、どうかこの通りだ。許してくれるよね、ウィルメット？」彼がじっと私を見つめるので、もう返事の必要もありませんでした。シェリーを追加し、それからワインとお料理も注文しました。私たちは幸せでした。彼は遅れた言い訳も弁明もしようとはしませんでしたし、私もそこには触れませんでした。おそらく仕事か交通渋滞だろうと思いましたし、いずれももっともな理由です。

彼は上機嫌で、私たちはたくさんのことを話しました。私はランサム助司祭のことや彼を歓迎する社交イベントの話もしました。

「僕も参加したかったな」ピアーズは言いました。「そういう機会っていつも面白いからね。それに君がそこにいたのなら気も楽だったろうしさ」

「もしくはベイソンさんや、コールマンさんと侍者のグループに加わってもよかったわね」私は言いました。「男性のグループもいくつかあったわ」

「じゃあ次の機会に連れていってくれるかい」

「でも、たしか夕方は忙しいのよね。フランス語とポルトガル語のレッスンがあるから。ところでシビルは、私があなたとランチするのはポルトガル語上達のためによいことだと思ってるのよ」私は笑いました。

ピアーズはワインを注いでくれました。「これはコラーレス。ポルトガルの安ワインだけど悪くないだろ。シビルはこういう会話のことを考えていたのかな?」

「かもね。ありとあらゆることを想像する人だから」

「もしポルトガル語の件がなかったら、僕たちがランチを一緒に食べるのをよく思わなかっただろうか?」

「もちろん、そんなことはないわ」私は熱心に言いました。

「そこまで心が広いのかい? つまり君が言うほどにさ」

「もちろんよ」前より熱意を抑えて言いました。「ピアーズ改良計画」を本人に話すわけにはいかないのです。「ロイーナもとても喜ぶと思うわ」と言い足しました。

「それにハリーもね。間違いないよ」ピアーズは皮肉っぽく言いました。「ロドニーはどうだい?」

「あの人はぜんぜん気にしないわ」

「気にしない……か。言葉づかいが違うね。他の人なら「よく思う」か「喜ぶ」だけど、ロドニーは「気にしない」んだな」

「ええ、だってなにも「気にしない」人なんですもの。妬いたりしないわ」

「おや、そうなの? 君が僕の奥さんだったら妬くだろうな」

彼の言葉に感動しましたが、この手の褒め言葉に応えるには沈黙がいちばんです。コーヒーを飲み終えてレストランを見まわしました。もうほとんど誰もいません。ピアーズに与えようとしていた、よい影響のことを思い出しました。彼を仕事から長く遠ざけてしまうのは、あまり幸先のよい始まりとはいえません。

「ずいぶん遅くなったわね。仕事に戻ったほうがいいんじゃない?」

「おいおい、気の滅入ることを言わないでくれよ。今日の午後は休むんだから。どこかにバスで出かけるとか、なにかシンプルなことをしようと思ってたんだけどな。川沿いを歩くとかさ——歩きやすい靴だったらの話だけど」

さほど歩きやすい靴というわけではありませんでしたから、知らない方面へ向かうバスに長いあいだ揺られた後、降り立ったデコボコ道を歩くのはかなり大変でした。でも彼の優しさに心動かされていたので、すぐに靴のことも忘れてしまいました。靄のたちこめる秋の午後に川沿いを歩く……なんだかすごく特別なことをしている気がしました。太陽はまだ出ていますが、そのうちに沈んでしまうでしょう。光のせいで水面はすばらしく神秘的に見えます。ピンクがかった銀色の静かな水面が遠くにかすんでいき、その向こうには大海原がひらけている……そんな風に感じられました。対岸の倉庫はまるで御殿のようで、ボートがゴンドラさながらに滑ってゆきます。

すこし歩くと、道の曲がり角のところに大きく立派な建物が見えてきました。赤茶色のレンガでできていて、ほとんどトルコ風といってもよいようなミナレットがありました。ファサードにはふんだんにフルーツや花の彫刻が飾られています。そしてガランとした無表情な窓がたくさんありました。すこし空いている窓もいくつかあります。

「あれは何なの？　こんな場所にあんな建物があるなんて思いもよらなかったわ」

「家具の保管所さ」

「でも、あんなミナレットやグリンリン・ギボンズ*風の彫刻飾りがあるのよ。家具保管所にはいくらなんでも崇高すぎるわ！」

「鳥はそんなことお構いなしさ」なるほど、バラ色の正面玄関は鳥たちが落とす物質で白くなっていました。

「内側はどんな風になってるんでしょうね」私は言いました。「天井が高くてだだっぴろい部屋に、布のかかった大きな家具類がわんさかあるのかしら。カビ臭くなっちゃった衣装や本がいっぱい入ったトランクとか……」

「はびこる腐朽ってところかな。家具は腐ち、木食い虫のせいで穴だらけ。テーブルの脚も手に持てばもろく崩れ去り、イスの背も触れただけで崩壊するんだ」

「あんなに立派な会社に任されているんだから、それはありえないんじゃないかしら」私は反論しました。「それに、あそこにずっと預けっぱなしというわけにもいかないでしょうし」

「もちろん、お金は払わないといけないがね。年老いた親類を施設に預けるようなものだな」

「ええ、新しいフラットに収まらないグランドピアノ……。なんだか悲しいわね？」

「でも人生なんてそんなもんだろ、ウィルメット。君の名前みたいだな――悲しげで、でも華やかで威厳のある……」

　彼の言い回しが気に入ったので、もうすこし話を続けてほしいと思いました。

「シャーロット・ヤング〔十九世紀の英国作家〕の小説から取られた名前だって知ってた？　母が大ファンでね。でも、どうして悲しげだなんて思うの？」

「だって、なんとなく、どっちつかずだからな」彼はなんとも謎めいたことを言い、そして黙ってしまいました。

「あら、礼拝堂だわ！」すこし歩いたところで私は声を上げました。「まあ、少なくとも礼拝堂らしき建物ね。実際そんなはずはないんでしょうけど」

「そうかな、保管所に入れられる家具たちに宗教的儀式を執り行ってやるには最適だろ。きっと火葬場の礼拝所みたいに宗派は関係ないのかな？」

「まさか！　ぜったいにお香は焚くわよ。とても衛生的だもの。最強のお香を焚けば、木食い虫だって燻し出せるわよ！」

　しばらくのあいだ私たちは空想を続けました。とうとう太陽が沈み、ひんやりしてきました。首回りの毛皮を引き寄せ、そこに顔をうずめました。

「そろそろ戻って、ケンジントンでお茶でも飲もうよ」ピアーズが言います。「よければ、だけど」

「ええ、もちろんそうしたいわ。でも、ほんとにそろそろ帰らなきゃ」

「おや、好きなように行動できないの？」彼は尋ねます。「どうせ旦那さんは仕事だし、お義母さんはきっと今頃、僕が授業中に指示したように、falar, aprender, partir の直説法現在形を覚えている最中さ。誰も君がいないことに気づかないよ」

「そうね」私も気楽に返事しました。「私って役立たずだから」

　彼はそれを否定しませんでした。

「ポルトガル語で会話してないわね」お茶の席で私は言いました。

「いとしのウィルメット。残念だけどレッスンを一回受けただけじゃ、僕が君としたいような会話にはならないよ」彼は微笑みました。

「でも、きっといつかはできるわよね。今日の午後はとても楽しかったわ。家具保管所を見たり、川沿いを歩いたりして。あれだけの家具があるなんて――考えてもみてよ！」

「僕らは愛のソネットに美しい部屋を築くだろう」〔ジョン・ダンの詩『列聖加入』から〕ピアーズは妙なことを言いました。

「さあ、出版社に顔を出して僕の仕事が来てないかどうか確認しにいかなきゃ」

「午後のあいだになにか仕事が来ているかもしれないの？」

「午後というか、今日一日のあいだにね。実は、今日はまだ一度も顔を出してないからさ」

「行かなくてよかったの？」

「もちろん行かなきゃならないさ」

「あら、じゃあなぜ？」

「ウィルメット。生活のために仕事をしているとさ——君はけっしてそんな目に会わないよう願うけどね——どうしても仕事が耐えられそうにないと思う日があるものなんだよ。それから、実際に耐えられない日もね。今日はそういう日だったってわけさ。今朝起きたとき、ぜったい無理だと思ったから行かなかったのさ」

なんと言ってよいのやら分かりませんでした。同情も批判も求められてはいないように思われたのです。でも、仕事に行っていなかったのなら、ランチに遅刻する理由はなかったわけだなと考えてしまいました。それから、今日の午後は仕事に行けたのに、彼の気を散らしてしまってまずかったなあとも思いました。とはいえ私は事情を知らなかったのです。一緒に時間を過ごしたことで、すこしは彼の気分を浮き立たせる助けになったかもしれませんし、それなら意味はあるのかもしれません。

「君も来るかい？」出版社に近づくと彼は訊きました。

「ええ、あなたが仕事をする場所に興味あるもの」

「仕事をするとはかぎらないけどね」

暗くて狭い階段を上がり、みすぼらしい小部屋へと連れられました。緑色の傘の付いたランプをテーブル上でグッと引き下げて、中年男性と高齢の女性がなにかを読んでいました。細長いゲラ刷り原稿が、まるでイスやテーブルを飾るようにぶら下がっていましたが、なかには床に落ちてしまっているものもありました。窓の下枠のところには、口をつけずにもう冷めて灰色の浮きカスのある紅茶が一杯ありました。

「あら、ロングリッジさんのお出ましね」年配の女性が仕事から目を上げることもなく言いました。ピアーズがフラットをシェアしている相手がこの女性でないことは明らかでしたし、私たちを無視してブツブツ独り言をいっている中年男性でもなさそうでした。

「捜索隊を出そうかって言ってたんだよ」ミス・リンプセット――そうピアーズが紹介してくれました――は言いました。「十一時十五分前にあなたのお茶も淹れておいたんだけど、来なかったわね。タワーズさんがあんたの仕事もやり出したけど、もちろんポルトガル語には手が出せないからね」彼女は眼鏡をはずし、目をこすります。「私はまる一日ギリシャ語のお相手さ。まったく、もうクタクタだよ。夕飯用によさそうな骨付き肉も手に入れたことだし、もう帰るとしよう」

彼女のバスケットには大衆女性誌が入っていました。出版社での退屈な一日の後、彼女がロマンスの世界に逃避できるのかと思うと私まで嬉しくなりました。

「家に持って帰るよ」ピアーズは校正紙の束を摑みあげました。「家で仕事することもあるんだ。リンプセットさんやタワーズさんと一緒に仕事しても、いまひとつやる気が出ないしね」部屋の外に出ると、彼はそう言いました。

「あの人たち、ずっとこの仕事をしてきたの?」私は訊きました。

「そんな人はいないよ。タワーズさんは昔は司祭で、進学準備校〔寄宿生の私立初等学校〕を経営してたんだ。リンプセットさんは高齢の父親――かなりの学者なんだけどね――の面倒を見てたのさ。それで、お父さんが亡くなってから気づいたんだって。彼の執筆を手伝う過酷な暮らしをしているうちに、実は生計を立てる術が自分に身についていたってことにね。お手伝いやコンパニオンをするよりもずっと稼ぎのいい仕事さ。今じゃ、ここぞとばかりにマニアックな質問で著者たちを逆上させるんだからね。出版社の校正者だって、なんらかの方法で自己主張しなきゃ、やってられないのさ」

　あんな光景を見たせいで気が滅入ってしまいました。お茶の後まっすぐ帰っていればよかった。ピアーズがあんな環境で働いているとは考えたくありませんでした。

「あなたのフラット・メイトは、あの二人のどちらでもなさそうね」笑わせようと思って、そう言ってみました。

「そりゃ間違いないよ」

「もう家に帰らないと。今日の午後は楽しかったわ」

「それなら僕も嬉しいよ」ピアーズは関心なさそうです。彼は急に冷ややかになり、内に引きこもってしまっているようでしたので、夕飯に招くことも次の約束をすることも控えました。

「あ、タクシーが来たわ。拾うわね。ラッシュアワーがそろそろ始まってしまうわ」

「ああ、そしてパブも開店する」

　タクシーが走り出しました。最後にちらりと見えたピアーズは、校正紙の束を手に歩道の端にたたずんでいました。

　家に帰ると、めずらしくシビルが一風変わった出迎えをしてくれました。

“*Falo, falas, fala, falamos, falais, falam*” 彼女はポルトガル語を朗誦します。「きっとあんたは今日の午後、これよりたくさん収穫があったんだろうね」

「さあ、どうでしょう……」私は返しました。いざ終わってみると、今日の午後ピアーズと過ごした時間をどう話していいものやら、よく分からなかったのです。家具保管所のことはきっとシビルも面白がるでしょうし、話してもいいと思いましたが、今日という日が私の心に残した喜び、悲しみ、不安、期待……そうした感情の混沌については、とても話せませんでした。

第6章

いつも通りの陰鬱な霧とともに十一月がやってきました。冬が近づき日が短くなるにつれて、気持ちもだんだん落ち込んでいきます。ポルトガル語教室以外にはピアーズと会うこともありませんでした。授業後も、彼が私に話しかけようとする様子はありませんでしたし、私のほうも、あまりにバカバカしく見え透いた質問で彼に群がる生徒たちに加わることはプライドが許しませんでした。私たちは言語学習につきものの退屈な初歩段階をこなしていきました。すべてが現在形で、文法書にお決まりの名詞群も学びました――父、母、叔父、叔母、教授、犬、黒板、鉛筆、ペンといった具合に……。ときどき機嫌のいいとき、ピアーズは本題から脱線して、ポルトガルワインのことや、ブラジル人がポルトガル語を話すときに使いがちな滑稽な表現などについて話してくれました。川沿いを歩いたあの午後の親密さがまた戻るとは思いませんでしたし、実際そうならないほうがよかったのですが、ピアーズはまた私に会いたくはないのかしら、などとつい思ってしまうのでした。あのときは私といてあんなに楽しそうだったのに……。彼が空き時間に（お酒を飲む以外に）何をしているのか、どんな友達と付き合っているのか、さっぱり見当がつきませんでした。夕飯に招待してロドニーにも紹介し、気持ちのよい上品な会話をしたいと思っていたのですが、なにもしないまま何週間もが過ぎてしまいました。

ある朝、輸血センターからカードが届きました。翌週開かれる献血の会に来るようにとのことです。すっかり忘れていましたが、メアリー・ビーミッシュがすこし前に渡してくれた書類に記入していたのでした。献血すると考えると、なんだかワクワクして、その日が来るのをまるで楽しいことのように心待ちにしました。そしてその日、出かけようとしていたらメアリーから電話があり、同行すると言ってくれました。つい最近やったばかりだから彼女自身は献血できないのだけれど、初めて訪れる私が不安になるんじゃないかと心配してくれているそうです。

午後の部に行くことになっていたので、シビルはとくにボリュームのあるランチを作ってくれました。そうしたら私の血が濃くなって、それだけ瀕死の人にはより有益だろうと思ったようです。

「家から出られないんじゃないかってヒヤヒヤしていたの」バス停で会うと、メアリーはしゃべりだしました。「今日は、母が例によって不安な気分でね。でもやっとミス・プリドーがやって来て、傍に座ってくれてるの。だから帰るまでは大丈夫だわ。それにね、ミス・プリドーがご親切にお茶も用意してくださるらしいから、実は急いで帰る必要もないわけよ。クランペット〔マフィンに似たパン〕を用意しといたわ。母はあれが大好きだからね」

ビーミッシュ老夫人が頬からバターを滴らせて指をなめている光景が目に浮かびました。

「さあ、着いたわ」メアリーは明るい声で言います。「ここで降りるわよ」

病院は教会の隣にあり、献血者センターは地下祭室にありました。階段をすこし下りてから通路を歩きました。壁には十八世紀の記念碑が飾ってあります。納骨堂みたいなところを通って献血に向かうというのは、ある意味で似つかわしいことのように思われました。でも、私たちの入った部屋というのは、てきぱきとした活気にあふれ、蛍光灯の光る衛生的な場所でした。テンペラ画法で塗られた緑っぽい壁にすこし湿気たところがある以外には、地下祭室にいるとは思えません。ベッドに横たわっている人もいましたし、さまざまな色のラベルが付いたボトルを抱えてイスに腰かけている人もいました。白衣を着た男性二人が腰かけて献血者の受付をしており、冗談を言いながら書類を書いたり、私たちの指に針を刺して血を採ったりしていました。

順番を待ちながら周囲の人を観察しました。ありとあらゆるタイプと年齢層の人がいましたが、彼らにはどこか共通した高貴さが感じられるかどうかを見極めようとしました。結論としては、若い人もいるけれど、大多数はくたびれた感じの中年で責任感の強いタイプ。すでに抱えている以上の重荷を引き受けようとするような人たちです。

すぐに私の番がやってきました。ベッドに横たわった私の袖を看護婦がまくり上げ、左腕に止血帯のようなものを固定しました。それから、びっくりするくらい若く見える医者が私の腕に針を突きさしてチューブを固定してから、手に持った木片をきつく握り締めるように指示しました。私は横たわって天井を眺めながら、適量の血が採れるまで瞑想しようとしていたのです。

ところが、突然ドアのほうで騒ぎがありました。頭をすこし上げてみると、フサフサの毛皮コートに赤い帽子をかぶった、ちょっとクレイジーな感じの長身女性が、白衣の男性たちと口論しています。「まったく、こんな行列の中で待てるもんか。私はミス・ドウントだよ」彼女の大声が鳴り響きます。

「私の血はＲｈマイナス、もっとも貴重な血なんだから。地域長官からの手紙もあるよ」彼女はぎこちない手つきで紙きれをいじくり回し、声を荒らげて読みました。「この貴重なる血……そう書いてあるよ。それなのに、あんたたちは私にこんな大勢の人の後ろで待ってっていうんだからね！ここで待ってるあいだに、私の血を必要とする人が死にかけてるかもしれないっていうのにさ！ほんとにそんなことが起こっていたら、あんたたちどう思うのさ？」

男性たちの答えは聞こえませんでした（答えていたら、の話ですが）。ひょっとすると彼らは職業柄、死に対して鈍感になっているのかもしれません。でもとにかく、ミス・ドウントの言い分は聞き入れられたようで、彼女は私の横のベッドに上がり、もったいぶった様子でコートをかなぐり捨て、勝ち誇ったように左腕を出しました。

「この貴重なる血……」彼女はぶつぶつ独り言を言いはじめました。最初は血のことを、そのうちに関係ないことを話していました。半分くらいしか聞き取れませんでしたが、壊れた牛乳瓶のことで誰かと喧嘩したとか、そのときに言い合った言葉だとか、そのようなことです。「意識の流れ」の小説のようでした。彼女がつぶやくのを止めたのでホッとしました。私に話しかけてくるんじゃないかとヒヤヒヤしていましたので。ヴァージニア・ウルフだったら、きっとこの経験から得るところがあっただろうなあ、などと考えていました。たぶん作家というものは、普通の人にはショックだったり気まずかったりする場面からでも、なにかヒントを得るのでしょう。まあ、ミス・ドウントの変人ぶりなど大したものではありませんけれど……。なにはともあれ、別室で横になり、甘すぎる紅茶を飲んだときには嬉しくなりました。ミス・ドウントなら、献血後に横になりたいかと訊かれても猛然と拒否したに違いありません。

「初めてなんだから、あわてて外に出ちゃだめよ」メアリーは騒ぎたてます。

「そうね、厚生施設であなたが献血したあの朝みたいにはね」私は先日の話を持ち出しました。

「午後も自由なんだと思うと、とてもいい気分だわ」とメアリー。「この後の予定はあるの？」

「ええと、どうだったかしら……」私は用心深く言いました。メアリーがなにを言い出すか分からなかったからです。

「ドレスの買い物を手伝ってもらえるかなと思って……」メアリーは続けました。「新しいドレスを買わなきゃいけないんだけど——ほら、夜の教区行事用のウールドレスよ」

「夜の教区行事用のウールドレス」……心の中でその気の滅入る表現を反芻しました。哀れなメアリー……彼女の社交生活はそれしかないのでしょうか？　そうに違いありません。

「今の青いのはあまりにもみすぼらしいから、新しいのを買ったほうがいいって母に言われて」古くからある、でもおしゃれな店の名——そこに母親の口座があるということです——をメアリーが挙げましたので、そこへ向かいました。それがどんな店かを知っている私としては、ふだんのメアリーがもうすこしましな服装をしていないことに驚いたのです。

「ふだんはセールに行くの」彼女はそう言って、私が謎に思っていたところを説明してくれました。

「すごく値引きされるのよ。でも今日は、もうすこし払わなくちゃいけないでしょうね」

そうするとやはり、買い手がなくて値引きされている、手に負えない蛍光色の青や、すすけたオリーブ色のドレスを買うのは、メアリーやその手の女性ということです。そして、そうやって節約したお金をメアリーは教会や慈善団体に寄付するのでしょう。一方の私ときたら、最新流行のスタイルと色の服を好きなだけ買って、教会にはすこしばかりお金を寄付し、慈善団体にはほとんど一銭も払わないのです。この対比に私は居心地が悪くなりましたので、あまり深く考えないことにしました。お店に入って、香水の漂う空気と柔らかい絨毯に包み込まれたら気分がよくなりました。メアリーときたら、半ドンの日に外出した女子生徒のように興奮して、異なる売り場に来るたびにいちいち私の注意を引きたがるのでした。

「なんて素敵なスカーフなの！ 今どきの色はどれも素敵ね？ それにほら、あっちのビーズや宝石類……まるでアラジンの洞窟に来たみたいじゃない？」彼女はペチャクチャおしゃべりを続けます。「でも、ドレスは上階《うえ》でしょうね。ここで時間を無駄にしないようにしなきゃ」

「ドレス・サロン」へ入りましたが、午後のこんな時間帯にはガラガラです。眼前にはグレーの絨毯がゆったり広がっているようでした。黒いドレスを身をまとった売り子が近づいてきて、私に「なにかお探しですか？」と尋ねました。

「私なの、探しているのは」メアリーは開けっぴろげに言いました。「普段着用のウールドレスが欲しいんですけれど。青かグリーンで、あまりエレガントすぎないやつ」

「黒のドレスを着ようと思ったことはある？」売り子が商品を取りに行ったとき、私は尋ねました。

「あなたに似合うと思うんだけど」

「あら、そう？」メアリーは疑わしげです。「父親が死んだとき以外、黒は着たことがないわ。だって若い娘にはふさわしくないって母は言うのよ——もちろん、もう「若い娘」ってわけでもないけどね」彼女は微笑みました。「まあ、そんなわけで、たいてい青やグリーンを着るようになったの」

メアリーは何点か試着しました。そこそこ似合ってはいましたが、どれも面白みのないドレスばかりだったので、私は売り子に黒を持ってきてほしいと頼みました。なぜメアリー・ビーミッシュのためにここまでしなきゃいけないのか、自分でも分かりませんでした。だって考えてみれば、彼女がなにを着ているかなんて、どうでもいいわけですから。前の青いドレスにできるだけ近い物を買ったらいいのです。どうせ大した違いはないのだから。

ところが、持ってこさせた黒いドレスを着てみたら、やはりそれがいちばん似合いました。シンプルな身ごろ部分とたっぷりしたプリーツスカートが見映えするのです。

「首元がけっこうキツイ感じだわね」メアリーは辛口です。「でも、教会関係にはこれでじゅうぶんね」

「あら奥様、そういった機会にはこれがまさにぴったりですわ」売り子がこびるように微笑みました。

「司祭さまだって黒ばかり着られますものね」

私たちは二人とも、そういう風に考えたことがなかったので、噴き出してしまいました。

「首元に真珠のネックレスをしたら華やかになるわ」私は、ファッション誌に書いてあるようなことを熱心に言いました。

「そうね、二十一歳のときに父がくれた一連のパールがあるわ」メアリーも相槌をうちました。

「あら、イギリス淑女的な本真珠はだめよ。下に売ってたみたいな模造品のほうがいいわ。最低でも二連か三連のね。ピンクはどうかしら。華やぎが出るわよ」

「私にも華やぎが必要なのかしらね?」メアリーは微笑みました。

「そりゃ、そうよ。女性なら誰だって……」と答えはしたものの、確信はありませんでした。

「でもほら、私ってお化粧もしないのよ。軽く粉をはたく以外はね。化粧をしたことも一度もないの、ほんとに。やればすこしは見栄えがよくなるんだろうけれどね」

私は当たり障りのない返事をしておきました。

「きっと今から化粧をしはじめたりしたら、きまりが悪いだけだと思うわ」メアリーは続けます。

「それに母が何て言うことか……」

結局メアリーは黒いドレスを買うことにしました。私はそれに合うネックレス――ほのかにピンクがかった二連の真珠――も買うように言いくるめました。

「つける日が来るのかしらね」メアリーは笑います。

脇道へ入り、私の知っている手軽なカフェへ行きました。買い物女性のたまり場です。かなり混んでいましたが、なんとか小さなテーブルを見つけ、銀のストライプ模様の壁に固定されたバンケット〔クッションつき長イス〕に腰を下ろしたのです。

「まさに女の園だわね」メアリーはそうささやきながら、妻の買い物袋を膝に積み上げてなんとも居心地悪そうにしている夫を指さしました。「あの人、ほんとにみじめそうだわ」

そのとき、若い司祭が年配女性(おそらく母親でしょう)と入ってきました。二人の男性は見つめ合います。まるで動物園の動物同士が、互いの不遇に同情し合うような目つきでした。

「真っ昼間にこんな店でお茶する時間のある男性なんて、ほとんどいないでしょうね」私は言いました。「それに来るとしても女性に連れてこられるわけだし。まあ、司祭なら日中かなりの暇があるんでしょうけれど。いったい昼間は何をされてるのかしら? こういう店で群なしてお茶する姿も見かけないしね。映画にでも行くのかしら?」

「暇なわけじゃないのよ、ほんとは」メアリーは真顔です。「ほら、教区訪問があるもの。ボード司祭は昼間にたくさん訪問されるのよ。彼曰く、夕方は皆テレビを見てるから邪魔されたくないんだって」

「ランサム助司祭もたくさん訪問されるの?」

「まだ始められてないと思うわ」とメアリー。「でも、司祭の家に長時間いらっしゃるから、私たちはあまりお会いしないの」

彼女はなんだか戸惑った様子でした。なにかを躊躇しているようです。まるで私に言いたいことがあるけれども切り出す勇気がないといわんばかりに……。

お茶のお代わりを提案しました。それを飲みながら、私はランサム助司祭についてさらに尋ねてみました。彼に関してなにか面白い話が聞けるかもしれないと思ったからです。

「とても気さくな方だわ」彼女はあいまいな物言いです。「ときどき母と夜のコーヒーにお誘いするのよ」

「部屋は独立しているの?」

「いいえ、でもバスルームは二階にあるし、彼の部屋にはガスコンロもあるわ。いちど私と彼とでお紅茶を飲んだこともあるの」彼女は恥ずかしそうです。

ビーミッシュ老夫人はどう思ったことでしょう。

「母はミス・ダブとポラード夫人のところへお茶に出かけていたの——車で来て、連れて行ってくださったのよ」メアリーは早口に説明しました。

「で、楽しかったの？　その、彼とお茶を飲んで……」私は尋ねました。

「ええ、とても面白い方よ。イースト・エンドや北ケンジントンでの経験をいろいろと聞かせてくださったわ」メアリーは大真面目です。それから顔を赤らめて一気に言いました。「マリウスと呼んでくれって言われたけど、とてもできそうにないわ」

「どうして？」軽い口調で言いましたが、彼女の告白に内心ムッとしたことは自覚していました。

「突然なんの前触れもなくそんなことをおっしゃったの？」

「ええ、私が階段を下りているときにね。私が「助司祭さま、お茶をごちそうさまでした」とかなんとか言ったときだと思うわ。「マリウスと呼んでください」っておっしゃったのは」

「彼を「助司祭さま」って呼ぶのは、いくらなんでも、ちょっとやりすぎなんじゃない？」

「でもウィルメット、実際に助司祭さまなんだから。テムズ司祭やボード司祭より若いとはいえね。それにマリウスって男性にしては珍しい名前だし、私の名前がメアリーでしょ。たぶん私、頭が混乱してしまって、もし「私のことはメアリーと呼んでくださいね」なんて言ったら、とてもバカげて聞こえるだろうと思ったりしたの」

メアリーはこのことをあまりにも大げさに考えすぎていると思いました。ひょっとすると、彼女が新しいドレスを買ったのは、むろんお母さんに言われたこともあるでしょうが、マリウスのせいなのではないでしょうか。あんなにハンサムで魅力的なのですから、彼女が恋してしまったり、関心をもつのもまったく不思議なことではありません。結局のところ、これはあまりにもありがちな状況です。ビーミッシュ家がランサム助司祭に部屋を提供したとき、テムズ司祭はこういうことが起きるかもしれないと思われたでしょうか？　いえ、たぶん、そんなことは考えられなかったのでしょう。

「悲しいわね、冬が来るのって」すこしの沈黙の後でメアリーが言いました。二人で窓の外の暗い空を見ていました。

「そうね、でももうほとんど慣れてしまったわ。それに暖炉とか暖かい服とか、そういう楽しい面もあることだしね」

「夏の終わりが最悪ね。九月の終わりかしらね」メアリーは続けます。「この詩、知ってる？

　バラの咲くところに風ふき、かぐわしき草あるところに冷たき雨ふれり*」

私をじっと見つめながら、彼女は低く澄んだ声で引用しました。

どうしようもなく気まずい思いでした。私もこの詩を覚えていて、終わりのほうには「わが心のありしところ、涙また涙」という一行があるのも知っていたからです。それがメアリーになにか個人的なことを意味するとまでは思いませんでしたが、女性同士の打ち明け話に引き込まれるのはとても耐えられないと感じたのです。冷めた目で彼女のほうを見やると、私への友情にキラキラ顔を輝かせるメアリーが目に入り、ほとんど嫌悪に近い気持ちを覚えたのです。自分とはまったく違うタイプの人間と、こんなところで私は何をしているのでしょう？　でも、聖ルカ教会と掛かりあいになったのは、他の誰でもない自分の責任なのだから、と筋違いな理屈を自分に言い聞かせたのです。

「いい詩ね」私は出しぬけに言いました。

「私って詩を読みすぎるのよね」メアリーは続けました。「ちょっとした悪癖よ」

その日の午後は、混乱したような、バツの悪いような気分で終わりを迎えました。私のお気に入りの詩をメアリーが読んでいたと考えるのも我慢ならなかったのです。だから、とにかくできるだけ早く彼女から逃げたいと思いました。

「実は、私は小説を読むほうが好きなの」手袋をはめながら言いました。「そちらのほうが、もっと悪い癖でしょ」

「あら、どうかしらね。すごく立派な小説もたくさんあるわけだし」

きっと彼女は外国の翻訳小説や歴史物のことを話し出すわと思ったら、実際そうしました。

「私は半日でサッと読み飛ばせるような軽くて面白いのが好きなの」私は言い張りました。

メアリーは微笑み、それがまた私をイラつかせました。「あら、もうこんな時間！家へ帰らなきゃ。ドレス選びに付き合ってくれてありがとうね、ウィルメット。私独りじゃ、こんな素敵なのはぜったいに選べなかったわ」

外へ出ると私は、閉店前に買い物がしたいのだと口実を作りました。メアリーはひとりでバスに乗りました。私はお気に入りのトリュフチョコを作るお菓子屋さんへ入り、半パウンドほど買いましたが、そうしながらもずっとメアリーに反感を抱いていました。彼女の善良さのどこがそんなに腹立たしいのか、自分でも分かりませんでした。彼女が私とはあまりにも正反対で、そのせいでなんだか後ろめたく、自分が役立たずのように感じられるという、そのことだけが理由ではなさそうです。それから私は、善良な人間と邪悪な人間のパラドックスについて考えはじめました――なぜ邪悪な人のほうがよい印象を与えることが多いのでしょう? 聖書の寓話にある賢明な処女たちの不愉快な性格についてずっと考えつづけていましたが、ふと気づくともうほとんど家の近くまで戻っていました。背の高い、黒い人影が、私のほうへおずおずと近づいてきます。ランサム助司祭でした。

「こんばんは」私は声をかけました。「たぶん私のこと、覚えておられないでしょうね。あなたの教会に通っておりますの。ウィルメット・フォーサイスと申します」

「もちろん覚えていますよ。例の、社交の夕べ、にいらっしゃいましたよね」彼は、まるで引用符に入れるかのようにその言葉を際立たせて言いました。「それに教会でもお見かけしましたし」

「うちにお越しくださるところでしたか?」

「ええ、そうしようかと思っていました。司祭が訪問しないという理由で、教区外にお住まいの方たちが蔑ろにされているように感じるんじゃないかって、テムズ司祭はいつも心配されています。それで、僕に訪問するべきお宅のリストを渡されたわけですよ」

「あまり楽しいお仕事には聞こえませんわね。実際のところ、きっとお嫌なんでしょう?」そう言って私は笑いました。

「今日はなかなかついてましたよ」ランサム助司祭は言います。「午後だけで三杯もお茶をいただきましたからね。しかし、もう今だとお茶の時間には遅いですな」

「まさか、ジンやシェリーを期待するわけにもいきませんものね?」

「まあ、そうしたお酒を置いている家もありますし、デカンターにほんの半インチだけ残っているような場合もありますが、その場合は、まったくないよりもさらに気まずいわけですよ」

彼の口調に私はいささか驚きました。イースト・エンドや北ケンジントンで司祭を勤めてきた方の言葉とは思えなかったからです。たぶん（そういうことを耳にしたことはありませんが）彼にはなにか個人的な財産があって、そこそこ快適な暮らしに慣れておられるのでしょう。

「じゃあ、うちにお越しになってシェリーをご一緒していただけますわね。うちのデカンターには、気まずい思いをさせずにすむだけの量が入っているはずですわ」

彼とお話できると考えると、ちょっとワクワクしました。ロドニーはまだ役所から戻らないでしょうし、シビルはルート教授と一緒に、ローマ時代のイギリスに関する講演に出かけていました。

「家庭訪問をなさると、なにか軽食が出ることも多いんですか？」私たちは客間の暖炉脇に腰を下ろし、くつろぎました。

「たいていはそうですね。でも、こんなにすばらしいことはなかなかありません」そう言って彼はシェリーグラスを灯りにかざしました。

「夫と義母《はは》は不可知論者ですの」私はあっさり切り出しました。「ということは、司祭様においでいただくよい口実になりますわね」

「まあ訪問したからといって、大したことはできないと思いますがね」気楽な口調で彼は言います。

「おもな目的は、信心深い方と連絡をとり合い、信仰のゆらぎかけている方を励ますことですからね。不可知論者を公言されている方には、また違った対応が必要になりますよ」

その対応を彼は提供できるのだろうかと考えてしまいました。

「晩禱にいらっしゃらなくてもいいのですか？」暖炉に身をかがめて両手を暖めている助司祭に尋ねました。

「いいんです、今日はボード司祭の番ですからね」彼は時計を見ました。「でも長居はできません。今夜はやぼったいほど早い時間に夕食ですからね」

「あら、じゃあ南インドの勉強会がいよいよ始まったんですね？ テムズ司祭が前に私にも参加しないかと勧めてくださいましたわ」

「ああ、あの方はいつもその話をされてますが、なにも始まっていないようですよ。違うんです。ボード司祭と私は、コールマンさんや侍者たちと一緒にクレイジー・ギャング〔二十世紀半ばに人気があったコメディアンのグループ〕を観にいくんです」

驚愕の気持ちをあらわにしてしまいました。「なんて奇妙なものを！」

「いや、侍者たちが選んだんですよ。彼らの外出日でもありますしね。しかし、ちょっと危険な前例を作ってしまいそうです」

「ええ、そうですわね。クレイジー・ギャングのやることを考えればね。でもコールマンさんはとても頼りになる方ですわ。あれ以上の司式者はいないでしょう」

「そうですね。ビル・コールマンはいい男です」ランサム助司祭は、さっきよりは司祭らしい口調で言いました。

「ビル？ ウォルターではありませんでした？」

「そうかもしれません。でも、いつもビルと呼ばれてますがね」

「たしかにその名前がお似合いの感じですね。ベイソンさんもいらっしゃいますの？」

「いや、それはないでしょう！　いつだったかの日曜にコールマンさんと口論をして、まだなんとなく彼らのあいだは冷ややかですからね」

「何があったんですか？」

「侍者が足りないことがあり、ベイソンさんが手伝いましょうと言ったんですよ。やり方は知ってるからってね。ところが、あいにく夢中になりすぎたベイソンさんが誤ってコールマンさんの法衣を着てしまい、それを指摘されても聞く耳をもたなかったんですよ」

「それぞれの法衣があるんですか？」

「たいていの者はね。それにコールマンさんは教会向けの仕立て屋に自分のを特注してますから。気分を害されるのも分かるでしょう？」

「万事がささいなことのように思えますけどね」

「まあね。しかし、ささいなことのほうが大切だったりするものでしょう？　とにかく、コールマンさんは今じゃ自分の法衣を持ち帰り、日曜ごとに小さなスーツケースに入れて持ってくるようになったんです。もう間違いが起こらないようにね」ランサム助司祭は笑って、それから立ち上がりました。

「ベイソンさんはしっかりお料理されてますか？」

「はい、それはもう。すばらしい料理人ですよ。お聞きになっているかもしれませんが、朝食は自分で作るんですよ」彼は微笑みました。「だから、司祭の家での食事はとりわけありがたいんです」

「今日の午後は、メアリー・ビーミッシュと買い物をしていましたの」彼が彼女についてなにか言うか興味津々でした。

「ああ、メアリーはいい方ですね」彼は思いにふけるように言いました。

この言葉をどう受けとめるべきなのか、よく分かりませんでした。私なら、そういう風に言われてもとくに嬉しいとは感じないでしょう。まあもちろん、私が「いい方」と誰かに描写されることはありえませんが……。それにしても、哀れなメアリーには、他にどんな表現がありえたというのでしょう?「いい方」……。

彼が去った後、彼とボード司祭や侍者たちがクレイジー・ギャングのおどけた仕草におなかを抱えて笑っているところを想像してしまいました。次に教会で会うときに、そのことを思い出さなければいいのですが……。

第7章

クリスマスのすこし前に、ロドニーと私は、ロイーナとハリーの夫妻をランチに招待しました。皆で集まって昔話に花を咲かせようというわけです――ハリーが私と計画していたランチの代わりになるはずでしたし、こちらのほうが望ましいでしょう。ところが、結局は子供たちがおたふく風邪になったり、ロドニーが学会やら会議やらで身動きが取れなくなった――ある意味でこれも「おたふく風邪」みたいなものです――ため、ハリーと私が二人きりでランチをすることになったのでした。

そのレストランは、お肉で有名な、いわば「男性的」なお店でした。何種類もの大きな骨付き肉がテーブル横までワゴンで運ばれてきて、客がめいめい気に入ったものを注文するのです。この儀式は、外国式レストランが好んだ「火の試練」――つまり顧客たちが不安げに見守るなか、あらゆる料理を燃えさかる炎に放り込む方式――に代わるものでした。お肉が運ばれてきたとき、私は女性らしい慎みからおもわず顔を背けてしまいました。あまりにも大量の肉の光景には、ほとんど猥褻ともいえるものを感じたからです。とはいえ、それはすばらしい牛肉で、私はありがたく……というか大喜びで食べました。

「君はナポリのフリート・クラブを覚えているかい？」ハリーがおセンチな口調で尋ねました。

「ステーキに……というか、なんにでも目玉焼きをのっけてくるお店ね。目玉焼きがのっていない料理はあったのかしら？」

「そりゃ、ないだろう。あいつらは、イギリス人やアメリカ人はそれが好きだと思ってたのさ。それで正解だと思うよ。君ですら目玉焼きを見たときは目を輝かせてたんだから。君はほんとに陽気で可愛かったよなあ」

「あの頃はね」私はすばやく返しました。「今もだよ」と言ってもらえるに違いないと思いつつ、そう言わないでほしい気持ちもすこしはありました。

「今はあの頃ほど陽気ではないかな。でも、そのほうがもっと魅力的だ。前にはなかった悲しげなところが今の君にはあるからね。まるで、人生が願った通りにならなかったといわんばかりのね」彼は自信なさそうな口ぶりです。

「あら、でも人生ってそんなものじゃない？」

「まったくその通りさ！」ハリーは力いっぱい相槌をうちました。「でも、事態を改善させることは——まあ、たいていの場合には——できるはずだよ」

私はそれには返事をせずにお肉を褒めつづけました。ときに口いっぱい頬ばったりしながら……。

「実は、君と二人きりでランチがしたかったんだよ」と、真剣な口調のハリー。「僕ら二人でいろいろ楽しむこともできるだろ、そう思うんだ」

「あら、そうかしら」私は冷たくそう言ってから、突然こう考えたのです。なんだ、相手は十年前から知っているニコニコ・ハリーじゃない！ こんなに冷たく突きはなす必要はないわ。それで私はもうすこし明るく言いました。「美味しい肉をたらふく食べるランチを何度もするってこと？ そういう計画なの？」

「ほんとに君は冗談が好きだよな！ まあ、それが君の意外なところでもあり、そそられるところでもあるんだけどね」

その時点から、ハリーはもっと露骨にいちゃつく態度になり（とはいえ、重々しいエドワード朝風ではありましたが）、私たちはとても楽しい時間を過ごしました。このレストランで女性とランチをしている男性は皆こんな風に女性といちゃついているのかしら、などと考えてしまいました。それから私は、おそらく役所の食堂でランチを食べているロドニーのことを思いました。彼でもタイピストの女性といちゃいちゃしたりするのでしょうか？ それとも、そういうことは、彼と同じような役職の女性相手にしかありえないのでしょうか？ シビルと私で噂していたような、ブリーフケースを手にジェイムズ・パークで下車する例のおっかない女性たちです。でも、彼女らには役所の食堂のランチは不似合いでしょう。まあもちろん、外のレストランに行くこともできるわけね……私は心中でつぶやきました。そう考えると、すごくワクワクしてきたのです。私は不快に感じるでしょうか？――ロイーナは？ いや、不快だと感じる人はいるのでしょうか？ 結局のところ、根本的な関係にはなんの影響も与えないのです。それとも与えるのかしら？ テムズ司祭は何とおっしゃるでしょう？ ボード司祭、ランサム助司祭なら？ 未婚の聖職者がこうした問題を、机上の空論としてではなく理解することができるのでしょうか？

「新入りの司祭さんはどう?」やぶからぼうに私は訊きました。

「新入りの司祭だって!」ハリーはちょっとビックリした様子です。「ああ、まあまあだよ。今年のクリスマスには真夜中のミサをするそうだ。僕らには初めての体験だよ。なかなかの名案だと思うがね」

「あら、でもあなたは、そういうローマ・カトリック風の慣わしには反対なんじゃなかった?」

「ああ、そうさ。でも真夜中のミサはなかなかステキじゃないか。夜に教会に行くなんて。なんというか……その、なんかステキなんだよ」彼はお皿を眺めてつぶやきました。「なんとなくムードが出るというか……。こんど試してみるよ」

聖職者が教区に入り、なにか一貫した礼拝システムを打ち立てようとするのは、さぞかし大変なんだろうなあと考えました。

「告解も聴いてくださるのよね?」ちょっと意地の悪い質問をしてみました。

「まったく、そんな話はするなよ!」ハリーの顔はほとんど紫色になりました。「このあいだも告解についてのお説教をされたよ。まったく困ったもんだ! その場で出ていった人もいたよ」

「かわいそうなレスター司祭」私は言いました。

「芝居見物に行くのもいいな」ハリーは言います。「あるいは、どこかでディナーとダンスっていうのはどうかな? ダンスが好きだったよね?」

こんな調子のまま食事は終わりましたが、彼はおとなしくミンシング・レーンの仕事場に戻り、私はリージェント・ストリートにクリスマスの買い物をしに行きました。ダンスに行くと思うと楽しみでした。ロドニーはダンス嫌いだからです。でも、ほんとうに行くとはなぜか思えませんでした。

その日の夕飯前、客間に座っているときに電話が鳴りました。お客様が来るはずでした――ロドニーの同僚のジェイムズ・キャッシュと奥さんのヒラリーです。おそらく彼らが遅れるかもしれないと連絡してきたのだろうと推測しました。霧の深い夜でしたから。ところが、ロドニーが部屋へ戻ってきて言うには、「君に電話だよ」とのこと。

「あらほんと？　誰かしら？」

「あいにく訊かなかったよ。なかなか上品な男性の声だ」

「あら」頭の中でさまざまな可能性を考えましたが、司祭以外には思いつきませんでしたし、そもそも司祭が電話してくる理由も想像できませんでした。

「ウィルメット、君かい？」

「ええ」まだ声の主が誰だか分かりません。

「今夜、僕と一緒にいてほしいんだ」

ピアーズが電話してくるとは予想だにしませんでした。でも、まあ考えてみれば、夕飯時やその直前に電話をかけてきそうな人といえば彼なのです。

「ピアーズ！」おもわず叫んでしまいました。「ビックリするじゃない！　元気なの？」

「最低さ。僕と一緒にいてほしいんだ。聞こえただろう？」

「聞こえたわよ。でも残念ながら今は無理だわ」

「なぜだい？」

「お客様をディナーにお招きしてるから」

「ああ、そうか！　放っておけないの？　病気の親類を訪ねるとかなんとか口実を作ってさ」

「そんなの無理だって分かるでしょ？　かわいそうに、落ち込んでいるのね。なにか私にできることないかしら？」

「だから言っただろ」

「それ以外の方法よ。クリスマス前にうちにディナーに来ない？　どう？」

「どうかな」

「美味しい食事を用意するわ。約束するわ。来てくれるわよね？」

「あいにくクリスマス前後の予定はあまり決まってなくてね。悪いね。お正月なら会えるかも」退屈そうな声で彼は言いました。

「これからどうするの？」そう尋ねずにはおられませんでした。

「どうしようかな？　君に会いたかったのに、君は来る気がないんだからね」

「「来る気がない」わけじゃないわ」そう切り出したものの、こんな埒の明かない会話は続けられないと感じて、「ほんとにごめんなさいね。出ていきたいのはやまやまなんだけど」と言いました。

「かまわないよ」彼の声はすこし温かみを増しました。「今回もまた思い通りにならなかった。ただそれだけのことさ」

よいクリスマスを、と言って受話器を置きました。ほてりを感じながら客間に戻り、シビルとロドニーの詮索するような表情に向き合いました。当然ながら、誰と話していたのかを尋ねられたりはしませんでした。

「君のグラス、注ぎ足しておいたからね」ロドニーが言います。

「外で車が止まってるんじゃないかい？」シビルが尋ねました。

「タクシーで来ると思うよ」とロドニー。

「ピアーズ・ロングリッジだったわ」私は言いました。「なんて妙な時間に電話してくるんでしょうね」

「ポルトガル語で話したのかい？」シビルはいつものそっけない口調です。

正面玄関のベルが鳴ったのでロドニーがさっと立ち上がりました。「ジェイムズとヒラリーだ。ドアまで行くよ」

一分もたつとキャッシュ夫妻は室内にいました——ジェイムズは遅刻を詫びる一方、ヒラリーは必死で髪をいじっていました。女性客には、玄関ホールでコートを受け取るだけでは不十分だということが、ロドニーには分からないのです。

「まあ、ロドニー！」私は、いかにもいばった奥さんといった声で言いました。「ヒラリーをお二階に案内しなかったの？」

「いいえ、遅れてしまったので、つまらないことで時間を無駄にしたくなかったのよ」ヒラリーは真情あふれる声でそう言いました。きっと外見はさほど気にしないタイプなのでしょう。髪を整える仕草は、おそらく義務感にかられてやっていただけなのかもしれません。彼女はブロンドの健康そうな北欧系で、髪に白いものが交じり出したケルト系のジェイムズとは好対照でした。

ディナーは、こういう場によくありがちな形で進みました。男性たちの会話は仕事中心になり、女性たちは家庭のことや、こんど産まれてくるヒラリーの赤ちゃんのことについて、ぎこちない会話を続けました。全員に興味がありそうな話題については皆で話す場面もときにありました。食事の終わりのほうで、シビルとヒラリーは社会奉仕という共通の話題を見つけましたので、私はひとり物思いにふけっていました。私の心は当然ピアーズ・ロングリッジへと向かったのです。まずは、彼がどんな夜を過ごしているのか想像してみました。一緒に暮らしている同僚だかガール・フレンドだかが外出していて（ひょっとしたら、すでにクリスマス休暇に入っているのかもしれません）、彼はきっとフラットで独りぼっちなのでしょう。フラットそのものも思い描いてみました。ホランド・パーク地区だけれど、ゴールドホーク・ロードに近すぎる……そう彼は言ってましたっけ。そのフラットは、大きいけれどみすぼらしい家の一部で、設備類は共有なのかもしれません。住人の名を書いた古カードや紙片が横に付されたベルが、列になって並んでいます。ベルのいくつかはたぶん壊れているのでしょう……。中に入ると狭い玄関ホールにヴィクトリア朝風の帽子立てや、それに、ひょっとしたらベビーカーや自転車などもあるかもしれません。お料理の匂いが漂ってきます。階段を上がっていくと、誰か他の住人に出くわすでしょう。バスルームから出てきた若い男性、もしくはドアから外をじっと見ている老女かもしれません。階段を上がれば上がるだけ、どんどん不安になっていきます……と、ここで私はチーズスフレを一口食べました。ローダの得意料理です。ひょっとすると私は、実際よりもずいぶんみすぼらしいものを想像しすぎているのかもしれません。一棟の新しいフラットに住んでいる可能性もあります。その場合、階段はコンクリートで、塵の匂いくらいしかしないのかもしれません。ひょっとするとエレベーターが付いている可能性さえあります。遠からず彼がどんなところに住んでいるのかはっきりさせようと、いわば「新年の誓い」を立てました。まあともかく、きっと今頃までには彼はパブに出かけてしまって、店の片隅に陰気くさい顔で腰かけているか、常連たちと話をしていることでしょう。皆に知られた存在で、人気者なのかもしれませんし、冗談さえ言ったりするのかもしれません。

「やれやれ、役所のクリスマスが終わったよ！」ロドニーが言いました。「あれは毎年なかなかの試練だからね」

「パーティーみたいなことをするんでしょ？」ヒラリーが訊きました。

「ああ、お茶とクリスマス・ケーキでね。後ろのファイリング・キャビネットにぶつかりながら皆で輪になるんだけど、気まずい沈黙が続くのさ」

「女性たちはプレゼント交換をしてるな」とジェイムズ。「ありがたいよ、僕らにはあんな厄介なことがなくてね。僕の部屋で仕事してる女性は、小さな緊急用プレゼントを常備してるよ。思いがけない相手からプレゼントをもらった場合に備えてね」

「男の人はハンカチだとか髭剃り用石鹸だとかを派手なクリスマス用包装紙に包んで交換したりしないんだろ？」シビルが訊きました。

「同僚のあいだではないね。役所の女性たちはへつらって僕らにプレゼントをくれるけどさ」

「『へつらって』だって？」シビルは怒っています。「なんて物言いだろう！　お前にはプレゼントをもらう資格なんてないよ」

毎年クリスマスが来ると私はなんだか悲しい気持ちになります。「クリスマスは子供の時間」などというおセンチで陳腐な言い方もありますが、誰しも子供時代のワクワクドキドキを覚えているのでしょう。クリスマスの朝、まだ暗いうちに目覚めると、ベッドの足元には謎めいたデコボコの靴下や、中身の見えない物体があるのです。ところが今では、大人だけで迎える今後のクリスマスがどんなものになるか、あまりにも容易に見通せてしまいます。今年、シビルはルート教授を滞在客として招待していましたので、彼とシビルが楽しむような、淡々とした知的な会話に私たちも付き合わされることになるのです。祝祭の重要性だとか、異教徒的なシンボルをキリスト教が取り込んでいることなど、ありとあらゆる問題が冷静に議論されます。ロドニーは礼儀正しく話に聴き入り、私が真夜中のミサに行く時間になると車で送って、そしてまた迎えにきてくれるのです。

とはいえ、クリスマスを迎えるにあたっていまだにワクワクさせてくれるものもあります。それは、当日までの一週間、日に二、三度クリスマス便が届くこと。ロドニーの同僚や親戚からのお決まりのカードが郵便受けからドサドサと落ちてきます。家中のまだ空いている平面には、不可知論者受けしそうな凝った天使の絵や、型にはまった猫や犬の絵、鮮やかな色で描かれた鳥たち、古い写真や手製のリノリウム版画、サントロペで撮った夫婦の写真だの庭で撮った子供たちの写真だのを貼りつけたカードがあふれ返ります。私たちのところには、いわゆる「宗教的な」カードはあまり来なかったのですが、来ていた分もあまり芸術的水準の高いものではありませんでしたし、引用されている詩行も、誠実な文句ではあるけれど、恥ずかしくなるほど趣味の悪いものがほとんどでした。キリスト教関係の本屋でそうしたカードを買う人は、お店に漂う神聖で自粛的な雰囲気のため、あまり精力的になろうとしないのでしょう。実際、私も前にそうした店に行ったときに、尼僧の格好をした小さな女性に横から割り込まれましたが、ムッとする気持ちよりも、そうした俗事にまったく無知な彼女に対する崇拝と羨望の気持ちがまさったのでした。

テムズ司祭の選択は、趣味のよい無難なものでした。ルネサンス以前のイタリアで描かれた人物画の複製で、悲しげに傾いた顔が、まるでモディリアーニかその一派の画のような近代的な雰囲気を醸し出していました。ボード司祭やランサム助司祭からカードをもらうことはないと分かっていましたが、彼らならどんなものを送るのかしらと想像して楽しみました。

ボード司祭のはきっと派手な色調の宗教的なカードで、東方の風景に美文調の詩が添えられているのではないでしょうか。ランサム助司祭のほうはもっと想像しにくかったです。ひょっとしたら、不可知論者受けしそうな、凝った天使の描かれたカードかもしれない……シェリーを一緒に飲んだときの会話を思い出しながら、そう考えました。メアリー・ビーミッシュはおそらくランサム助司祭のカードを知っているのだろうと思うと、いい気はしませんでした。

いつもプレゼントはクリスマスの日まで開けないことになっていました。このささやかな儀式のせいで、その日にちょっとした意味が生まれるようでした。親戚や女友達からの恒例のプレゼントが郵便で届くと、居間の戸棚の中にしまっておきました。ロイーナと私は、とびきり女らしい物を贈り合う習慣がありました。どうせ自分に買うような品ですが、思いきり女っぽいものを選んだのです。とくに今年の彼女からの包みは例年よりも大きいものでした。彼女へのプレゼントには子供たちの分も入れておかねばならなかったのですが、ハリーへはいつも、なにも贈りませんでした。でも今年はなにかしたほうがいいように思われたので、面白みはないけれど無難な白ハンカチを何枚か買いました。これなら大喜びもされませんが気分を害することもないでしょう。必要な買い物を済ませた後には、必要ではない物について考えました。ピアーズにもなにかちょっとしたものを買ったほうがいいかしら? でも何を? 本、それとも手袋、あるいはウィスキーでしょうか? 彼が私にプレゼントを送ってきたりすることは、ぜったいにありえません。おそらくカードもくれないでしょう。そうはいっても、私は郵便が届くたびにソワソワして、見慣れぬ筆跡のものがないかと探してしまいました。でもなにも届きませんでしたし、私のほうでもなにも送りませんでした。クリスマス・イブには、もう待つのもやめていました。

イブの午後はラジオでキングズ・コレッジ・チャペルによるキャロルと聖書朗読を聴いていました。これを聴くといつも泣いてしまいますので、郵便の音がしたときには嬉々として部屋を抜け出したのです。また何枚かのクリスマス・カードと小包が二つ来ていました。そのうち一つは、シビルの通う眼医者からで、もう一つはブロック体の文字で私に宛てられています。小さな四角い包みで、宝石が入っているような感じでした。ロドニーからのサプライズでしょうか? いや、そんなはずはありません。彼はいつもクリスマスの日に直接手渡してくれるのですから。手の中で包みをひっくり返して筆跡を吟味しましたが、なにも思いあたるところはありませんでした。おもわずリボンを角へずらし、包装紙を破ってはがしました。小さな紙の箱が出てきましたが、ためらうことなくそれも開けました。鉋屑がいっぱいに詰められていて、それを押し分けるとまた別の小箱がちょこんと入っていました。ハート型でエナメル製、とてもかわいらしく装飾された小箱です。リージェンシー時代かヴィクトリア朝初期の品でしょう。蓋になにか書いてあります。光にかざしてその銘を読みました。

なせるときになさざれば
なさんとしてもかなわず

しばらくのあいだ、当惑しながらもこの文句の意味を読み解こうとしました。それから、ピアーズと電話で交わした会話を思い出し、すっかり動揺してしまったのです。胸が痛いような、心地よいような気持ちでした。客間に戻った時にはヴィクトリア朝小説のヒロインのような気分でした。私はその小箱をドレスのポケットに忍び込ませて、こっそりと指でそれに触れて蓋の銘をなぞっていたのです。ピアーズ以外の誰がこんなことを思いつくでしょう？ それにしても彼はいったいどういうつもりなのかしら？ 心の中で問いつづけました。

第8章

クリスマス・イブのディナーはいつもより活気のあるものになりました。私が小箱について動揺しながらあれこれ考えていたせいもありますが、ロドニー宛に送られてきたメモのせいでもありました。

「読んでごらん、ダーリン」彼はそのメモをテーブル越しに手渡しました。「夕方届いたんだ。どうしよう？」

「どうしよう……って？」メモに目をやり、「ちょっと読ませて」とつぶやきました。

次のような文面でした。

親愛なるフォーサイス

あなたと奥様を司祭の家へお茶にお招きできましたら光栄です。もし、そちらのご都合さえよければ、ボクシング・デイ〔十二月二十六日〕が私には最適です。午後四時あたりが無難な時間かと思います。

お越しいただけますことを願っています。

敬具

ウィルフレッド　J　ベイソン

「あの人の名前がウィルフレッドだなんて！」読み終えて叫んでしまいました。「それにあなたのことを、いつもこんな風に「フォーサイス」って呼び捨てにするの？」

「今はそのようだね。役所時代にどうしてたかは覚えてないがな。まあ、あっちでは状況がだいぶ違ったからね。どうする、お茶によばれるかい？」

「ええ、嬉しいわ」私は興味津々でした。「それにボクシング・デイって、いつもひどく退屈だもの。かわいそうにあの人、寂しいのかしら？ クリスマスにもどこにも行かないみたいだし。まあ、この時期に司祭の家を留守にするわけにもいかないんでしょうけどね」

「たぶん縁故も友達もいないのだろうね」シビルの言葉は、涙を誘う話というよりは、社会学的言説といった響きをもっていました。

「いちど、わが家に招こうと思ってはいたんだけど」ロドニーが申し訳なさそうに言います。「なかなか実現できなかったな。お茶にはよばれるべきだろう。電話するよ。司祭の家にも電話はあるよね？ もちろん神とはつながっているのだろうけど、俗世間とも連絡はとるのだろうし」

「そりゃそうよ！ 聖具室にだってあるわ。テムズ司祭を昼食会に招待する電話がしょっちゅう鳴るし、ボード司祭もハイ・ティーによく招かれるのよ」

「じゃあ大丈夫だ。喜んでお茶によばれると言うよ」

「あの人にはほんとに家族や親戚がいないのかしら？ なんとなく、お母さんがいそうなタイプのように思えるんだけど」私は言いました。

「そりゃ、誰にだって母親はいるか、またはいただろうさ」とシビル。「でも、あんたの言いたいことは分かるよ。まあ、お茶によばれりゃ、その辺りのことも聞けるだろうさ」

ディナーから真夜中のミサまでの時間はとても長く感じられ、私は眠くなってしまいました。ハリーとロイーナも村の教会で開かれる真夜中のミサに行ってみることにしたのかしら、かわいそうなレスター司祭のところにたくさん会衆が集まればいいけれど……などと考えました。それから、そうしないようにと努めましたが、どうしてもピアーズが何をしてるか考えてしまったのです。教会に行くのでしょうか、もし行くとしたらどこの教会でしょう。ひょっとしたら同じ教会に来るかもしれません。そう遠くないわけですし、とくに決まった教会に行くわけではないと彼自身も言っていましたっけ。ほんとうにあの小箱を送ったのはピアーズだったのでしょうか? 他にそんなことをしそうな人は思いつきません。現状にあまりにもピッタリですし、ああした突飛で想像力あふれたことは、いかにも彼らしいと思われました。彼に会って真相を確かめ、いったい全体どういうつもりだったのか聞き出したいとジリジリした思いでした。あれを送ったときの彼の気分が、私にはかいもく見当もつかなかったのです。想像できたのは、おそらくアンティーク・ショップなどのある通りを歩いていた（といっても、なんとなくゴールドホーク・ロードではないように思われるのですが）ピアーズが、ショー・ウィンドウにあの箱を見かけ、私にピッタリだと思ったということ。そもそも私好みの品であるうえに、書かれた銘が、先夜の誘いに応じなかった（応じられなかった）私の状況にも合致するからです。もちろん実際のところは、ほんの悪ふざけにすぎないのでしょうけれど、でも私のことを特別に思い出してくれたんだと考えると嬉しくなりました。

ロドニーは私を車で教会まで送り、入り口で降ろしてくれました。彼が走り去った後、ミサに一緒にいてもらうように説得しなかったことが急に悔やまれてきましたが、時すでに遅しでした。たくさんの人がどんどん押し寄せていて、教会はすでに満員のようにも見えます。馬槽のキリスト像が西側に掲げられていました。色とりどりに塗られた石膏像は昨年から保存されていたものですが、また取り出して洗うか塵を払うかしたようでした。藁も花も照明も、すべて献身的な人々の手で整えられていました。教会にユリや白菊、ヒイラギで飾りつけをしたのも、教会活動に身を捧げる人々なのでしょう。私もそういう人たちに加われたらどんなにかよかったでしょう。法衣をまとったテムズ司祭は教会の後方に立っています。まるで、ふだん教会に来ない人々がミサに参加するのを奨励しようとしているようでした。私が通り過ぎると、彼はかすかな笑みを浮かべてうなずかれました。

いつもはビーミッシュ母娘と並んで座るのですが、そちらへ向かおうとすると、いつもとは違う光景が目に入りました。内陣にいちばん近い列の端には、ビーミッシュ夫人の巨体とやぼったくて控えめなメアリーではなく、ミス・プリドーともう一人、年配女性がおり、その奥のすこし離れたところには、かつて司祭の家で家政婦をしていたグリーンヒル夫人が座っていたのです。そうした年配の女性たちは、褐色の毛皮のコートを着て、居心地悪そうに背筋を伸ばして座っていましたが、まるで秋の乾燥した落ち葉が風に吹かれたようなカサカサした音が彼らのほうから聞こえてくるのでした。そもそも高齢で体が脆くなったからそういうカサカサした音が鳴るのか、それとも彼らは実際なにかささやいているのか、私は測りかねていました。自分の席に着こうと側を通り過ぎると、ミス・プリドーがささやきました。「ビーミッシュ夫人とメアリーは今夜はいらっしゃらないよ。ビーミッシュ夫人の容態が今ひとつなんだって」

「まあ、お気の毒に」小声でそう言いましたが、自分の言葉がなんだか空々しく感じられました。

「もうダメかもしれないよ」ミス・プリドーは自信満々です。

「まさか?」彼女の言葉を信じるべきかどうか分からず、そう言いました。

ひざまずいてお祈りの文句を唱え、ふたたび席に着くと、反対側のグリーンヒル夫人がまるで待ち伏せするかのようにしていました。

「ビーミッシュ夫人は今朝ひどい発作に襲われたんだって」彼女は言いました。

「まあ、お気の毒に」また、そう返してしまいました。「どこがお悪いのですか?」

「心臓だってさ」グリーンヒル夫人は薄い唇をすぼめました。「つまり、どういうことか分かるだろ」

そう言われても、あまり分かりませんでした。ビーミッシュ夫人の健康状態については、あまりはっきりとしたことは知らないまま、ほんとうに悪いところはなく、ただ年をとって気難しくなっているだけだろうと思っていたからです。席に着き、メアリーのことを考えました。どんな気持ちでいるのでしょうか? それから、私の関心はミス・プリドーの毛皮のコートへと移りました。なんだかとても奇妙な毛皮のように思われました。猫でもうさぎでもないし高級種でもなく、どの動物の毛皮とは決めかねるような代物でした。ひょっとして狼……あるいは、ずいぶん前の帝政時代にバルカン山脈で捕獲された毛むくじゃらの謎の動物だったりするのかもしれません。

ミサが始まりました。大人数でのミサは美しいものでしたが、へとへとに疲れてしまいました。終わったときにはもう午前一時半をまわっていました。外へ出るのにも時間がかかります。大勢の人が司祭と挨拶したり、互いに言葉を交わしているからです。コールマン氏はこれ見よがしに法衣をまだ身につけたまま、その上にダッフルコートを羽織っていました。そういえば、ランサム助司祭が話してくれた例の不幸な出来事以来、コールマン氏は法衣を家に持ち帰らねばならないのでした。自動車修理場に勤める香炉もちの侍者と中学校教師をしている侍者がコールマン氏と一緒です。

教師をする侍者の声が聞こえました。「あーあ、ビル、お前の駐車の仕方ときたら！」かん高い意地悪な声です。きっと何年も学校で教えていて、ああした口調で「おい、君たち！」などと生徒に言いつづけているうちに染みついてしまった話し方なのでしょう。

「おやおやフォーサイス夫人、ボクシング・デイにお茶においでくださるとは光栄です」ベイソン氏が私のほうへ歩み寄ってきました。「実際、もう明日のことですね。今日はもうクリスマスということですから。どうぞご夫婦でよきクリスマスをお過ごしくださいい。あ、それからお義母さまもね」彼のつけ足し方がなんとも滑稽に思われました。

ベイソン氏にお礼を言い、そして季節の挨拶を返しました。

「さて、急いで帰らねば」彼はそう言い、「このミサの後には軽食を欲しがられるでしょうからね。実際、それだけのお仕事はされましたからねえ！」と挑戦的な口調で最後の言葉を言い放ちました。「テムズ司祭は夜八時まで告白を聞いておられましたからね」低い声で彼はつけ加えました。「夕飯は半時間遅らせることになりましたよ。まあ、たかがフィッシュ・パイだったのでよかったですがね」

ほとんど女性ばかりの群衆が三人の司祭のまわりに押し寄せていました。「助司祭、さぞお疲れでしょう。それに明日も朝七時と八時に読唱ミサがありますし、十一時には大ミサもありますわね。どうやってこなされるのか見当もつきませんわ」ほとんど満足げにランサム助司祭に話しかける女性の声が聞こえてきます。

ランサム助司祭は、例のちょっと疲れたような魅力的な笑顔を彼女に向けました。「どうぞご心配なく。午後にはひと休みできますからね」

女性は彼に背を向けました。彼の軽薄な言葉に面食らったのかもしれません。

私はビーミッシュ夫人とメアリーについて尋ねたいと思っていたので、この機会をつかまえました。

「かわいそうなメアリー」私は言いました。「きっとすごく不安がっておられるでしょうね」

しばらく助司祭は、さっきと同じ疲れたような魅惑的な笑顔をたたえて私を見ました。まるで私も彼に同情していると思ったかのようですが、それから彼は私の言葉の意味を理解したようでした。

「そうですね、ビーミッシュ夫人はかなりお悪いです。夕方ひどい発作がありましてね」

「ああ、お気の毒に。なにかメアリーにしてあげられることがありますかしら?」

「こんな時には、あなたのお気持ちだけで嬉しいと思いますよ」形式ばった司祭らしい返答です。

すこし興ざめしてしまいました。私はそんな漠然とした話をしていたわけではなかったのです。なにか実務的な手伝いで忙しくしている自分を想像していたのでしょう。たとえば料理をしたり、使い走りになったり、「柱石」的な存在になっていたりする自分の姿です。

「訪問するか電話でもしてみようかしら?」私は訊きました。「たぶんあなたは他のどなたよりも最新の情報をお持ちですわね」

「看護婦が二人おられます」とランサム助司祭。「でも、あなたが傍にいてあげればメアリーは喜ぶと思いますよ」そう言う彼の笑顔は魅惑的で、ほとんど馴れ馴れしくもありました。

私は彼に背を向けました。こんな時には、彼の魅力は場違いで、ほとんど不愉快ですらあったのです。ボード司祭と話していればよかったと思いました。彼なら、あの熱心な表情で歯をむき出して笑いながら、視力の弱い親切そうな目を眼鏡の分厚いレンズ越しにギョロつかせるでしょう。あるいはテムズ司祭でもまだましです。怒りっぽいし愚痴っぽくもありますが、深刻な場面にはしかるべき態度をとられる方ですから。

ロドニーの車はすでに到着しており、彼は私を人ごみの中に探してくれていました。私はランサム助司祭にはっきりしない言葉をボソボソとつぶやいて、彼から離れました。どれだけ役に立ちたいと思っても、まさか夜中の一時半にメアリーに電話をかけるわけにもいきません。

「エラ・ビーミッシュが亡くなるとして……」クリスマスの日、朝食の席でシビルが言い出しました。

「まあ、その確率はけっこう高いわけだけど、メアリーはどうするのかねえ?」

「ずいぶん自由になりますわ」私は答えました。「それにお金も手に入りますしね。彼女にとっては、実際すばらしいことですわ」

「ダーリン、そんなこと言ってもいいのかい?」ロドニーは口を挟みます。「お母さんが亡くなったら、どうしていいか分からなくなるんじゃないのかな? あんなに宗教心のある善良な娘さんなんだからさ」

「もちろん寂しくはなるでしょうよ。でも、彼女も自分の生活が送れるようになるでしょう……旅行したりしてね」

「旅行？」ロドニーが鸚鵡返しに言いました。「なんだか、とても想像できないな。彼女が南フランスの友人に会いにいったり、イタリアの湖めぐりをする陽気な一行に加わったり、そういうことかい？　金と時間が突然手に入った独身女性は何をするんだろうな？」

「われわれのポルトガル旅行に加わってもらってもいいじゃないか」シビルは現実的です。「とはいっても、すぐには無理だろう。それにしても、私たちは何を言ってるんだろう！」彼女は突然叫びました。「気の毒なエラ・ビーミッシュは、今のところまだ生きてるはずなのにね」

「かなりお金はあるみたいだな」ロドニーはまだ続けます。「ご主人のビーミッシュ氏はシティ〔金融関係〕に勤めていたんだろう？　それに、二人の息子たちもかなり羽振りがよさそうだしな」

「ええ、ジェラルドとウィリアムね」私も相槌をうちました。「二人とも、メアリーよりずいぶん年上なのよね。お母さんのお金のほとんどは彼女が相続するんじゃないかしら。あら、いやだ！　私たちったら、ビーミッシュ夫人が亡くなるみたいな口ぶりで……。私、これからほんとうにメアリーに電話して、なにかできることはないか尋ねるわ。朝の十時って適当な時間でしょうし」

メアリー自身が電話に出ました。私の声を聞いて喜んでいたのは間違いありませんが、今のところ手伝えることはないと言われました。お母さんはたいそう悪いけれど、すばらしい看護婦が二人も付いているから大丈夫だということです。「それに、マリウスにずいぶん救われてるのよ」彼女はつけ加えました。

マリウスって？　そう思った後、ランサム助司祭のことだと気づきました。いったい、どんな風に「救われて」いるのでしょうか？　実際的なレベルで？　それとも、たんに彼が魅力を振りまいているのでしょうか？　それから私は、彼がメアリーに魅力を振りまくはずはないと思い至ったのです。だって彼は、メアリーのことを「いい方」と考えているわけですから。おそらく彼は自分の魅力を、私みたいな人間のために取っておくのに違いありません。つまり、メアリーみたいな「いい方」ではなく、彼の魅力を期待するような女性のことです。そう考えると落ち込んでしまいました。司祭の快活な笑顔をすら素直に受け取れないほど自分がスレていることにも気が滅入りました。

「まあ、あまりいつもと変わりないようですわ」私はシビルに言いました。「今朝のミサではきっとテムズ司祭が彼女のためにお祈りされるでしょうね」

「キリスト教徒が病人のために祈るとき、いったい何を願うんだろう。さっぱり分からないよ」シビルは言います。「だって、信者にとって死とは大いに望ましいことなんだろ。なのに「死ねますように」とはけっして願わないじゃないか。少なくとも公の場ではね」

「お母さんに分かるわけないですよ。教会に行かないんだから」ロドニーが指摘しました。

「でも、いろいろと耳にするのさ。それにほら、アーノルドがたくさん教えてくれるしね。あの人は仕事柄しょっちゅう葬式や記念礼拝なんかに出なきゃならないからさ」

　そういえば、ルート教授がクリスマス・ディナーに来られるのでした。そう考えると憂鬱になりました。でも、実際そのときになって教授が謎めいた小箱を私に差し出したとき、彼に対して温かい気持ちになり、プレゼントを開けるのが楽しみにもなったのです。

　その小箱の中身はヴィクトリア朝初期のモーニング・ブローチ〔頭髪などを埋め込んだブローチ〕で、ゴールドの枠に赤褐色の髪がひと房埋め込まれたものでした。とても気に入りました。

「君があまり迷信深くなければいいんだがね。死と関係するものだと思ったら、クリスマスにはあまり嬉しくもないかもしれないが……。でも、いかにも君好みという感じがしたし、君の美しさにピッタリくるように思えてな。君の美しさは、失礼ながら、いい意味で古風だからね」ルート教授はすこし赤面しながら早口に言いました。

皆でシャンパンを飲んでいたところでした。さもなければ、教授にこんなことを言う勇気は出なかったでしょう。彼の褒め言葉に感動したせいか、目には涙が浮かんできました。

「とても素敵ですわ」私は言いました。「それに、私の好みにピッタリだわ」

彼がシビルにいったい何を贈ったのかに興味がありました。ある意味で彼女はまったく女性的でないので、私自身いつもシビルへのプレゼント選びに苦労するからです。ルート教授は暖かそうなモヘヤのストールを選んでいました。すばらしい選択です。シビルがとても気に入っているのは一目瞭然でした。ルート教授が店に入ってそれを買っている姿を思い浮かべようとしたのですが、とても無理でした。きっと彼の妹さんか家政婦が代りに選んだのだろうと結論づけたのです。

私自身は、シビルとルート教授には本を、ロドニーには財布を贈りました。ロドニーからのプレゼントはいつもお金なのですが、ちょっとした贈り物もつけてくれます。今年は、控えめなかわいい台座に小さな真珠が付いたイヤリング。私の嫌いな現代風で下品なジュエリーとは大違いです。

「ダーリン、まさか本真珠が下品だなんて思わないでくれよ」彼はからかうような口ぶりです。「この頃、教区関係の集まりによく出かけていくだろ。そういう時につけられるものがいると思ってね」

「素敵だわ」そう言いながら、自分はそのイヤリングをつけるに値しないような気がなんとなくしました。「明日のベイソン氏とのお茶にもふさわしいかしらね？」

「いや、あまりふさわしくないな。シェリーも飲んでいけと遅くまで引きとめられないかぎりはね」とロドニー。「でも、それはありそうもないな。うわあ！　それ、ロイーナからのプレゼントかい？」ロドニーはそう叫んで、ボトルが二本はいった美しい箱を手に取りました。「月のしずく——いったい何のことだ？　白クロテン？　それなりに知性のある女性が、顔にはとんでもないものをつけるんだな。いったいどんな効果を期待してるんだい？　こんな妙な名前からじゃあ、想像するのも恐ろしいよ」

「私たちの美貌を保ってくれるだけよ」軽い調子でそう言いながら、絨毯に散らばっているクリスマス用包装紙をかき集めました。

「もう一つ、あんたに小さな包みがあるよ。忘れてるみたいだけど」シビルはそう言って、ヒイラギ模様の紙にくるまれた四角くて柔らかい小包を指し示します。

「あら！　メアリーからハンカチが二枚！　私からはなにも贈ってないのに……。これまでプレゼントをやり取りしたことがなかったものだから」

「いかにも善良なメアリーらしいよ。もらうよりも与えるなんてね」シビルは辛らつです。「まあ気にしないことさ。きっとそのうちに埋め合わせをするチャンスは来るだろうしさ」

「そう願いますわ」口ではそう言いながらも、実のところ私は、やはりお返しをしていないもう一つのプレゼントのことを考えていたのでした——あの挑発的な銘の入った小箱のことを……。ピアーズにも埋め合わせをするべきなのかどうか、よく分かりませんでした。

第9章

「お茶の招待には五分か十分ほど遅れていったほうがいいと思わないかい？」翌日、ロドニーが訊きました。

私たちは暖炉の前で本を読んで、すっかりくつろいでいたのです。彼が本心では、寒い午後に家から出たがっていないことは分かっていました。

「そうね、でもそれ以上遅れてはダメよ」私も相槌をうちました。「ベイソンさん、簡単に機嫌を損ねてしまいそうなタイプに思えるし、まるで私たちが彼の招待を忘れたか、蔑ろにしたと勘違いされたくないもの」

「車で行くかい？」

「あら、それもなんだか大げさだと思わない？　だって歩いてほんの十五分の距離なのよ……というか、実際そんなにもかからないわ」

私たちは四時十分前に出発しました。ロドニーはすこしブツブツ言ってましたが、私の足取りは軽いものでした。司祭の家の中を見たことがなかったので興味津々だったのです。階段でテムズ司祭に出くわしたり、閉ざされたドアの向こうでお説教の練習をするボード司祭の声が聞こえてきたりするかもしれません。

　司祭の家に近づくと、「緊急時以外、呼び鈴はお控えください」という貼り紙が見えました。私たちの場合はどうするべきかと考える暇はありませんでした。というのも、戸口の上り段に足をかけたとたん一階の窓のカーテンがひょいと開き、内側から足音がしたのです。ベイソン氏は、ギャスケルの『クランフォード*』スタイルで私たちがいつ到着するかと目を光らせていたのでした。

　ドアがサッと開きました。

「やあ、時間きっかりですね」彼が声をかけました。

「いや、ちょっとばかり遅れてるんじゃないかね」時計を見ながらロドニーは言いました。「家を出たときにもう四時近くなっていたから」

「まあ、一、二分遅れるという礼儀通りですね。さあ、お入りください」

　私は好奇心と関心でワクワクしながら中へ入りました。玄関ホールはかなり広く、寄せ木貼りの床ですが、すこし磨き足りないようにも思われました。緑色のペンキ仕上げで壁はクリーム色。どちらも薄汚れた印象がありました。壁の片側にはオーク材の大きなチェストがあり、彫刻をほどこした高い背もたれのあるイスがその両側に置かれています。ヴィクトリア朝風の大きな傘立て兼帽子かけがありましたが、場にふさわしくビレッタ〔聖職者の角帽〕と聖職者用雨ガッパと、それに法衣のような黒っぽい衣類がかかっていました。壁には一、二枚の絵がかかっていました。「オレオグラフ」と呼ばれるものかとは思うのですが、実のところ、それがどういったものなのか正確には知りません。古代風の服をまとった人物と建物が描かれていて、かろうじて宗教的といえそうな作品でした。金メッキの額に入った色あざやかな「システィナの聖母」の複製もありました。

「食堂と教区集会用の部屋は、とくにどうといったこともないんですが、グリーンヒル夫人がいらした部屋にはご関心がおありでしょう」ベイソン氏はドアの一つを開けて、玄関ホールを後にしました。

「それにしても、なんて暗いんでしょう！」私は叫びました。「教会の壁にもろに面していますわ。さぞかしジメジメするのでしょうね。テムズ司祭は貯蔵用の部屋だとおっしゃっていましたわよね？」

「クロックフォードのバックナンバー収納場所だな」ロドニーが傘で一部をつつきながら言います。

「いつも思ってたんだけど、これ、売れるんじゃないかな」

「手元に置いておかれたいのにはなにか特別な理由があるんじゃないかしら」私は一部手にとってみますと、いくつかの見出し項目にテムズ司祭はご自身でメモを記入しておられました。ある項目には「一九五二年　死亡」とあり、また別なものには「聖アルフェージ教会、ハーヴィスト通、NW6?1941」という住所が記されていました。また別な項目は太いインクの線で完全に消されてしまっていました。

「おい、ベイソンくん、君の部屋はこれよりましなことを願うよ」とロドニー。

「ええ、私の部屋はそりゃあすばらしいですよ！　他の部屋もすこしご覧になりたいかと思いましてね」階段を上がりながらベイソン氏は肩越しに言いました。「今は皆さん外出中でしてね。テムズ司祭はデンビー・グローテ卿とお茶にいらっしゃってますし、ボード司祭は映画です」

「いいんだろうか?」ロドニーは疑わしげです。

恥ずかしながら、私はベイソン氏の提案に異議を唱えませんでした。たしかにあまりよくないことだと思いましたが、でもベイソン氏は私たちのホストですし、彼の計画した提案を受け入れるのが礼儀だと思われたのです。

「テムズ司祭はこの家を皆さんに見せるのが大好きでね」ベイソン氏は続けます。

「部屋数が少ないことを証明するためかしら?」そういえば、まさにその理由でランサム助司祭はここに住むのを断られたのでした。

ベイソン氏はとどろくような笑い声を上げました。「いやいや、実のところ部屋はたくさんありますよ。ほら、ここが小礼拝堂です。なかなか素敵だと思いませんか? もともと何のために作られた部屋なのかは分からないんですがね」

「子供部屋だったのかも」私は言いました。「初代の司祭には五人も子供がいらっしゃったそうですからね」

「それなら、あんなステンドグラスの窓にはしなかっただろうさ」ロドニーは反論しました。「バスルームだったんじゃないかな」

私たちは入り口のところで沈黙したまま立ち止まりました。まるで、今この部屋が使われている神聖なる目的に敬意を表するかのように。

「さて」ベイソン氏はガイド役のように続けます。「テムズ司祭の書斎をほんのすこし覗きましょうか。ご覧になりたいでしょう?」

私たちが返事をする前に、彼はもうドアを開けてしまっていました。あとで天罰でも下るんじゃないかとビクビクしながら、私はそっと前へ進みました。

　第一印象は「ごったがえした博物館」でした。前面がガラス貼りになった飾り棚とマントルピースの上には、おびただしい数の品々が置いてあるように見えたからです。いかにも高級そうな濃い色の木でできた、巨大なデスクが部屋を威圧していましたが、これはかなり意外に思われました。というのも、テムズ司祭が学者タイプという印象はこれまで受けたことがなかったからです。でも、よく考えてみれば教区聖職者には大きなデスクが必要なのでしょう。少なくとも手紙の返事を書いたり、お説教の準備をする必要があるわけですから。予想通り書物もありました。英国詩人の立派な詩集シリーズやダンテやゲーテなど大量の本です。テムズ司祭も若い頃は、お説教を引用で飾り立てるタイプの司祭だったのでしょうか。私の母方の遠い親戚にホックリーブ大執事という方がいて、彼はお説教の主題そのものに、英国詩人を取り上げることすらあったのでした。ああしたお説教は今では時代遅れになっているようです。今のテムズ司祭は、「夕べの祈りの重要性」といった話題で十分程度、味気ないお話をなさったり、なぜ告解に行かねばならないかについて口やかましく熱弁をふるわれたりするだけでした。たぶん昨今のやり方のほうがよいのでしょうが、古い流儀がすたれていくのを惜しまずにはいられませんでした。

「すばらしい品をお持ちのようだね」ロドニーが言いました。「飾り棚いっぱいにマイセン焼きが入っているなんて。それに、あのファベルジェ*の卵はとくに素敵だと思わないかい？」

「ええ、見事ね」私も相槌をうちました。「でも、いったいぜんたいこれは何かしら？」

　部屋の隅にある小さなテーブルの上にあった彫像を見ていたのです。小さな男の子の像です。経年のためその特徴がボヤけてはいましたが、それにもかかわらず、とても愛嬌のあるものでした。「イタリアで買ってきたとおっしゃっていましたよ」とベイソン氏。「どうやらシエナ付近で掘り出された物らしいです。そう司祭はおっしゃってましたがね。その頃ちょうどお友達のお邸に滞在されていたんですって。教会のどこかに置ければと思って持ち帰られたようですが、どうも似つかわしくなかったようです」

「そうね。かなり異教的ですもの」私はうなずきました。「ここらの教会のイメージじゃないわね。外国のローマ・カトリックの教会には似合いそうだけれど」

「そうだな、よくある暗い付属礼拝堂みたいなところなら、いいだろうな」ロドニーも言います。

部屋を出るとまた別のドアがありましたが、そこは飛ばしました。テムズ司祭の寝室に違いありません。ベイソン氏にもいちおうの思慮分別があるのだとホッとしました——というのも、彼が家中のすべてを見せてしまうのではないかしらと心配になってきたところだったからです。

三階に上がってみると、赤くて厚い階段の絨毯が安っぽい粗製のものに変わり、壁には慈善バザーやガラクタ市で売っているような古く色あせたセピア色の写真がかかっていました。目を凝らしてみると、若きテムズ司祭がボート漕ぎのチームと映っていたり、さらに若い頃でしょうか、三人の女性と（おそらくお姉さんか若い叔母さんたちかもしれません）チリマツの大木のもと、芝生の上でお茶を飲んでおられる写真などがあり、私は報われたような気分になりました。

「おっと、ウィルメットがこういう古い写真を見て物思いにふけるのを阻止しなきゃな」ロドニーが言いました。「こういった物を見てふさぎ込む癖があるからね」

「ボート漕ぎをなさっていたのね。知らなかったわ。すごく大昔みたいに見えるわね。この写真の頃から今の姿へ……ですものね。まあ、昔がどんな風で、今はどんな風なのかということはさておいても……」私は物思いにふけって言いました。「まるで目に浮かぶようだわ。あの長身の見事な姿、そして引き船道で熱狂する観客……」

「さあ、ダーリン」ロドニーが私の腕を取りました。「ボード司祭の書斎を見にいくんだって」

「いえ、実は見るほどのこともないんですがね」ベイソン氏は、見下したような仕草でドアを乱暴に開けました。「素敵な物など、ご自分ではぜんぜん持っておられないですから」

「ええ、見れば分かりますわ」そう私は言いました。というのも、ちょっとビックリするくらいになにもない部屋が目に入ってきたからです。ボード司祭風の特徴として気づくことといえば、この上なく質素で安っぽいということ。オレンジ色の下品な葉模様のランプシェード、ガス暖炉の前には古くすり切れたベージュ色のリノリウム貼りの床があって、緑茶色のボロ絨毯が敷いてありました。雷文細工のパイプ立て、紙屑でいっぱいのゴス陶器〔土産物用として生産された、白い紋章入りの陶器〕の壺、テーブルの上には（デスクはありませんでした）額縁に入った教会の写真がありました。たぶん少年時代に通った、もしくは最初に助司祭を務めていた教会なのでしょう。

「まあ、テムズ司祭のような美的センスをお持ちではありませんからね」ベイソン氏が言わずもがなの説明をしました。

「それに財産もね」ロドニーは辛らつな口調です。

「そして、ここがゲストルームですよ」

敷居から中を見やると、それは見事なまでに質素な部屋でした。鉄枠のベッドには、白い桝織のカバーがかかっていました。そして黄色いモミ材でできたチェスト、洗面台、すり切れた一片の絨毯。部屋にある物はそれだけです。ところが、壁には下品で装飾的な十字架像がかかっており、チェストの上には緑色の表紙のペンギン版推理小説が積んでありました。

「たくさんお客様があるの？」そうは思いませんでしたが、尋ねてみました。

「いいえ、この部屋は緊急時にしか使いません」というベイソン氏の答え。「誰かが最終バスや電車を逃したとか、なんらかの事情で行き場がない場合とかですね。お説教に訪問される司祭たちはたいてい近所の教会からのようですからね、違いますか？」

「ランサム助司祭がこの部屋を使うこともできたわけですよね」私はテムズ司祭を裏切るようなことを言ってしまいました。「ご自分のものをここに持ち込むこともできたでしょう――たぶん、あの方だって多少の荷物はおありでしょうし、イースト・エンドや北ケンジントン地区で勤められたのなら、簡素な暮らしにも慣れておられるわけだし……」

「そうですね、そうすることもできたでしょう」ベイソン氏も同意しました。「でも、ランサム助司祭とテムズ司祭は似たもの同士ですからね――お互いに張り合われることになったかもしれませんよ」

その表現の巧みさに微笑みながら、二人の聖職者がファベルジェの卵やマイセン焼きの蒐集に熱狂する様子を想像してみました。もちろん、ビーミッシュ家でランサム助司祭がお住まいになってる部屋を見たことはないのですが、これまでの彼の様子からすれば、ベイソン氏の言葉もあながち見当はずれではないのでしょう。

「次はあなたのお部屋ですわね」この手の言葉が期待されているのは分かっていました。ですが、次の「あら、なんてすばらしいこと！」という言葉はすこし早く言い過ぎたようです。実のところ、これから入っていく部屋のいささか安っぽい美しさをしっかり見ることができないうちに、そう言ってしまったのです。

「このカバーは母が作ってくれたんです」ベイソン氏は言いました。「それに部屋には生花を絶やしたくありませんしね」彼は白い菊の入った壺と、赤いシクラメンの活けられた花瓶を指さし、「あいにく僕は、美しいものに囲まれていなければならないんです。テムズ司祭とその点では同じですね」と悦に入った口調で言いました。

ガス暖炉前のローテーブルにはお茶の用意がすでにしてありました。ベイソン氏は忙しそうに、炉辺のガスコンロでお湯をわかしています。

「このレースのテーブルクロスもお母様のお手製ですか？」私は訊きました。

「そうです、かぎ針編みをいつもしてるんです。今ではあまり出歩けないんですが、眼はとてもいいんですよ」

「すばらしく繊細な作品ね」私はテーブルクロスの片隅をつまみあげて、つぶさに眺めました。

「母親にもいろいろといるもんだね」とロドニー。「僕の母親が手芸をするところなんて想像すらできないよ」彼は「手芸」という言葉にすこしたじろいだようでした。まるで、そんな言葉を口にするつもりはなかったのに、自然と口をついて出てしまった（状況にふさわしい言葉というのは、そういう風に自然と出てくることがままあるわけですが）といわんばかりでした。

「お二人ともアールグレイはお好きですよね？」紅茶缶に手を置きながら、ベイソン氏は訊きます。

「ラプサンのほうがよろしければ、そちらもありますよ」

私たちは感謝の言葉をボソボソ述べました。お茶と一緒に、ジェントルマンズ・レリッシュ〔塩漬けアンチョビのペースト〕とカニ身を挟んだ小さなサンドウィッチをいただきました。

「こりゃ、役所でのお茶とはちょっと違うな、ベイソンくん？」ロドニーは男っぽい口ぶりで言いました。

「そうですね。今でも皆さん、マグ片手に行列を作っておられるんでしょうが、あれは紅茶とは名ばかりのひどいもんですな。どうしたら、あんなもので我慢できるんでしょうかね。僕にはさっぱり理解できませんよ！ それにあそこの雰囲気ときたら」そう言ってベイソン氏は満足げに部屋を見まわしました（あるいは、そうしたように見えました）。まあ、実用性を重んじる役所のオフィスと、安っぽくも優雅な彼の部屋が大違いだと訴えたいのであれば、もちろんそれはその通りだと認めざるをえませんでした。

「あいにく、君はあそこではうまくいかなかったからね」ロドニーが言いました。ベイソン氏の、「上から」目線に腹を立てているのかもしれません。「君にふさわしい〈居場所〉が見つかってほんとうにラッキーだったね」

「ええ、僕の特技――まあ、こんなもんですが――は、たぶんかなり珍しいものですからね。さて、フォーサイス夫人、僕の焼いたスポンジケーキも食べてくださいな。とっても軽く仕上がっていると思うんですが」

たしかに見事な出来ばえでしたので、褒め言葉を言っていると、ちょうど近くの部屋で電話が鳴りました。

「ああ、めんどうくさい。いったい誰でしょうね」とベイソン氏。「応えなきゃなりませんな」

「緊急事態かもしれないよ」ロドニーが言いました。「司祭に電話をするときは、そういう用件が多いからね。生死に関わるような……」

「ええ、もちろんそうですね」ベイソン氏の表情が明るくなりました。「ボードの部屋で電話を取ります」

ロドニーと私は無言のまま、気まずい思いで座っていました。招待先でホストが部屋からいなくなるとそういう風になるものです。

「美味しいわね」ぎこちない口調で私は言いました。「このメレンゲ菓子もご自分で作られたのかしら？　一つ頂いてみるわ」

「そうだね、君が食べたら彼はぜったい喜ぶよ。あの写真の女性は彼のお母さんかな？」

ロドニーはマントルピースから銀の額縁を手に取りました。私たちは、その年配女性の写真をじっくり眺めました。ベイソン氏と同じ卵形の顔をして、ふさふさした白髪をたくわえています。

「ずいぶん長くかかるわね」なんとも不安な気分でした。「お母さんになにかあったりしなければいいんだけど」

「ダーリン、また想像しすぎだよ」ロドニーがなだめます。「たしかに人生でそうしたひど
い、い、出来事

は起こりうるし、まあ実際にも起こるんだけど、小説だけでの体験であることを願うね。彼が戻ってきたようだから、すぐに分かるよ」

ベイソン氏が部屋に入ってきたとき、私たちはつい興味津々の目で彼を見上げてしまいました。というのも、彼は秘密を隠しておけるようなタイプの人ではないからです。彼の態度は、悦に入った尊大さと嘆き、それにちょっとしたいら立ちが混ぜ合わさったようなものでした（そんな態度が想像できれば、の話ですが）。私たちは彼が口を開くのを待ちました。

「やれやれ、ランサムでしたよ」

先ほど「ボードの部屋」と言ったときと同様、今回も「司祭」を省いているのに私は気づきました。なぜそんな言い方をするのでしょうか。

「かわいそうに、ビーミッシュ老夫人のことですよ」彼は続けます。「逝かれたそうです」

「ええ？　彼女が亡くなったということかい？」ロドニーが訊きました。

「はい、そうです――つまりあの世に召されたということです」ベイソン氏はひきつったようにクスクス笑いました。「ボクシング・デイに、お茶の真っ最中に、そして司祭の皆さんが出はらっているときに、ということですな」混乱を隠そうとして、彼はティーポットにお湯を注ぎ出しました。人は気まずさを隠すためにティーポットに気を取られるふりをすることがあるのです。

「かわいそうなメアリー！」私は叫びました。「彼女のところへ行ってあげるべきかしら？　なにかできることはあるかしら？」

「ランサム助司祭が彼女についてるさ」ロドニーは言います。「それに、看護婦だとかそういった人たちもいるだろうしね」

「そうね、こんな時に駆けつけたりしたら邪魔になるだけだわね。でも、花かなにか贈れるかしら、ダーリン？　もちろんメアリーによ。彼女のことを想っていると伝えるために」

「この菊を持っていかれては？」ベイソン氏は、ポタポタと滴をしたたらせながら、花瓶から菊を取り出しました。「クリスマス・イブに買ったところですし、まだまだ新鮮ですよ」

なんだか万事がえらくバカげたことになってきたように思われましたので、ロドニーが「今、僕らにできることはないんだから、とにかくお茶をいただいてしまおうよ」と事態を収めようとしたときにはホッとしました。

「そうですね、その通りですな」ベイソン氏も同意しました。「とはいえ、ああいう知らせを受けると実に動揺しますね。次は誰の番だろうと思ってしまったりして……。ところでフォーサイス夫人、僕のメレンゲ菓子はいかがでしたか？」

「じゃあ、やはりあなたのお手製でしたのね。とても美味しかったですわ」

「ここにあるものはすべて僕が作りました。もちろん、ケーキ類のことですがね」そう言って彼はいったん口をつぐみ、それから早口で言いました。「今頃はランサムがテムズ司祭に電話で悲報を伝えているでしょうし、デンビー卿も動揺されるでしょう。お二人とも高齢ですからね。自分ももうすぐかと思われるでしょうな」

「誰かの訃報を聞いたら、そういう風に感じるものだろうか？」とロドニー。「むしろお年寄りは、ある意味で勝ち誇った気分になるんじゃないだろうか。同年代の人や若い人よりも長生きしたってことだからね。そりゃあ、友を失ったら当然、悲しみや悔しさは感じるだろうけどさ」

「それはあまりないでしょうな……あちこちで聞く話によりますとね」ベイソン氏は意地悪な口調です。「ビーミッシュ夫人は手に負えないお年寄りで、お嬢さんにもひどい態度だったと皆が言ってましたから」

「あら、それほどひどくなかったと思いますわ」私は反論しました。「たしかに自分勝手だったとは思いますけど、お年寄りはそうなることが多いでしょ。それに、メアリーはお母様に尽くしてましたもの」

「「血は水より濃い」というわけですな。さあ、もう一杯いかがですか?」ベイソン氏は明るい声で訊きます。「僕はもう一杯くらい、いけますがね」

私たちもお茶のお代わりを断りはしませんでしたが、会話がチグハグになってきました。ビーミッシュ夫人の訃報がお茶会に暗い影を落としてしまったのは明らかでしたし、またそうあるべきだったのでしょう。

「この花を持っていってください」私たちが席を立つと、ベイソン氏が言います。「簡単に紙で包めますから」

「ほんとうにありがとう。でも、新しいのが買えると思いますわ」私はあわてて言いました。「あなたの活けたのを台無しにするのはあまりに惜しいですし」

「そう。君の親切には深く感謝するけれど、母がちょうど花を取り寄せたところだと思い出したよ。きっとあれが使えるよ」ロドニーも口を添えました。

そのとき私の頭には、ベイソン氏は花を一緒に贈ることで私たちと同列に並びたいのではないかという思いがよぎりましたが、ロドニーも同感だったのでしょうか。花に添えたカードに書かれた、ビックリするような内容が目に浮かぶようでした。

「心からお悔やみ申し上げます。愛をこめて。ウィルメット&ロドニー・フォーサイス、ウィルフレッド・J・ベイソンより」

玄関ホールでは、帽子かけのところで立ち止まりました。ロドニーがそこに傘をおいたからです。

「なんてたくさん法衣があるんでしょう！」私は叫びました。「司祭というのは、緊急事態に備えてありとあらゆる場所に一着置いておきたいのかしら？ ほら、ロドニーが役所にビニールの雨ガッパを置いておくようにね」

「私のもそこにありますよ、実のところ」とベイソン氏。

「あら、そうなんですの？」私は無邪気に言いました。「聖具室みたいな、侍者用の荷物置き場ではなくってですか？」

「それでは、うまくいかないこともあるんですよ」ベイソン氏の声がこわばりました。「取り違えが起こったことがありましてね。それをなんとも思わない人もいますが、えらく憤慨する人もいますからな」

「コールマン氏の法衣は素敵ですわね」私はこう言わずにおられませんでした。「いつだったか、ミサが終わってキャンドルを消しておられたときに気づいたの。上等なシルク素材に見えましたけれど」

「あれは特注したものですからね！」ベイソン氏が金切り声で言います。「そりゃ、彼ならやるでしょう！　まあ、彼のあの法衣が別段よい品というわけではありませんがね——実のところ、他のとたいして変わりませんよ」

「いやあ、ベイソンくん、すばらしいお茶をありがとう」ロドニーは言いました。「君にも落ち着ける場所が見つかったと役所のみんなに伝えることができるよ」

彼は階段のところに立って、私たちに手を振ってくれました。まるで彼自身の家だといわんばかりでした。

聞こえない距離まで来たとき、私たちは二人して噴き出してしまいました。

「あの法衣の話はいったい何だったんだい？　どういう意味か分からなかったよ」

ベイソン氏とコールマン氏のあいだのちょっとしたいざこざを、私はロドニーに教えてあげました。

「バカらしい！　教会に関わると、なぜ人間はせこくなるんだろう？」彼は叫びました。

「あら、人は皆ささいなことでせこくなるわよ」私は口答えしました。「あなただって、役所で自分のお気に入りのティーカップを誰かに使われたらムッとするんじゃない？」

「それはありえないね。引き出しに鍵をかけてしまってあるんだから」

「ほら、やっぱりね！　それにコールマンさんの法衣は、ベイソンさんがなんと言おうと、実際とくにすばらしいんだから。それにしても彼って変わってるわね。お役所でうまくいかなかったのも不思議はないわ。司祭の家の仕事を彼に見つけてあげたのは、実に名案だったわね」

「ああ、いろいろな条件がうまくマッチしたな。それにしても、司祭の家の部屋をぜんぶ見てまわるのはいかがなものかと思ったよ——ベイソンを訪問する人は皆、あのガイド付きツアーに参加させられるのかね？」

「司祭たちが家にいたら無理ね」私は指摘しました。「たしかにワクワクしたわ。でも、寝室やバスルームは見なかったわけだし、「ぜんぶ」というわけでもないんじゃない」

「もしバスルームを使う必要があったなら、案内してもらう権利はあったわけだね」

「あら残念。思いつかなかったわ。あの電話の中断がなければ、そうしていたかもしれないわ。ああ、それにしても、気の毒なメアリーのことはどうしましょう？　お花を贈るか、それともちょっとした手紙を送ろうかしら？」

「たぶん手紙がいちばんじゃないかな」ロドニーは言いました。

　メアリーにもなにかクリスマスの贈り物をしておけばよかったと思いましたが、今となってはどうしようもありません。今後はできるだけ助けになろうと心に決め、その気持ちを胸にデスクに向かい、お悔やみの手紙を書いたのです。いつものお悔やみ状よりも長くかかってしまいました。というのも、ビーミッシュ老夫人の死を本気で悼む人の気持ちがどうしても想像できなかったからです。

第10章

「今日の午後は仕事を休もうかな」ロドニーはおぼつかない口調です。「実際、そうしなきゃいけないと思うんだ。だって、奥さんを独りで葬式に出席させるわけにもいかないからね」

「あら、かまわないわよ」と私。「知り合いもたくさんいるもの。それに、お葬式の後はメアリーのフラットで親族のお相手を手伝ってほしいと頼まれてるの」

「私が若い頃には」シビルが口を挟みます。「女が葬式に行くことはなかったよ。どういうわけか、そういう風習だったんだ。たぶん理由は分かる気がするよ。女はたいてい男より長生きするだろ。だから男の潜在意識には嫉妬みたいなものがあったんじゃないかね。男たちは、自分より長生きした女性が勝ち誇ったように墓地に立つのが嫌だったんだろう。あんたは行きなさい、ウィルメット。そしてメアリーを励ましてあげるんだよ。私も哀れなエラに敬意を表して、あんたと一緒に教会には行くよ」シビルが意外な宣言をしました。「そしたらロドニーが心配する必要もないしね」

「そうだね。たしかに今は休みがとりにくい状況でね」ロドニーは、なにやらもったいぶった素振りです。役所や会社勤めの人がこうした素振りを見せることがありますが、それは男性より女性に圧倒的に多いように思われます。

お葬式を楽しめるとは思いませんでしたが、でも、義務を果たすことにある種の満足を覚えたのはたしかです。変わりばえのしない喪服を身にまとった少数の人々（ほんとうに少数に思われました）、内陣に置かれた棺、暮れもおし迫り、でも新年の希望もまだ感じられない寒い陰鬱な日……そうした要素が合わさって私の気分を滅入らせ、ほとんど涙が流れそうでした。傍にいてくれるシビルの冷静さが励みでした。死後の生を信じないことで人生は単純なものになるに違いありません。でもその信条の意味する「人生これっきり」の感覚は、愛する人を失った場合には耐えられないものではないでしょうか。もちろん私は、エラ・ビーミッシュについてはずいぶん冷静でいられましたから、誰がお葬式に来ているのかをしっかり見定める余裕すらありました。

最前列にはメアリーがいました。ジェラルドとウィリアム兄弟――いずれも、かなり羽振りのよさそうな立派な体格をしており、どちらか一方はシルバー・フォックスの毛皮に身を包んだ奥さんを連れていますー―の横でメアリーは、ずいぶん小さく弱々しく見えました。その後ろの列には、ミス・プリドーとデンビー・グローテ卿、それにあと何人か年配の方々がいました。故人と同年代で、もしかすると友人だったのかもしれません。通路の反対側には、おそらく親戚関係の若い人たちが数名かたまって座っています。そして、後方の礼儀をわきまえた距離にグリーンヒル夫人。立派なお葬式を楽しむタイプのようですから、ひょっとして教会で催される葬式にはすべて出席されるのかもしれません。お友達のスプーナー夫人と一緒でした。式が終わってから互いの感想を述べ合うのでしょう。私のちょうど反対側にはベイソン氏がいました。彼が入ってきたとき目が合ったので、私に手を振ってくるのじゃないかと思いましたが、実際には彼は、あたかも内輪の者同士であるかのように会釈しました。まるで、ランサム助司祭がビーミッシュ夫人の訃報を電話で知らせてきたときに同席したことが、われわれのあいだに絆を生んだかのようでした。

テムズ司祭とボード司祭はこのレクイエム・ミサの司会を務めていました。ランサム助司祭はいったい何をしているのかしらと思わずにはいられませんでした。今の彼の立場はなかなか微妙なものに違いありません。メアリーと二人っきりであのフラットに住みつづけるわけにはいかないでしょうから。ひょっとすると、今頃は住む場所を探している最中かもしれません……そういえば、たしか今日は彼の休みの日だったのです。とすると、別段なにをするわけでもなく、公園を散歩したり、店をぶらついたり、ひょっとしたらシネラマ〔三台の撮影機で同時に撮影したフィルムを映写するもの〕に耽っているかもしれません。

柩は教会から埋葬地のケンザル・グリーンまで、男性だけが付き添って出発する予定でした。その結果、私たち女性は気づまりな雰囲気のなか、少人数ごとに車を待っていました。教会からビーミッシュ家のフラットへ車で移動することになっていたのです。シルバー・フォックスの毛皮を着た、メアリーの義姉シンシアは小さな車を持っており、ミス・プリドーと私を乗せていってくれることになりました。

お葬式の後の会話は、結婚式の場合よりもずっと難しいものでした。とりあえず喜びや賞賛の言葉を愛想よくふりまいておけばよいというわけにはいきませんし、供花が綺麗でしたねと言うことさえ場違いなように思われます。車の状態についてのシンシアのぶっきらぼうな言葉を別とすれば、私たちは無言のままでした。

「寒い中に止めてたから」シンシアは言います。「毛布はかけといたんですけどね」

自動スターターを押しても効果がなく、ミス・プリドーは不安げになにかブツブツつぶやきましたが、まもなく万事うまくいきました。あっという間に私たちはフラットに着き、天井の高い巨大な客間へと進みました。部屋には重々しい家具が雑然と置かれていました。普通のサイズの人間なら錦織の深みにすっぽりと飲み込まれてしまいそうなソファや肘かけイス、それにガラクタや写真に埋め尽くされた小さなテーブル類もありました。

メアリーはすでに部屋にいて、私たちを迎え入れてくれました。

「お紅茶がいちばんよね?」彼女は不安そうです。「もちろんシェリーもあるんだけど。ジェラルドとウィリアムの意見では……」

お茶がいちばん嬉しいわとメアリーを安心させると、彼女はキッチンでやかんを火にかけました。私も彼女についていきました。

「ああ、ウィルメット、ほんとに嬉しいわ、あなたがここにいてくれて……。ブロック夫人がお茶の用意に来ましょうかと言ってくださったんだけど、私自身なにかやることがあるほうがいいだろうと思ったの。ウィリアムとジェラルドは墓地から戻ったらシェリーを注ぐ役をやってくれたらいいしね。銀のティーポットを使うべきかしら?」

「何人いるの?」

「ええと、あなたとシンシア、ミス・プリドーに私。四人よね。そうね、やっぱり銀のティーポットを使うわ。あまり注ぎやすくはないんだけれど」

「カップはここにある分でいいの？」

「ええ、ブロック夫人がぜんぶ準備してくださったのよ。それにこのダンディーケーキ〔パウンドケーキにアーモンドやドライフルーツを加えた焼き菓子〕があるしね。あ、それに食料品室にはバターつきパンも用意してあるんだったわ。クリスマスケーキもあるし。男性陣はシェリーと一緒に食べたいかもと思ってね。お義母さまはお茶にはいらっしゃらなかったの？　あなたと一緒に教会から出てこられるのが見えたけれど」

「いいえ、シビルは教会だけでよかったのよ。ありがとう」

「ふだんは教会にもいらっしゃらないわよね？」メアリーは訊きました。

「ええ、だって信仰心がまったくないのよ。でも、あなたのお母さまとは長い知り合いだし、お葬式には出たいと思ったらしいの」

「ご親切にありがとう。ウィルメット、このトレイを運んでもらえる？　客間の暖炉の火がちゃんと燃えていればいいんだけどね。かわいそうに、ミス・プリドーは寒さがとくにこたえるみたいだから」

「ランサム助司祭はどこにいらっしゃるの？」私はややぶしつけに、そう尋ねてみました。

「今日の午後、引っ越さなければならなかったのよ。ほら、この状況だとここにいるわけにもいかないでしょ？」

「それはそうね。じゃあ、どちらへいらっしゃったの？」

「ひとまずは司祭の家のゲストルームよ」

「あらあら！」私は叫んでしまいました。「お気に召されるかしらね」あの部屋のあまりの質素さはまだ鮮明に覚えていました。

「そこそこ気に入ると思うわ。そのうちどこか別の宿を探すわけだしね」

この時点で会話を中断せねばなりませんでした。私たちはお茶を客間に運んで、紅茶や軽食が皆に行き渡っているかどうか気をつけていなければならなかったからです。

「オズワルドはえらく疲れているみたいだったね」ミス・プリドーが甲走った声で言いました。

「ああ、テムズ司祭のことですね」私は答えました。「ええ、お疲れのようでしたね」

「けっして労を惜しまない人だからね」とミス・プリドー。

実際のところ、労を惜しむ聖職者というのは想像しにくいなと思ったのですが、口には出しませんでした。

「ほんとに上の世代の方たちってそうですわね」シンシアが取り入るような口調で言います。「私たちも大いに見習うべきですわ」

「それに、デンビー卿はケンザル・グリーンに行くとおっしゃってきかなかったんだよ」とミス・プリドー。「さいわい暖かいコートを着ておられたからね」

「毛皮の襟のやつですか?」私もなにか言わねばと思って尋ねてみました。

「そうそう。ワルシャワ時代に手に入れたコートだよ。もちろんあそこなら必要だね。毛皮の裏地も付いているんだって」

「あら、そうですの」シンシアが答えました。私たちも皆口々に、それは結構ですわねといった言葉をつぶやきました。引退した外交官が毛皮の裏地付きのコートを持っていることに異を唱える者がいるはずもありません。

「ランサム助司祭はここにお住みになるんですの？」紅茶のお代わりをメアリーから受け取りながら、ミス・プリドーは訊きました。

「いいえ。ちょうどウィルメットにその話をしていたところなんです。当面のこととして、司祭の家のゲストルームに荷物を移されましたの。そのうちどこか宿を見つけてもらえるでしょうしね」

「ピムリコのジュリアンとウィニフレッド姉弟のところはどうかしら」ミス・プリドーが提案しました。「牧師館にフラットがあるからね。今は女性牧師補が住んでるみたいだけれど、間違いなく追い払えるはずだからね」

彼女の強い……というか乱暴な口調に私はいささか度肝を抜かれ、ひょっとしたらそれはヨーロッパ暮らしが長かったせいかしらと思ってしまいました。あちらでは、イギリスよりもずっと簡単に居住人を「追い払」ったりするのかもしれません。

「そこは遠いんですか？」あまり関心のなさそうな声でシンシアが尋ねました。脇に置いたシルバー・フォックスのストールを片手でなでています。

「まあ、実際はヴィクトリアだね」とミス・プリドー。「バスか地下鉄のサークル線でヴィクトリア駅から来られるよ。地下鉄は早朝から走っているだろうしね」

「でも、いくらなんでも七時の礼拝には間に合わないでしょう？」メアリーはすこし心配そうです。

「まあ、朝食ぬきで来るにはちょっと遠い距離だね、実際のところ」バターつきパンを食べながら、ミス・プリドーが答えました。

「ひょっとしたら、特別免除を受けられるかもしれませんわね」

「きっと、もうすこし近い宿が見つかるでしょう」とメアリー。「ランサム助司祭はホランド・パーク地域に住んでいる司祭をご存じのようですし、その方が引き受けてくださるかもしれませんね。大学時代の同級生のようですし」

「そちらのほうが都合がよさそうね」シンシアも相槌をうちました。

メアリーは、マントルピース上の小さな時計を見上げました。私たちは皆、その時計のチクタクという音がずいぶん気になっていたのです。「そろそろ男性陣が戻ってくる頃ね」彼女は言いました。

男の人たちが部屋に入ってきて、私たちは皆ホッとしたのではないかと思います。ビーミッシュ兄弟は手をこすり合わせ、デンビー卿はただただ寒さに引きつった顔をしています。

「司祭たちもこちらに戻られるかと思ったんだけどね」ジェラルド・ビーミッシュが言いました。

「また次にもお葬式があったようだ。この天気じゃあ、悪いことも起こるよな」彼はシェリーのデカンターを取り上げて、デンビー卿のほうを向きました。「このアモンティリアードは、なかなかいけますよ。それとも、もっとコクのあるものがお好みですか？ もちろんお茶もありますしね」

「中国茶かね？」とデンビー卿。

「あら、違いますわ。いつものお紅茶です」メアリーは申し訳なさそうでした。「でも、また淹れ直すこともできますわ」

「いやいや、どうかお気遣いなく、ビーミッシュさん」とデンビー卿。「実のところ、淹れてからしばらくたった紅茶が好きなんですよ――いわゆる出すぎたやつですよ」

「なんでラグを車にかけたりしたんだ?」ウィリアム・ビーミッシュが妻に尋ねていました。「そんな必要ないじゃないか。盗まれるかもしれないぞ。ここはロンドンなんだからな」

レミントン・スパから来ているそうですが、あちらでは人間が皆もっと正直なのでしょうか。シンシアは、妻特有のきつい口調で答えます。「教会から出てきたとき車が冷え切ってたのよ。あのときにかけておけばよかったんだわ。それに、どうせあのラグはずいぶん古いものよ」

「あいにく近頃は人を信用できなくなりましたわ」ミス・プリドーは呑気な口調で言いました。

こんな具合に、どうしようもなく空疎な会話がずっと続きました。きっとメアリーにとっては辛いものだったでしょう。でも、ミス・プリドーがデンビー卿を伴って帰ってしまわれてからはずいぶん話がしやすくなりました。家族だけが残され、会話がもっと具体的で要を得たものになったからです。

「お義母様の遺品はどうするの?」シンシアがぶっきらぼうに切り出します。「ほとんどはチャリティに送るんでしょうね」

「ええ。零落した良家の人々を救済する協会のどれかに送れば、喜ばれるだろうなと思っていたのだけれど」とメアリー。「でも、いくつか毛皮類があるわ。私は欲しくないけれど、お義姉さんはどう?」

「そうね……」シンシアは考え込むように言いました。「なかなかよさそうなアーミンの夏用ケープがあったわね、あまりはっきり覚えていないけれど……。それともリスだったかしら?」

「私にはよく分からないわ」メアリーは悲しげな声を出しました。「でも、もしご希望ならもらってちょうだい」

「ええ、よく考えてからまた連絡するわね」そう言ってシンシアはソファから立ち上がり、シルバー・フォックスの毛皮を胸元にかき寄せました。「ほんとに、もう出たほうがいいと思うの。ウィリアムは暗がりの運転があまり好きじゃないしね、そうでしょ?」

ウィリアムはなにかブツブツつぶやきました。

「ジェラルドはもうすこし、いられるんでしょ?」シンシアが形ばかりの質問をしました。「じゃあよかったわ。あなたが独りで残されることもないわけだし」

この夫婦がレミントンまで戻る道すがら、おそらく車のことで口喧嘩したり、ビーミッシュ夫人の遺書の詳細についてあれこれ推測したり(まだ内容を知らないとすればですが)する姿が目に浮かびました。

「このフラットは引き払って、もうちょっと小さいところに移るんでしょうね」メアリーと二人きりになったとき、私は尋ねました。

「ええ、もちろんここでは暮らさないわ。このサイズの部屋って好きになれなかったのよね。私の部屋に行きましょうよ。あっちのほうが話しやすいわ、なんとなくね」

メアリーの部屋は静かな裏通りに面していて、遠くに聖ルカ教会の尖塔が見えました。部屋の雰囲気も、故ビーミッシュ老夫人の客間の重々しい堅苦しさとはずいぶん違います。少女時代に使っていたに違いないペンキ塗りの家具がまだありました。本棚も子供向けの本でいっぱいです。大人向きの本といえば、有名女流作家の小説や詩集がそれぞれ何冊かあるだけ。一方の壁には羊飼いの少年が丘陵に寝そべっている有名な絵がかかっていて、ベッド際の小さなテーブルには、はさみ額縁に入ったスコッチテリアの写真が置いてありました。

ベッドの上にはいろんな種類の黒い服が散らばっていました。

メアリーは散らかっているのを詫びてから、籐製の肘かけイスを持ってきて暖炉脇に座るようにと勧めてくれました。

「ほんとに、ひどい散らかりようでしょ」彼女は言います。「でも、自分の服を調べてたの。なにかはっきりした仕事があるほうが気が楽だったから」

「あなたも黒を着るの?」私は訊きました。「近頃は喪服を着たりしないのかと思っていたけれど」

そういえば私の父が死んだとき、母はまず黒の喪服を着て、それからグレー、最後には薄紫色へと変えていきました。薄紫色のサマーコートは、喪服というにはちょっと可愛らしすぎましたが……。

メアリーはちょっと混乱してしまっているようでした。「その……喪に服するってわけでもないのよ。聖ヒルデリス修道院のシスターたちのところにしばらく滞在しようと思って――あなたに言ったかどうか忘れたけれど、たぶん言ってなかったかしらね。だってほら、母が生きてるあいだは無理だったでしょう」

私の顔に恐怖の表情が浮かんだに違いありません。というのも、彼女があわてて「あらウィルメット、そんなにショックを受けないで。長年の夢だったんだもの」と言ったからです。

以前メアリーのために私たちが思い描いていた計画――外国旅行をすればいいだの、好きなように生きればいいだのといった口先ばかりの計画のことを思い出しました。メアリーの計画は、これまでの監禁生活を、前よりもっとひどい別種の監禁生活と交換するだけのように思われました。もちろん、宗教的生活に向いた人がいるということは受け入れられるようになっていたのですが、実際に自分のよく知る人にそれを当てはめてみると、想像するだけでもひどい気持ちになったのです。

「まさか、尼僧になろうってわけじゃないわよね？」私は間抜けなことを尋ねました。

「ええ、もちろんうまくことが運ぶかどうか分からないけれど、自分の適性を試してみるつもり。ひょっとしたら、あちらでもっと役に立てるかもしれないわ。もちろん、私がどこかでなにかの役に立てることがあるとすれば、の話だけれどね」彼女は微笑みました。

「あちらでは黒を着なければならないの？」なんと言っていいか分からず、私はそう尋ねました。

「ええ、まあ初めのうちはね。黒のスカートとカーディガンがそれぞれ一着ずつあるわ。それからもちろんドレスもね。あなたが買い物の手伝いをしてくれたやつよ。でもなんとなく、あれはふさわしくないような気もするんだけれど」

「さあどうかしら。でも、かなり地味なものだわ。それに、もちろんピンクの真珠をジャラジャラつけて着飾ったりはしないでしょうし——すごくよく合うとは思うけれどね」

メアリーは微笑みました。「まだあのピンクの真珠のネックレスを持ってるわ。でも、きっと一度もつけることはないわね。そうそう、この青のドレスを黒に染めようかと思っていたの。うまく色がのるかしらね？」

「染めた服を着るのってゾッとするわ。それに染めると、着古した部分が目立ってしまうわよ」そう言い出してから気づいたのです。着古した部分が目立つような、ゾッとする服を着ることが、メアリーの望む暮らしにはそう不似合いではないということに。「ランサム助司祭はなにかアドバイスを下さったの？」口早にそう訊きました。「もちろん、服のことじゃなくってね」

メアリーは笑いました。「かわいそうなマリウス、彼は今回のことで面食らっているわ。そのうえ荷物をまとめて別の家を探さなきゃいけないんですもの。さぞ大変でしょう」

私は憤慨しました。これでは彼がまったく頼りにならない人のように聞こえます。

「あら、でもこうしたときに人助けするのが彼の役目でしょう」そう反論しました。「面食らっているはずはないと思うけれど」

メアリーは例のイラっとさせる笑顔を見せました。「ええ、でも彼はまだ若いのよ。もちろん、とても親切にしてくださったわ。でもボード司祭がいちばんだったわ」

「テムズ司祭よりも？」

「そうね。テムズ司祭はご自身が高齢だから、動転している人の気持ちがあまりお分かりにならないの。だって、多くのお友達がもう亡くなられたようだし、ご自身もその準備ができていらっしゃるでしょうしね。その点、ボード司祭は実際的なレベルで共感をたくさん示されるわ」

死別における慰めという点で、メアリーが司祭たちをこういう風に分類したのはなかなか面白いことでしたので、帰る時間になるまでこの問題について話しました。

メアリーに別れを告げて外で歩道に立っていますと、メアリーの兄のジェラルドが追いかけてきました。

「あの、ええと……」彼は叫びました。「すみません、お名前を聞き逃してしまったんですが、メアリーととても仲良くしていただいているようで……」

読者カード

みすず書房の本をご愛読いただき，まことにありがとうございます．

お求めいただいた書籍タイトル

ご購入書店は

・新刊をご案内する「パブリッシャーズ・レビュー　みすず書房の本棚」（年4
3月・6月・9月・12月刊，無料）をご希望の方にお送りいたします．

（希望する／希望しない

★ご希望の方は下の「ご住所」欄も必ず記入してくださし

・「みすず書房図書目録」最新版をご希望の方にお送りいたします．

（希望する／希望しない

★ご希望の方は下の「ご住所」欄も必ず記入してくださし

・新刊・イベントなどをご案内する「みすず書房ニュースレター」（Eメール配信
月2回）をご希望の方にお送りいたします．

（配信を希望する／希望しない

★ご希望の方は下の「Eメール」欄も必ず記入してくださし

・よろしければご関心のジャンルをお知らせください．
（哲学・思想／宗教／心理／社会科学／社会ノンフィクション／
教育／歴史／文学／芸術／自然科学／医学）

（ふりがな） お名前　　　　　　様	〒
ご住所　都・道・府・県　　　市・区・郡	
電話　（　　　）	
Eメール	

ご記入いただいた個人情報は正当な目的のためにのみ使用いたします

ありがとうございました．みすず書房ウェブサイト http://www.msz.co.jp では刊行書の詳細な書誌とともに，新刊，近刊，復刊，イベントなどさまざまなご案内を掲載しています．ご注文・問い合わせにもぜひご利用ください．

郵便はがき

料金受取人払郵便

本郷局承認

7914

差出有効期間
平成28年9月
1日まで

113-8790

東京都文京区
本郷5丁目32番21号
505

みすず書房営業部
行

通信欄

（ご意見・ご感想などお寄せください．小社ウェブサイトでご紹介させていただく場合がございます．あらかじめご了承ください．）

「なにか彼女のためにできることはありますでしょうか?」私は尋ねてみました。「こういう時は、自分がなんだかとても役立たずのように思われますわ」

「例の修道院行きの件ですよ」彼は出しぬけに言いました。「もう固く心を決めているみたいですが、なんとか説得して止めさせていただくことはできませんか? あなたの言うことなら彼女も聞くような気がするんですが」

「でも、もしそれが彼女のほんとうに望むことなら、説得して止めさせる権利が私たちにあるんでしょうか?」

「べつに楽な暮らしができないってわけじゃないんだから。それに、もし寂しいのなら僕たちと一緒に住むことだってできる。彼女だって分かってますよ。いったいぜんたい世間がなんと言うことやら」彼はうなり声を上げました。

「あら、世間の人もあまりとやかく言わないと思いますわ。さほど珍しいことでもありませんし……」

「うちの家系には今までこんなことはなかったんだ」ジェラルドは誇らしげにぐっと体を伸ばしました。

「そうかもしれませんわ。でも、家族のなかで殺人があったとか離婚があったというのよりも、よほどましでしょう?」

彼は疑わしげです。「でも、いったい理由は何なんだ?」彼はまだ食い下がります。「恋愛がうまくいかなかったとかかな? なぜだかメアリーをそういったことに結びつけて考えたことはなかったんですがね。まさか、あの助司祭と……？」彼はやぶから棒にそう言い出しました。

「ランサム助司祭のことですか？」驚いてそう尋ねてしまいました。「でも彼は非婚主義者ですわ。あの二人のあいだにそんなことあるわけないですし、メアリーが一瞬でもそんな気をもったとは、とても考えられませんわ」

「しかし、なかなかの男前だ」ジェラルドは冷静です。

「そんなこと関係ありませんわ」私は焦れてそう答えました。外で立っているのは寒かったのです。

「とにかく、恋がうまくいかなくて修道院に入る女性なんて、今どきいないと思いますわ。たいていはもっと積極的な理由がありますもの」

お互いかすかな反感を抱きながら私たちは別れました。それにしても、あの気取った愚かなお兄さんに対してメアリーの肩をもつことに必死になったあまり、すっかり忘れていました。私自身、彼女の計画を最初に聞いたときには狼狽したのでした。

第11章

新年が始まって最初の何週間かのあいだ、メアリーは母親の持ち物を処分したり、家具をお店に——秋の散歩でピアーズと私が見た、川沿いのあのすばらしい建物の中へ——移したりしていました。ビーミッシュ夫人の繻子織のソファや肘かけイス、重厚なマホガニー製チェストや衣装ダンスが、こだまの響き渡る巨大な部屋に閉じ込められるところを想像しました。また外に出されることはあるのでしょうか。持ち主と同じく、ああした家具たちもこの世を拒絶しており、引越し業者が回収に来たときには抗議の声を上げたかったのではないでしょうか。あの方面へまた行くことがあったら「私の知っている家具があそこにあるのよ」とピアーズに言うこともできるでしょう。けれど、実際にそんなチャンスが来るとはとても思えませんでした。ちょうど冬のさなかに夏の訪れがとても信じられないのと同じです。

メアリーの兄ウィリアムとその妻シンシアは、二月に一緒にマデイラへ行こうと彼女を誘ってくれたようです。旅の同行者としてはあまり気が合わないかもしれないけれど、メアリーにとってはいいことのように思われました。でも彼女はその旅行には行きたくないと言って、一月の陰鬱なある日、修道院に入ってしまいました。それは教区にある修道院の分院で、ロンドンの別の地域にありました。ランサム助司祭は、近くの教区に勤める司祭のもとに部屋を見つけました。大学時代の同級生らしく、大きな司祭館に独り暮らしをしているとのこと。ビーミッシュ家のフラットほど便利でないのは間違いありません。実際いちど週末の早朝ミサに彼は遅刻してきたことがありましたが、髭をそる時間もなかったような様子でした。チャーチ・タイムズ紙で前に読んだ記事を思い出しました。その記事は、目覚まし時計が壊れないかぎり、司祭の遅刻など許されるべきではないと明言していました。司祭の目覚まし時計でも壊れるのか——ちょうど人が死ぬように——そう思うと、ひどくショックを受けたものです。そんな手荒な方法で起きねばならない日が私にはほとんどないことを嬉しく思いました。

間違いなく、教区にはランサム助司祭の取り巻きがいました。彼の美貌は、説教壇における彼の欠点——説教師としてはごく凡庸なのです——を補ってなお余りあるものでした。有名な顕現日の賛美歌で

命召されしとき
あがなわれたる魂《ランサムドソウル》を　いらしめたまえ

などという一節を唄うときには、若い娘さんたちがクスクス笑いを押し殺す様子が見られたのです。
一月半ばにポルトガル語教室がまた始まりました。ピアーズに会える機会だからとずっと楽しみに

していたので、シビルがあれほど根気よく出席しなければいいのにとさえ願ったりしました。そうすれば授業の後、ピアーズと二人っきりになれることもあるからです。

最初の授業の夜、教室が変更になっていることが判明したのですが、私たちは誤った案内のせいで、すでに授業の始まっている教室へ行ってしまいました。

「水一杯やチョコレートを欲しいくらいで *desejar* という動詞は使わないように」元気な若いブラジル人教師が言います。「強すぎますからね。デザイアは、つまり欲望を意味します」彼は絶望的な表情でクラスに目をやりました。まるで、こいつらがそんな強い感情を抱くんだろうかといわんばかりです。それから彼のまなざしは、傘と本を抱えて入り口に突っ立つ、シビルと私に向けられたのです。

「ロングリッジ先生のクラスを探しているんですが、ここではないようですね」私は間抜けなことを言いました。

「違いますね」教師は答えました。「このクラスに加わりませんか？ 笑い声の絶えないクラスですし、たくさんのことを学びますよ」

私たちは入り口から退去しましたが、バカみたいに見えたことでしょう。彼と彼の生徒たちに笑われていたように感じました。それに、あちらのクラスのほうが進んでいたようで、腹立たしさも覚えました。ピアーズはまだ *desejar* について教えてくれていません。

「楽しそうなクラスだね」とシビル。「ピアーズがあんなにお天気屋なのは残念だって、ときどき思うよ。あっ、ほらマーブル夫人が廊下の端のドアから入っていく。あそこが教室だよ」

実際その通りでした。私たちは部屋に入ってクラスメートに挨拶しましたが、あまり嬉しそうには見えなかったでしょう。ビジネス関係の紳士方のいく人かはいらっしゃいませんでした――ほんとうにペルナンブーコへ派遣されたのかもしれません。ピアーズもいないようでした。

「最初の授業くらい遅れずに来てもよさそうなものなのに」マーブル夫人が愚痴を言いました。「今学期も来るかどうか迷ってたんだよ。この前の学期もあまり勉強になったとは思わないしさ。それに、ほら、クリスマス・パーティーもなかっただろう。ガッカリだよね? スペイン語を習ってたときには、学期末にかならずパーティーがあったものさ。皆が三ポンド六ペンスずつ出し合って食事やコーヒー、飲み物を買ってね――もちろんアルコールは抜きだよ、大学ではワインやスピリットは禁止されてるからね。まあ、それは理にかなってるよね、実際のところ」

「それじゃあ、あまりパーティーらしくなかったでしょう」ピアーズのひどく物憂い声がしました。「……というか、パーティーじゃないな、ぜんぜん」彼は私たちの横を通り過ぎて前のデスクのところに行き、本を開きました。

マーブル夫人はムッとした顔をしましたが、無言でした。

授業が始まりました。仮定法を勉強する日です。ポルトガル人がとても頻繁に仮定法を使うと分かると、彼らとは仲良くなれそうな気がしませんでした。私にはどうしても言い表せないことが無数にありそうです。この日のピアーズは例の挑発的な気分らしく、授業のあいだ私のほうをほとんど見もしませんでした。まるで、クリスマス前のあの夜に彼と外出しなかったことで、私を罰しているようでした。あの小箱と奇妙な銘のことを考えつづけました。それればかり考えすぎたせいで、訳を当てられたときにしくじってしまったのです。それで彼は、授業をしっかり聴いていない生徒について皮肉を言ったのでした。

　私はとても腹を立てていたので、授業後シビルについて彼のほうへ行くのは気が進みませんでした。翌週ハリーとロイーナが来訪する予定だったのですが、驚いたことに、シビルはそのディナーに彼を誘ったのです。彼がいかにも嬉しそうにその招待に応じたときには、さらに驚いてしまいました。

「言っておいたほうがいいと思うけど、妹さんと義弟さんもいらっしゃるよ」シビルは言い足しました。「予告なしに家族を引き合わせるのはフェアとはいえないからね」

「ご配慮ありがとうございます」とピアーズ。「僕らはいつも仲良しってわけでもありませんからね。でもたいていクリスマスで家族関係が改善するでしょう？――少なくとも一時的には。ね、そう思いませんか？」

「クリスマスにはあちらへ行ったの？」そう聞かずにはおられませんでした。

「いいや、ウィルメット」彼は初めて私を見ました。「ロンドンにいたんだ」

「独りぼっちじゃないだろうね？」シビルがそっけない声で訊きます。

「いや、違いましたよ」

「出版社でイブになにかお祝いはあったの？　飲んで騒いで……みたいな」私も訊きました。

「飲むには飲んだが、出版社ではないよ」

「どこの教会に行ったの？」

「残念ながら教会には行けなかったんだ」

「あら、でもクリスマスなのに……」私はつい抗議しました。「たくさん礼拝もあったわ」

「でも午後の三時から四時のあいだにはなかったね。僕が礼拝に行けると思ったのは、その時間だけだったからな」ピアーズもけんか腰です。

「ずっと酔っぱらってたの?」シビルは興味ありそうな口調。「来週夕食にいらっしゃるときには、思う存分飲んでいただけるようにしなくちゃね。ジンにシェリー、もちろんお肉にはワイン、それからリキュール類もありますよ。そして食後には、男性陣にはウィスキーですかね。息子に用意をさせておきますよ」

「それは楽しみだな」ピアーズは言いました。「まあ、実はウィルメットをびっくりさせようと思って言ってみただけですよ」

私たちは笑って、気持ちよく別れました。

「かわいそうなピアーズ、思い通りにいかないうえに誰からも愛されずに……」こんな言葉が口をついて出たのですが、私はなんだか妙に心地よく感じていたのです。「だからバカなふるまいをするんだわ。誰かが面倒をみてあげなきゃ」

「でも、冗談を言ってるだけだと思ったけど」とシビル。「まあ、それに若い男っていうのは関心を引きたがるもんだからね」

「でも、あの人はそれほど若いというわけではありませんわ」私は反論しました。「水曜はしらふで来てもらいたいですね」

「冗談にすることかね、実のところ?」シビルの声は真面目でした。「施設の仕事でお酒の怖い面は嫌というほど見てきたからね。とんでもない不幸を引き起こしかねないよ」

「私の知るかぎりでは、むしろ逆の場合が多いようですけれど」私は言いました。「つまり飲んで不幸が起きるというよりは、不幸だからお酒を飲むんですわ」

「じゃあ、ピアーズは不幸ってことだね」シビルは思いやり深い声で言います。「あの年代には多いんだろうね。でもほら、それもじきに過ぎ去るだろうよ」

彼女の意見は私がいつも忘れがちなこと——私たちのあいだには四十近い歳の差があるということ——を強調するようでした。たぶん齢七十にもなれば経験上、自信をもって、物事が「じきに過ぎ去る」と言えるのでしょう。三十歳ではまだ実験的な毎日を生きているので、物事は過ぎ去るのだろうと思いながらも、そうでないことを祈りもしているのです。

ところが驚いたことに、ピアーズはこぎれいな濃い色のスーツをまとい、しらふの状態でパーティーに現れました。しかも彼が最初に到着したので、他の人が現れる前にすこし話をすることもできたのです。でも、その会話はガッカリするくらいに一般的なものでしたから、クリスマス・プレゼントについて切り出すことはできませんでした。でも、始終そのことを私たち二人が意識しているのは感じられました——それが私たちを引き寄せているのか、それとも隔てているのか……それは決めかねましたが。

ロイーナは赤いコートを身にまとい、まばゆいばかりでした。毛皮でできた幅広の襟が彼女の顔を美しく縁取っています。彼女は私とピアーズにキスをし、それからロドニーに両腕を大きく巻きつけました。ロドニーは嬉しそうです。ハリーは仕返しとばかりに、私の頰にキスをしました。

「この大げさな愛情表現……」ピアーズはいら立たしげに言いました。「ディナー・パーティーではこんなことをしないといけないのかい？　僕はこのところ社交からまったく遠ざかってるからね。知ってたらウィルメットにキスしてたのにな。それを期待していたかい？　僕がキスしなくてガッカリさせたかな？」彼は私に微笑みかけました。

　不本意ながら私はうっかり赤面して、なんともバカみたいにぶざまな返事をしたのです。「もちろん、そんなことないわよ。考えもしなかったわ――その、つまり……」軽い返事で場を取り繕うべきだったのに、完全に失敗してしまいました。

「ウィルメットは冷たくて取りつく島がないからな」とハリー。「あるいは、そういうフリをするんだ。それも魅力的だよな」

　さらにバツが悪く、さらに腹立たしくも感じた私は、残りのシェリーを一気に飲みほしてしまいました。

　ロドニーとハリーは部屋の隅に行って、最近会ったという昔の軍隊仲間の話を始めました。ピアーズとロイーナ、それに私が残された形です。

「ねえ、今日の仕事は楽しかった？」ロイーナが訊きます。

「いつも通りだよ」とピアーズ。「楽しいなんてことはまずないね。今日は厄介なポルトガル語の綴り字法に関する質問――といっても、実のところ答えなんてないんだけどね――をたくさん尋ねて憂さ晴らしをしたよ。同僚はアフリカ関係の論文を扱っていて、えらく楽しそうだったね。週明けまでには、出版社の校正者とその質問を呪う人間が続出するだろうよ」

「まあ、それってすごく嫌な仕事みたい」ロイーナは辛そうな声で言いました。「あなたの最悪の部分を引き出すように思えるけど」

「遅くなって申し訳ないね」シビルがあたふたと部屋に入ってきました。「テーブルのことでちょっとゴタゴタがあって」

皆がブツブツと関心や好奇心、気遣いの言葉を口にしました。

「ほら、女主人ていうのは、テーブルの準備がしっかりできているか最終確認するものだろ？ それで私はダイニングルームに行ってみたのさ。そしたらどうだい、私の作ったテーブル飾りをローダが捨ててしまってたんだ――もう枯れてると思ったんだとさ」

「あらあら、それでどうされたんですか？」ロイーナが尋ねます。

「ゴミ箱から拾い出さなきゃならなかったのさ。まあ、厳密にいえば実際に枯れてたんだがね。乾燥させた葉や枝で作ってみたんだよ。ウィルメットの読んでたデイリー・テレグラフ紙に載ってたのさ。けっこう自信作だったんだけどね。まあ入って見てごらんよ。けっこううまく元に戻せたと思うんだがね」

私たちはダイニングルームで所定の席に着き、興味津々にそのテーブル飾りをじっくり眺めました。テレグラフ紙の記事のものとずいぶん違うのは一目瞭然でした。材料がすこし枯れすぎていたうえに、さりげなく芸術的に配置されているというよりは、ぞんざいで無計画なものに見えるのです。愛すべきシビルは、生まれつき芸術的センスを持ち合わせていないため、要領がうまくつかめなかったようです。

「いいですか、お母さん。ローダは悪くないですよ」とロドニー。「わが家には、しおれかけの菊しか買う余裕がないと皆に思われてしまいますからね」

「女性協会でフラワー・アレンジメントの講義を受けてきたんですけど」ロイーナが言いました。「もう何年も間違ったやり方をしていたことに気づきましたわ。すごくかわいいと思ってずっとやってきた私の活け方には、興味をそそるような中心がないんですって！　えらく落ち込んで、やる気をなくしちゃったから、私はもうなにも飾りを置かないか、置くとしてもアレンジの必要のない鉢植えにしようと思っていますの」

「なにもかもが科学的になってしまうのは残念だな」とロドニー。「若い娘は家にいて、思うままに花を活けていると思いたいところだが」

「結婚相手が現れるのを待ちわびながらね」ピアーズは言います。

「ところが現実には、若い娘はこぞって役所勤めをして、最新式のフラワー・アレンジメント術を身につけているのよ」ロイーナは言いました。

「おい、君の職場にかわいい娘はいるかい？」ハリーがロドニーに訊きます。

「ミンシング・レーンと事情は違うわよ」ロイーナが口を挟みました。「私、いつも思ってるんだけど、お役所の女性ってかわいいというよりは美人なんじゃないかしら。ロドニー、そうじゃない？」

ロドニーはすぐに答えられないようでした。

「かの立派なミス・ヒチンズはどうだい？」シビルがつつきます。

「ああ、たしかに彼女は有能だし気だてもいい。だけど目の保養にはならないね。それに彼女の着るものといったら……」彼はそこで口ごもりました。私たちは皆、ほとんど息もつかずに彼の言葉を待ちかまえたのです。

「続きを言いなさいよ、ロドニー」ロイーナがせがみました。「いったい何を言おうとしていたわけ？」

「いやまあ、なんだか分厚い靴下なんだけど、あれはコットン製かなにかかな？」それからロドニーは、紳士らしくないことを言ってしまったといわんばかりに「仕事帰りにそのままゴルフに行くみたいだから、そのためだとは思うけどね」とつけ足しました。

「頭のいい女性が魅力的なことはめったにないね」ピアーズが言います。「美と知の組み合わせは自然の法にもとるし、それゆえに不愉快なんだ」

「それは考えが旧いわよ」とロイーナ。「近頃じゃ、すべてを備えた女性もいるようだわ。たぶん男性にはおっかないのね」

「そりゃ、その女《ひと》によるよ」ロドニーは言いました。「ミス・ヒチンズには、えらい魅力的で頭のいい女友達がいてね——いつだったか食堂にランチに連れてきてたよ。ミス・ベイツとかいったな」彼は重々しく言い足しました。

「ミス・ベイツ？」私は噴き出してしまいました。「ファーストネームは？」

「ああ、プルーデンスだったかな。経済学者のグランピアンのところで仕事をしてるんだ。エレノア・ヒチンズによれば、国会議員と婚約していたのに別れたらしいよ」

「ふーん、それが意味するところは？」シビルが問います。「国会議員の妻になるには彼女が美人すぎたのか、それとも、賢女と結婚するには彼がバカすぎたのか、どっちだろうね？　そうすると彼はトーリー党？　それとも労働党？　まあ、こんな風に考えるのも失礼だね。そういえば……」と彼女は続けました。「サプライズがあるよ。今日が何の日だか覚えてる人はいるかしら？」

「明日は灰の水曜日ですから」驚くべきことに、ピアーズが言いました。「今日は告解火曜日ですね。サプライズっていうのは、パンケーキのことだといいのですが」

「その通りだよ」シビルは答えます。「透かしてラブレターが読めるくらいに薄いパンケーキじゃなきゃいけないっていうだろ。さあ、誰か試せるかしらね？」

ロドニーがポケットから鉄筆印刷の紙切れを取り出しました。「今やっている報告書の一部だ――もちろん機密文書じゃないよ――これでいいかな」

「ああ、ノディ！」シビルが絶叫します。「もうちょっとましなものを持ってる人はいないのかい？」

「ああ、じゃあ僕が」ピアーズは、紙切れを取り出しました。間違いなく手紙です。罫線入りの便箋に青インクで書かれた、子供っぽい筆跡のものでした。すこしだけでも読もうとしましたが無理でした。

「あれ、ほんとにラブレターだったのかしらね？　ピアーズの取り出した手紙……」夕食後、私の寝室へしばらく引っ込んだときに、私はロイーナに尋ねてみました。「なんだか学のない人の字に見えたけど」

「まあ、ウィルメットったら！　ラブレターは教養のある人だけの独占物じゃないでしょ？」化粧台の前に座って私の香水を試しながらロイーナが言います。「とにかく、私もあなたと同じ程度にしか分からないわ。まあ、近い身内の恋愛事情って、他の人のことより知らなかったりするからね」

「ピアーズの同居人は誰なんだろうかってよく考えるのよ」私は言いました。「もちろん、直接彼に訊いたことはないけれど」

「前は同僚の友人とシェアしていたみたいだけど、私は会ったことがないの。よくは知らないけど、なんだか喧嘩したみたい。フラットをシェアすると、誰でもだいたい喧嘩するっていうでしょ？ ピアーズもとにかくいつもクルクル変わってばかりよ」

「あなた、彼の友達を気に入ることが多い？」

「あまりたくさんの友達に会ったことがないからね。たいてい私たちとは違うタイプだわ」

私にも想像がつきます。「たぶん彼は彼の人生を生きてきたのよね」なんとも陳腐なことを言ってしまいました。

「ええ、もちろん」ロイーナはまた別の香水瓶を取り上げて、それをうなじにつけました。「とびきりいい香りになるわよ。ロドニーも感心するかしらね。ハリーだけにじゃ、もったいないもの」

「ロドニーもあまり気のつくほうじゃないわ」妻に典型的な独りよがりの口調で言いました。「でももちろん、あなたのことなら気がつくかもね」

「ウィルメット――」ロイーナは鏡の中の自分をじっと見つめて、指で眉毛をなでつけながら言います。

「どうしたの？」不思議に思って尋ねました。

「ハリーのクリスマスの贈り物に腹を立てたりしてないわよね？」

「腹を立てる？」さらに訳が分からなくなって鸚鵡返しに言いました。

「話題にしなかったから怒ってるのかなって思ったの」

「でも、何だったっけ？　頂いたはずないんだけど。行方不明になったりしてなければいいけど」

「あら、それは困るわね！」ロイーナは私のほうに向き直りました。「かなり綺麗な小箱だったのよ。いかにもあなたが好きそうな感じの――リージェンシー風だっけ――それに蓋に銘があったわ」

「ああ、あれね」私は言いました。「『なせるときになさざれば　なさんとしてもかなわず』よね。それなら受け取ったし、とても気に入ったわ」それから急いでつけ足しました。「でも誰からの贈り物か分からなかったのよ」急いでつけ足しました。

「ハリーは、あなたが察してくれるだろうと思ったのよ」

「ハリーはあなたにそのことを話したの？」

「うーん、話したってわけじゃないわ。たぶん秘密にするつもりだったのよ。でも、私がたまたま見つけちゃったから、もちろん言わざるをえなくなったわけ」ロイーナは笑いました。「男って、女ほど隠しごとがうまくないわよね？　でも、あなたなら推測できたはずだと思うんだけど。だってハリーがあなたにすこし気があること、知ってたでしょう？」

私はあまりにも拍子抜けして、自分がバカみたいに感じられたので、返事をする気にもなりませんでした。あの小箱を送ったのはハリーだった……この思いがけない事実に、私は過剰なほどにガッカリし、気分まで悪くなってきたのです。唯一の救いは、ピアーズと二人のときに恥ずかしそうなそぶりで小箱のことを話題にしなかったということです。

「ハリーが私を気に入ってるのは知ってたわ」ついに私は答えました。「シンプソンにランチに連れていってくれたもの」

「まあ、あなたってラッキー！　ほんと妬けちゃうわ」ロイーナは笑いました、「あそこのすばらしいお肉。あそこには私はぜったい連れていってもらえないんだから。あの箱も気に入ったでしょ？」

「ええ、とても」私は熱を入れて答えました。「今からハリーのところにお礼を言いにいくわ」

私たちは腕を組んで階下へ下り、男性陣に加わりました。ほんとに気だてのよい女同士の友情ってなんてすばらしくてありがたいものなのでしょう。ロイーナも私も、お互いを友に持てて幸運なのは間違いありません。

「ハリー！」とびきり大げさな声を出しました。「あれ、あなただったのね。あの素敵な小箱をくれたのは。ぜんぜん分からなかったわ！」

「気に入ってくれて嬉しいよ」ハリーはブツブツ言いました。「ジャーミン通りの店で見つけたんだ。いかにも君が好きそうな感じだったからね」

「どの箱の話？」ロドニーが訊きました。

「とてもかわいい小箱よ。ハリーがクリスマスに私に贈ってくれたの」

「ハリーが君にクリスマスの贈り物をするとは知らなかったよ」ロドニーはこだわっています。

「その通りよ、ウィルメットも知らなかったのよ」ロイーナが優しく答えました。「それに私もね。匿名の贈り物だったの。普通の贈り物よりもずっと面白いでしょ」

「皆さん、コーヒーはブラックでいいのかね」シビルが口を挟みました。

「いいんじゃないかな」とピアーズ。「あ、ブランデーも入れていただけますか」

皆かなり浮かれ騒いで、すこし飲みすぎながらも——まるで若者のようだわ、と私は悲しくなりました——その夜は更けていきました。シビルは編み物を取り出しました。

「お母さん、編み物をしてる姿なんてもう何年も見ていませんよ」ロドニーが言います。

彼女が毛糸を買っているのを私は見ていました。いかにもふさわしい色合いのグリーン。ルート教授にセーターを編んであげるのだそうです。

「素敵なグリーンですね」ロイーナが言いました。

「そう、アーノルドの目もグリーンがかっているからね」シビルが驚くべきことを言いました。

「僕のために編み物をしてくれる人なんて誰もいないな」ピアーズが私のほうを見やりました。

私は顔をそむけました。彼に腹を立てていたのですが、でも彼のせいではありません。彼の与り知らぬことです。

「私、編み物は嫌いよ」私は言いました。

「そう、つねに編み物をしてる女って私も嫌いさ」とシビル。「でも、なかなかいい時間の過ごし方にもなるよ。話しながらできるからね」

「オスカー・ワイルドが話をするときでも、女性は編み物を持参したのだろうか？」ピアーズが言いました。

「たぶん、しなかっただろうね」シビルが穏やかに言います。「でも、だからといって、編み物をしたくなかったというわけじゃない」

お客様が帰られる前に、私はハリーにもう一度箱のお礼を言い、その後、二階でロドニーにその箱を見せました。彼はこの上なく役人的な声で（と、私は思いました）銘を読みあげました。

「あのハリーにしては、なかなか難解だな」

「ええ、なんだかまるで、私を情事に誘っているみたいじゃない？」私は言いました。

「情事だって？　あのニコニコ・ハリーがかい？　おいおい、まさか……」

「あら、そんなにおかしなことじゃないと思うけど」

「まあ、そうだな。たしかにロイーナも腹に据えかねることがいっぱいあるんだろうなあ」ロドニーは呑気な口調です。

「結婚してる女性は誰だってそうじゃない？」と私。

ロドニーはかなり混乱した様子でした。「他のクリスマスプレゼントと一緒にこの箱を陳列しなかったね。きまりが悪かったんだね」

「ええ、そうなの。それに、今でもどうすべきか困ってるわ」

「うーん、そういう物を女性はどうするのか？　中にピンでも入れておいたらどうかな？」

「ああ、ピンね。そうね、ピン入れに使うわ」

でも、実際にはピンなんか使いもしないわ――憤慨した私はベッドに入りながらそう思っていました。ロドニーはもう自分側のライトを消しており、寝る準備完了といわんばかりに寝返りを打ちました。私も同じようにしようと思ったところで、ふと明日が灰の水曜日、つまり四旬節〔灰の水曜日から復活祭までの四〇日間、断食や悔い改めを行う〕の始まる日だと気づいたのです。なるほど、ピンでいっぱいの小箱というのは、ある種の悔い改めということなのでしょう。

第12章

「あなたでしたか？　昨日、司祭の家にお電話をかけてこられたのは？」灰の水曜日の昼の礼拝から立ち去ろうとしていると、ベイソン氏が私のもとへ駆け寄ってきました。午前六時四十五分の礼拝はおろか八時の礼拝にさえも間に合うように起きられなかった私には、テムズ司祭がこの遅めの時間にも宗教的義務を果たすチャンスを設けてくださったのはありがたいことでした。会衆には見知らぬ方がかなりたくさんいましたが、ピアーズはいませんでした。

「あなたの声のように聞こえたのですがね」ベイソン氏は続けます。

「いいえ、私のはずはありませんわ。なぜ私かもしれないと思われたんですか？」

「うーん、なぜだか分からないんですがね。でも、たしかにあなただったはずがないと、今気づきましたよ。だって、そのご婦人は、灰塗布の儀式の時間を尋ねておられましたからね。でも、もちろんあなたはご存じだったわけですし……。電話の声はなかなか深くて教養のある感じでした」

灰塗布の時刻を尋ねる深くて教養のある声……自分がその声の主になりたいかしらと考えてみました。四旬節の目標にすべきことのように思われます。実際、その声の主でなかったことで、すでに自分が期待にそえない存在であるかのような気持ちにさえなったのです。

「今日の礼拝はどれも、出席者が実に多かったですね」ベイソン氏はさも感動したような声で言いました。「すばらしいことです」

まさか礼拝に二度以上も出たわけではないでしょうに？　内心そう思いましたが、でもひょっとすると今日は、司祭の家での家事がずいぶん楽なのかもしれません。平常より食事の回数も少なく、質素になるはずですから。

「今日はあまりお料理をしなくてもいいんですよね？」おしゃべり口調で私は言いました。

「そうなんです。かわいそうに……灰の水曜日にはあまり食べられませんからね。しかし夕飯は召し上がりますよ」彼は目を輝かせてポケットから紙切れを取り出しました。そこにはびっしりとリストのようなものが書き込まれていました。紫のインクで書かれた大きな太い文字です。一瞬私は、きっと四旬節用の洗濯物リストではないかと思ったのです——紫はもちろん典礼用の色でもあります。当然ながら私の想像は当たっていませんでしたが、でも大きく外れていたわけでもありませんでした。それは、この厳かなる季節に司祭の家で供すべき献立を、ベイソン氏がリストアップしたものだったのです。

「よさそうだと思った料理をほんのいくつかね」彼は説明します。「思いついたらすぐ書きとめられるように、このリストを持ち歩いてるんですよ」

「詩人がいい表現や比喩を書きとめるのとちょうど同じですね」私は言いました。

「まさにその通りですよ、フォーサイス夫人。そして、料理にはなんと豊かな詩が宿っていることでしょう！　哀れなグリーンヒル夫人なら、茹でタラとマカロニ・チーズ以外に四旬節用の献立は思いつかれなかったことでしょうがね。僕ならもうちょっといい料理が出せると思いますよ。ひとつ試してみようと思ってる料理があるんですが、何だと思われますか？　もちろん、手に入ったらの話ですがね」

「あなたにはたくさん名案がおありのようですし」私は答えました。「きっとなにか珍しいものなんでしょう」

「なんと、蛸のフライです。どうでしょうね？」勝ち誇ったように彼は訊きます。

「間違いなくユニークですね。でも、ボード司祭のお気に召すかしら？」私は思い切って言ってみました。

「ああ、ボードか！」ベイソン氏は軽蔑的な口ぶりです。「あの方ならグリーンヒル夫人のタラで大満足だったこと間違いなしですな。そうそう、そのうちに車エビも出してみようかと思ったんですがね――もちろん、ガーリックバター添えでね。エスカルゴなんていう手もありますな。もちろん、ごくありきたりな魚でもいろいろ美味しく調理できるのは言うまでもありませんがね」

「四旬節のあいだに、実際に美味しいものを食べる必要はあるのかしら」私は言いました。「断食の趣旨は、生命維持に足りる量だけ食べなさいっていうことですよね」

ベイソン氏は楽しそうに笑いました。まるで私の考えはあまりに愚直で古くさいので、まじめに聞くには値しないといわんばかりです。そんな雰囲気のまま私たちは別れました。

数日後、四旬節のお勤めを終えて教会から帰る道すがら、テムズ司祭とお話しする機会に恵まれました。ふとベイソン氏のメニューのことが思い出されて、ひょっとしたらまさに今晩、司祭の家では蛸が出されるのではないかしらなどと考えましたが、私が口出しすることではないので黙っていました。ちょうど私たちは、退屈そのものともいえる話を聞いてきた——他にどう言い表わしようもありません——ところでした。四旬節中のお説教はすべて同じ一人の司祭によるものでした。ランサム助司祭と同じところに暮らしておられるエドウィン・セインズベリー司祭です。説教者のなかには、言いたいことの終わりにきても、そこで実際に話し終えることができない方がおられますが、彼はちょうどそのタイプでした。彼の口から繰り出される文章は、どれも最後の一文であるかのように思われながら、実際にはえんえんと続くのです。私はまるで言葉の繭に封じ込められて、大きな羽毛布団で窒息させられているような、そんな感覚に陥ったのでした。だからテムズ司祭とお目にかかったときも、何を言っていいやら分からなかったのです。

さいわい司祭のほうから口を開かれました。「ご親切なことですな。セインズベリー司祭が哀れなランサム助司祭を住まわせてくださったのは。だが、むろん、あそこにはずいぶん余裕がありますからな。驚かれると思いますが、あの司祭館には八つも寝室があるんじゃ！　八つですぞ、考えてもみなされ！　それに助司祭もいらっしゃらんのじゃから」

「ご結婚されてますの？」やや不適切な質問だと感じつつ、うちとけた口調で訊きました。

「わしの耳には入っとりませんがな」テムズ司祭は妙な言い方をされます。聖職者の仲間内で妻帯を隠す理由もなさそうですし、そもそもそんなことは不可能だと私には思えたのです。「まあ、ここだけの話じゃがな」テムズ司祭は急に内緒話の口調になりました。「セインズベリー司祭はそう長くわしらのところにいてくださるとは思えんのじゃ」

私はどう解釈していいのか分からず途方に暮れました——つまり彼はもうすぐ亡くなられるか、伝道の旅に出られるか、もしくは転職なさる予定なのでしょうか？

「先週のチャーチ・タイムズ紙に載っていた司祭の手紙はお読みになったでしょうな？」

「と言いますと、例の……」そう返して、司祭がヒントを下さるのを待ちました。

「そう、南インドに関するものじゃ。彼の考えは極端でな。ランサム助司祭に影響がなければいいんじゃが」

「同じ家に暮らしていれば、自然とたくさんお話もなさるでしょうね」

「そう、それも当然じゃ。だから、あっという間にまた別の助司祭を探さねばならん事態になるかもしれませんぞ」司祭は深いため息をつかれました。「あなたもご存じのように、近頃じゃ助司祭もなかなか見つかりませんからな」

「つまり、セインズベリー司祭とランサム助司祭がお二人ともローマ・カトリックに変わられるかもしれないということですか？」私はあっさり尋ねました。「南インド合同教会に対する私たちの態度をよしとされないからですか？」「私たち」とは言ったものの、この話題に関して私は嘆かわしいほど無知でした。テムズ司祭がお話になっていた勉強会のことを思い出しました。ひょっとすると司祭は、信徒の半分をローマに送り出すのはあまりにも危険だと、今では思っておられるのかもしれません。

「ランサム助司祭はふらふらしとる」テムズ司祭は物思いにふけりながら、まるで独り言のようにおっしゃいました。「ただ、もちろん彼はまだ若いからな」

「ベイソンさんのお仕事ぶりにはご満足いただいてますか？」こちらのほうが無難だと思って話題を変えました。

「すばらしいですよ。あの件についてのあなたのご尽力にはまことに感謝しておりますぞ。いろいろと珍しい料理を出してくれましてな、まったくのところ。これには驚かれるでしょうがな――昨夜の料理は何だったと思われますかな？」

「蛸ですか？」私は笑いながら答えました。

「ご正解！　いちばんありえないものをお考えになったんじゃろうが、まさにその通りじゃ。衣をつけてあげた蛸、そりゃあ美味いのなんのって！　グリーンヒル夫人だったら、とても思いつかれんかったじゃろう」

「ええ、ぜったいに無理でしょうね。蛸といえば、イタリアのことを思い出しますわね？」

「ああ、まったくその通りじゃ」テムズ司祭は身震いし、外套をぎゅっと体に巻きつけられました。イタリアの思い出話をしようとされたようですが、彼と私のもつイタリアの思い出はすこし異なるものだろうと気づかれて、そしてお止めになったようです。

「アッリヴェデールチ」大胆にイタリア語で別れを告げますと、彼も手を振って応え、それから司祭の家の階段を登っていかれました。おそらく書斎で美しい品々に囲まれて、物思いにふけられるのでしょう。ファベルジェの卵を手に取れば、ランサム助司祭のふらつきについての心配もきっと忘れて、あの精妙で（私に言わせれば下品な）美をうっとり眺められるのでしょう。

セインズベリー司祭がローマ教会へ傾いているとしたら、それが結果的にランサム助司祭を私たちのもとから連れ去ってしまうことにもなりかねないわけで、その意味では私たち皆にとって、たしかに気がかりなことです。なにかかすかな変化でも見てとれないだろうかと、私は毎日心配しながらランサム助司祭のほうを見やるようになりました。ですから、ミス・プリドーが電話をかけてこられて、まるでおとりの餌のように「ランサム助司祭もほんのちょっと顔を出してくださるそうですわ」と言いながらお茶に招いてくださったときには、明らかにホッとしたのでした。

「ほんのちょっと」というのがランサム助司祭ご自身の言葉だったのか、それともミス・プリドーのお考えだったのかは定かではありません。といいますのも、私があちらへ着いたときには、助司祭は暖炉脇にゆったり落ち着いておられて、すでにしばらくそこにいらっしゃったという印象を受けたからです。

ちょうどミス・プリドーは、助司祭が大学時代の旧友と暮らすのはすばらしいことだとおっしゃっていました。「昔のお話ってそれは楽しいですものね。私、いつも思いますのよ」

どの昔かにもよるけれどどね、と私は考えました。そりゃあ、彼女の場合はオーストリア＝ハンガリー帝国の輝かしい時期にイタリア貴族と暮らしたわけですから、つまらぬ中傷や陰謀うずまく神学校とは比較にならないでしょう――神学校といえば私はついいつも、こういう風に考えてしまうのです。毛織のスリッパをはいた校長先生が抜き足差し足、あちこちの部屋のドアの外で盗み聞きして回っていたらしいと聞いて以来のことです。でも、おそらくこういうイメージで一般化するのはよくないのでしょう。

「たしかに思い出話はたくさんしますね」ランサム助司祭は言いました。「同期の友人がどんな風にやっているかというのは、いつでも興味のあることですからね」

「神学上の議論もなさるのでしょうね」私は言いました。

ランサム助司祭はややきまりの悪そうな顔をされました（少なくとも、私にはそう見えました）。「ええ、ときどきはね。ただ、そうした問題に費やせる時間が実際にはどれほど限られていて、身の回りのささいな事柄にどれだけ時間を食われることか……驚くほどにね。たとえば今朝ですが、僕の寝室の天井の隅から雨漏りしていることに気づいたもので、朝食のときはほとんどその話をしていましたよ」

ミス・プリドーは、舌打ちしてあらまあと声を上げました。「でも、それは「ささいな」こととは呼べませんわ。あんまり不愉快な思いをなさっていなければいいんですけれど」

「まあ、漆喰がかなりどっさり天井から落ちてきましたが、部屋の反対側にベッドを移すことができましたから」ランサム助司祭は謙虚に言いました。「でも、すこしぐらい居心地が悪くても、どうということはありませんよ。とくに四旬節のあいだはね」

「大昔の司祭たちは、そんなことは思いもよらなかったでしょうね」ミス・プリドーは憤った声で言いました。「だって、砂漠の洞穴にはその手の危険はありませんものね」

「そうですね、漆喰が落ちてくるというよりは野生の動物の危険でしょうね」私は言いました。「どっちがましなのかしらね」

「僕はまだ文明化された居心地の悪さを選びますよ」ランサム助司祭は微笑みました。

「二、三日前にメアリー・ビーミッシュから手紙が来てましたわ」ミス・プリドーが言いました。まるで「居心地の悪さ」という言葉で修道院のことを思い出した、といわんばかりです。「きっと四旬節前に手紙を書いてしまいたかったんだよ。あまり自分のことは書いてなくて、教区のいろんな人だの活動だのについて尋ねてたね。俗世が恋しいんじゃないかね、きっと」

教区内でのメアリーのささやかな……というか立派な活動が「俗世」の問題と捉えられることに、つい微笑んでしまいましたが、実際そうに違いないのでしょう。すべて相対的な問題です。私もまた似たような手紙を彼女から受け取っていました。それを読んでいると、彼女が熱心に質問する声が聞こえてくるようでした。「最近シビルと一緒に施設へ行った？」、「ベイソンさんは司祭の家でうまくやっておられる？」あるいは「南インドに関する勉強会はもう始まったのかしら？」、「今年の四旬節には、火曜の夕べのお説教を誰がなさるのかしら？」といった具合です。マリウス・ランサムのことにはまったく触れていませんでしたので、二人はきっと文通しているのだろうと私は考えました。彼女から手紙をもらっていますと助司祭がおっしゃるかとも思ったのですが、なにも言われませんでした。ミス・プリドーのお茶会から一緒に出てきた際に、もう一度メアリーに話を戻してみようと思い、今後も彼女はずっと修道院にいるつもりかしらと助司祭に尋ねてみました。

「さあ、どうでしょうか。最初に入られたときは、そのおつもりだったと思いますがね。いい方ですからね」彼はおぼつかない口調です。

私はいら立ちを覚えました。なぜ彼はメアリーについてほとんどなにも言わないのでしょう？ それに彼女のことを言い表すのに、前と同じ表現をまた使うなんて……。でも、きっと助司祭は、女性を描写したり褒めたりする言葉として「いい方」しか知らないのかもしれないと思いはじめたのです。

「もちろん、お母さまの残されたお金で、世のためになることもたくさんできますしね」ランサム助司祭は言います。「ビーミッシュ夫人が私にまで遺産を下さったのをご存じでしたか?」

「いいえ、知りませんでしたわ」いささか意表をつかれました。

「そうなんです、五百ポンドです。厄介な額ですよ、実のところ」

「どういう意味ですか? 厄介というのは」

「つまり、もしも五千ポンドだったら、なにか目を引くような善行ができたかもしれませんが、この額だと自分のためだけに使いたくなってしまう」

「あなたの好きなように使われることを故人も願っていたはずですわ」私は言いました。ビーミッシュ夫人が(たぶん死ぬ間際に)遺言の変更もしくは補足をしている様子が目に浮かぶようでした。だってランサム助司祭がいらっしゃったのは、彼女の亡くなるほんのすこし前でしかありませんでしたから。まるでヴィクトリア朝小説の一場面のようです。「司祭全員になにか残されたんですか?」私は尋ねました。

「テムズ司祭にはジョージ王朝風の銀製ワインコースターのペアを。彼がいつも賞賛しておられた品ですよ。ボード司祭については存じませんね。彼はいつも、われわれよりもずっとお上手ですから——その、つまり人より抜きん出ることが、ですがね——なにももらっておられない可能性はないでしょう」ランサム助司祭は悲しそうに微笑まれました。

「中でシェリーを一杯いかがですか?」家に近づいたとき私は訊きました。

「ありがとうございます。でも四旬節中は飲むのを断念しようと思いまして」彼は私から目をそらして答えました。

「あら、司祭様でも断念せねばならないことがあるんですね」私は軽い調子で返します。「私たちにいつもそれをお勧めになってますものね。お説教の内容を実践されてるだなんて、嬉しいですわ」

やや気づまりな沈黙がありました。たぶん私が軽薄でつまらないことを言ったからです。

「われわれも、ときには努力せねば……」とうとう彼が口を開きました。「さもなければ、皆さんにお説教もできなくなりますからね。そうなったら大きな損失ですよ」

彼がいつもの調子に戻ったのでホッとしました。

「なにを節制してなにを断食すべきか、いちいち覚えておくのは信徒には難しいですわ」私は言いました。「いつも混乱してしまって。分からなくなったら司祭にお尋ねしたらいいんですよね」

「もちろんです」彼は相槌をうちました。「あるいは、お気に入りの教会機関紙に手紙を書いて、「聖木曜日にホットクロス・バン〔砂糖衣の十字の付いた菓子パン。四旬節の期間や聖金曜日に食べる〕を食べることに教義上の問題はありますでしょうか?」なんて尋ねてみてもいいですし」

「いったいどんな答えが返ってくるんでしょうね?」

彼は大真面目な顔で私を見て、すました声で言いました。「とくに問題はないでしょうが、われわれが率先して食べることもいたしません」

笑いながら助司祭と別れましたが、心の中ではビーミッシュ夫人が彼に遺産を残したという驚くべきニュースを反芻しつづけました。

第13章

その年の冬はつらいものでした。とくに二月と三月は残酷でした——詩人が歌ったような意味ではないのでしょうが*、でも、やはりほとんどの人にはつらいものでした。ロドニーだけは例外で、楽しそうにボイラー管を被覆したり、タンクの凍結を解いたり、隣家の破裂したパイプを深夜に修理してあげたりしていました。それまで夫のこうした才能にまったく気づいてなかった私は、はたして自分は、自分が結婚した男性のことをしっかり理解できているのだろうかと思いはじめました。タブロイド紙はしきりに高齢年金生活者のことを思いやりなさいと読者に勧めますが、私もそれとちょうど同じように、寒いはずの修道院に暮らすメアリーのことや、寒さがさぞ身にしみるであろうご老体のミス・プリドーやデンビー卿のことを思わずにいられませんでした。あいにくランサム助司祭と天井の雨漏りのことはあまり気に病みませんでしたし、彼がローマ・カトリック教に転向してしまうかもしれないことについてもあまり気にかけませんでした。なんとなくですが、これだけ寒いと疑いも弱められるか、少なくとも一時的には知的活動が停止するのではないか——ちょうど食べ物が冷凍保存されるように——という気がしたのです。受難週にはテムズ司祭がインフルエンザで寝込んでしまわれたので、厳粛な季節のきびしい勤めに勇猛果敢に取り組まれたのはボード司祭でした。聖土曜日〔復活祭前週の土曜日〕の暗い教会で、ビル・コールマン氏のタバコ用ライターが手際よく「復活祭の新たな火」を点けたときに、ようやく私の心にも希望がわいてきました。その灯りは、聖水盤を飾る金色のレンギョウの花を照らし出します。新鮮でワクワクする人生が眼前に広がっているように思われました。

四月はかぐわしく爽快で、詩人が歌ったのと同じ意味で残酷なものでした。思い出や欲望をごたまぜにするのです。思い出とは過ぎ去ったいくつもの春の思い出。そして欲望とは、はっきりした形をとらない、ほとんど認識されていないもの……私の選んだ人生には入り込む余地がなく、脇へ追いやられてしまった……そんな欲望です。

ある日、ロイーナと私は女同士の気ままなショッピング兼ランチに出かけました。子供たちの服を買うという名目で街へ出てきたロイーナですが、実は午前中ずっと、子供服そっちのけで自分の買い物ばかりしていたのだと、お気に入りのレストランで会ったときに白状しました。

「午後は髪のお手入れよ」私は念を押しました。私の行きつけの美容院に行って、二人して新しい上品な髪型にしてもらう予定だったのです。

「ああ、このお天気……」ロイーナはため息をついて薄黄色の手袋をはずしました。「なんだかソワソワしちゃうわね。こんな日は愛人とヴェニスで過ごしたいわ」

「ほんとね」私も相槌をうちました。「相手には誰を選ぶ?」

すこし沈黙があり、それから私たちは声を合わせて叫びました。「ロッキー・ネイピア!」そしてクスクス笑いが止まらなくなったのです。

「こんなことを口先ではペラペラ言ってるけど」とロイーナ。「でも私たちってほんとうに品行方正よね。二人とも愛人をもったこともなければ、これからもその可能性はなさそうだもの。今となっては、そういう考えすら、なんだか自分とは縁遠い心地よいものに変わってしまったわ。郊外の町で女友達と朝のコーヒーを飲むような感じ……わけもなく有頂天になったり苦悶したりした、あのロッキー・ネイピア時代とは大違いよね」

とつじょ私は、ロイーナに押し込められた品行方正の枠から抜け出して、「一緒にしないでよ！」と言いたい衝動に駆られたのです。

「このレストランも……」ロイーナは続けます。「壁という壁にあでやかなイタリア絵画がかかってるけど、実際にはイーストボーン〔イングランド南部の行楽地〕的なのよね。あのカーテンを見てごらんなさいよ。クリーム色のネットカーテンにジャコビアン風の花柄よ——あれを見たら現実に引き戻された気分になるわ。まあ、それでいいのかもしれないけど。でもほら、ときどきは性悪女が羨ましくなるのよ。あるいは、世にさげすまれる未婚女性とかもね。だってあの女《ひと》たちは、少なくとも夢見ることはできるわけでしょ」

「私たちには無理なの？」

「なかなか難しいわ」とロイーナ。「まあ、かりに夢見ることはできたとしても、実現する可能性がないのは分かってるからね。それに比べりゃ、哀れな未婚女性には誰かと出会うチャンスはあるわけじゃない。ひょっとしたら金目当てに言い寄ってくる若い男かもしれないし、老後の慰めを求めてくる年寄りかもしれないけど。でも、少なくとも彼女らは自由だわ！」

私たちはスパゲッティを食べていました。ロイーナは不器用に食べながら、クスクス笑い出しました。「実を言うとね、今の私、すばらしく解放された気分よ――自分勝手で性悪なショッピング、お酒つきの美味しいランチ、そして午後には新しいヘアスタイル……。ハリーのことも子供たちのことも永遠に放棄しちゃったような気分だわ。まあ、ハリーも同じような気分でいるかもしれないわね。たぶん」

「そんなことないわよ」私はそう言ったものの、その後ハリーと出かけたあの冬のランチを思い出して、ひょっとしたらロイーナの言うことも当たっているのかしらと思いました。たしかにあの日のハリーは、ロイーナや子供たちのことをしばらく放棄していたのではないでしょうか？ 男性にはかなり簡単なことなのでしょう。突然、いら立ちを覚えました。こんなすばらしい春の陽気になっても、彼は私をまた誘い出す気持ちにはならないのです。ひょっとしたら、例の小箱の件で拍子抜けしてしまったのかもしれません。たしかに、すべてがロイーナとロドニーの知るところとなった今となっては、実際その感は否めないように思われました。

「あの人、ほんとにあなたのことが好きなのよ、ウィルメット」私の心を読もうとするかのようにロイーナが言いました。「奥さんからこんな風に言われたら、なんとも詰まらなく聞こえるでしょうけどね。だけど、ほんとにあの人、あなたのことを気に入ってるのよ」

ピアーズも私のことを気に入っているかしら、と尋ねたかったのですが、実際に訊くわけにはいきませんでした。

「そしてロドニーはあなたのことがお気に入りよ」私は弱々しい口調で言いました。

「あら、でもそれは、ハリーのあなたへの気持ちとは大違いよ」ロイーナは言い返しました。その返事があまりに早くきたので、私はこれまでうすうす感じていたことを確信したのです。つまりロイーナは、ロドニーがハリーとは違って道を踏み外したりしない退屈な男だと思っているのです。

「やっと現れたわね」私は低い声で言いました。さっきから私たちは、魅力的な青年が隅のテーブルに独りで座って、明らかに誰かを待っていることを話題にしていたのでした。

現れた少女は美人ではありませんでしたが、なんともいえずキラキラしていました。黒いドレスを身にまとい、腕にはビーズの輪が巻きつけられています。ビーズはバラ色で、美味しそうなキャンディーみたいに透きとおっています。彼女がテーブルに近づくと青年は立ち上がり、彼女は彼へと両手を広げました。

「あの二人、これからクラレットを一本空けるわね」ロイーナが低くもの悲しい声で言います。「それから何をするのかしら？　公園を散歩するのかな？」

「仕事に戻らなきゃいけないなんてことがなければいいんだけど」そう言いながら私はピアーズのことを考え、(もうずいぶん前のことに思えますが) 彼が仕事に戻らなかったあの日のことを思い出していたのです。

「絵画展にでも行くのかもね」ロイーナは続けます。「実際、アツアツの恋人とたっぷり食事やお酒を楽しんだ後だと、近代絵画にえらく共感できるのよ。私にもそういうことがあったわ……といっても、ずいぶん前のことだけどね。まあ、私も年齢と経歴相応に無教養で偏見もあるんでしょうけど——でも考えてもみなさいよ、私だって昔はピカソを観て、あるいはピカソよりもっとひどい絵を観て、愛とシンパシーを感じたんだからね」そう言って彼女は派手なため息をつきました。

「私たちこそ、まるでクラレットを一本空けたみたいな気分ね。実際はロゼを半カラフェ慎ましく飲んだだけなのに」私は言いました。「あまりゆっくりコーヒーも飲んでいられないわ。ムッシュ・ジャックを怒らせてしまうもの」

ムッシュ・ジャックはほとんどの美容師に負けず劣らず横暴でフランス的でした。ストレスを感じたり怒ったりすると、彼のミッドランド訛りが強くなりますが、そういうときの彼に私はますます好感を抱くのです。この田舎出身の少年がロンドンで成功して、お母さんが誇らしげな顔をする様子などを思い描きました。彼のお母さんはきっと温かみのある、白髪の小柄な女性で、息子の手がける洗練された髪型などとは縁遠い存在なのでしょう。

「実際、今がいちばんつまらない時間ね」私たちは大きな部屋でドライヤーの下に並んで座っていました。高級雑誌の光沢紙をめくりながらロイーナが言います。「せっかくだからネイルもやってもらったほうがいいかしら？　ここのお客さんのなかでも何人かは、真っ赤な尖ったネイルに仕上げてもらってるみたいよ。ご主人の好みであの色を選んでいるのか、それとも単にくずれそうな士気を高めようとしているのか、訊いてみたいところね」

「なぜ美容院では真面目な本が読めないのかしらね」私は問いました。「髪を切ったりシャンプーをしたりすると、頭になにか影響があるのかしら――脳をしぼませるとか……？」

「つまり、あなた自身はプルーストとか考古学の本とかを読んでいたいってこと？」ロイーナが訊きます。「そうね、変だわね。ここに座ってると、この手の雑誌をめくって皇室についての短文を読んだり、洋服や社交界の写真を見たりするのが関の山だもの。物語を読む気にすらならないわ。キャサリン・オリファント作「日曜の夕べ」〔ピムの小説『天使になれない』の女主人公で、女性読者むけに安っぽい小説や記事を書く作家〕ですって」ロイーナはタイトルを読み上げました。「出だしはなかなか面白いわ。若い男女がギリシア料理店で手を握りあってて、それを男性の元彼女が見ているの――もちろん、こっそりとね」

「そんなの、ありえないわ！」私は不満を唱えました。「まるで、そんなことが実際に起こるみたいな書き方をして！　それにしても、小説を書くのって嫌な仕事でしょうね。キャサリン・オリファントは自分の体験を書いてるのかしら？」

ロイーナは笑いました。「まさか！　たぶん彼女は、イーストボーンの下宿家に暮らす高齢の未婚女性に違いないわ。あるいは男性かも……ひょっとしたらね」

「ジェニファー、こちらのご婦人方のピンを取ってさしあげて！」ムッシュ・ジャックが鋭くささやきながら、私たちの頭を軽く（というか痛いくらいに）叩きました。「もう乾いてるよ」

ムッシュ・ジャックのお店から脱出（この言葉がいちばん適切に思われました）したときには、私たちはドライヤーの熱のせいで茹でダコみたいな顔をしていましたが、それ以外の点では入店前よりエレガントになっていました。

「お茶してから、ピアーズに会いにいこうか？」ロイーナが提案しました。

「出版社にってこと？」

「そうよ。突然行って驚かせてやるの。喜ぶわよ」

「そうかしら？」私は疑わしく思いました。「かなりむさくるしい所よ。私たち、場違いな感じになっちゃうと思うけど」

でもロイーナを思いとどまらせることはできず、私たちは出版社へ向かったのです。「ほんとに、みすぼらしいわね」ホコリっぽい階段を上りながら彼女は言います。「いったいなんでまたピアーズは、こんなとこで仕事をする気になったのかしら。勤務時間が短いのかしら……お給料がいいとはとても思えないもの」

ロイーナは大胆に歩み出てドアをノックし、それから小声で言いました。「ここかしら、彼がいる場所は？ 覚えてないわ。まあ、きっと誰かが教えてくれるわね」

「どうぞ」甲高い女性の声が聞こえたので、前にピアーズに連れていってもらった部屋に私たちは入りました。女性――たしかミス・リンプセットです――が独りでテーブルに着いていました。

私たちは立ち止まり、ほとんど後ずさりしかけたのですが、もう遅すぎました。若くてしゃれた女性が（もちろん性格のよい場合にかぎりますが……）自分と正反対ともいえるタイプの女性に会った場合に感じるであろう、困惑というか罪悪感に近い気分を私は味わいました。ミス・リンプセットは、覚えていたよりもっと年老いて、醜く、だらしなく見えました。明らかに、つらくて大変な一日だったのでしょう。彼女の白髪は指で何度もかきむしったかのように乱れていましたし、指はインクだらけ。顔も憔悴していました。きっと彼女にとっては、この一日というよりも毎日が、いえ、ひょっとすると人生そのものがつらくて大変なものなのではないかと思えてきました。

「ご用件は？」彼女は大声で言って、ツルツル滑る校正刷の長い束をかき集め、胸元に抱きかかえるようにしました。

「兄を探していますの。ピアーズ・ロングリッジです」ロイーナは口ごもりながら説明しました。「今日は来てないよ」とミス・リンプセット。「タワーズさんもいないしね」

校正刷はついに彼女の抱擁から逃れ、床へと滑り落ちました。私は急いで拾い上げようとしました。「ああ、構わないでおくれ」ずいぶん無礼な言葉です。

「今日は来てない……」ロイーナは鸚鵡返しに言いました。「まさか病気じゃないでしょうね」

「彼が病気で休むことはあまりないね」ミス・リンプセットの口調は苦々しいものでした。「実際のところ、今週はここに来てないよ。もう辞めてしまったのかもしれないね、分からないけど」

「あらまあ」ロイーナは心配そうです。「じゃあ、電話してみますわ」彼女はそう言って、部屋から後ずさりしました。「お邪魔してすみません」

なにか人間味のあるものを求めて部屋をさまよっていた私の目は、書類整理棚の上の花瓶に留まりました。金色でふわふわしたネコヤナギが活けられています。ミス・リンプセットがそこに置いたんだろうと思うと、なんだか耐えられないほど哀れに思えてきました。天気のよい週末に郊外でかき集めてきたのでしょうか？　それとも、ただでさえ貧相なランチをさらに切り詰めてお金を捻出し、花屋さんで買ったのでしょうか？

暗い階段を急ぎ足で下りながら、私はその考えをロイーナに伝えました。

「まあ、ウィルメットったら。あまりにおセンチすぎるわ！」ロイーナは言います。「あんな薄気味悪い女……。ピアーズかミスターなんとかがネコヤナギを持ってきた可能性だってあるんだし……」

「あら、そのほうがもっとひどい話に思えるわ――パッとしない職場を明るくしようと、男性が花を買うなんて……。でもピアーズは今週一度も現れてないって話だったわね。もう辞めちゃったかもって。確かめてみるかなにかしたほうがよくないかしら？」

「ええ、でもそろそろタクシーでウォータールーに向かわないと。電車に乗り遅れてしまうわ」ロイーナは時計を見ました。

「彼のフラットを訪ねてみる気にはならない？」試しにそう言ってみました。

「ならないわね、ウィルメット。彼は不意に訪問したりするべき相手じゃないわ。それに電車にも乗らなきゃいけないし」

「じゃあ、電話してみたら？」

「そうね、あなたにお願いするわ。私、ほんとに時間がないのよ」

「でも私、彼の電話番号を知らないと思うけど」私は言いました。「彼の名前で探しても、電話帳には出てないでしょう？」

「そうね、でも私は知ってるわよ」

ロイーナから手帳を渡されたので、私は番号と住所を書きとめました。住所を見ても、あまりピンときませんでした。

「ああ、すばらしいお天気だったわね」とロイーナ。「夕方になっても、まだまだすばらしいけれど。こんな日には、旦那さまがなにか素敵なプレゼントを持ち帰ってくれるんじゃないかって、妻は期待しちゃうのよね」

たしかにロドニーもときどき思いがけないプレゼントを買ってきてくれましたが、ただ天気がよかったから、なんてことはありませんでした。アンティーク・ショップの前を通りかかって、いかにも私好みのものがウィンドウにあったからとか、私が前々から欲しがっていたものを見かけたからとか、そうした理由でした。いつも明確な理由があったのです。

にもかかわらず、帰宅してみると、玄関ホールのチェストの上に大きな花束があったのです。クリスマスの小箱のことを思い出しながら、私はおそるおそる近づきました。頭の中は真っ白です。いったい誰がこんな素敵なバラを贈ってくれたのでしょう？　ワクワク感を抑え切れぬまま、贈り主の名を告げるカードを探しました。ロドニーでもハリーでもないでしょうし、ピアーズもありえません。ということは、誰か私の知らない、あるいは忘れてしまった崇拝者からでしょうか。

小さな封筒には「フォーサイス夫人へ」とありましたが、カードを取り出してみると、そこには「シビルへ」とあり、それに続いて私にはさっぱり分からないギリシャ語が書かれていました。あわててカードを封筒に戻しましたが、腹立たしいようなガッカリしたような気分でした。なぜシビルに花など贈るのでしょう？　誕生日というわけでもありませんし、そもそもシビルは、こうした崇拝の貢ぎ物をぜがひでも捧げたくなるようなタイプの女性とは大違いだからです。

私は花束を客間へと持っていき、シビルが厚生施設の委員会から戻ってくるのを今か今かと待ちわびました。夕方の郵便配達でメアリー・ビーミッシュからの手紙が届きました。なんとも奇妙で支離滅裂な手紙だったので、春の陽気がいよいよ修道院の壁をさえも突破したのかしらと私は思ったのです。要は、彼女のもとへ訪ねてきてほしいということでした。「マリウスからとても妙な手紙をもらったので、あなたと話がしたいの」と書いてあります。いったいどういう意味だろうと思案しているところにシビルが帰宅。困った顔をしています。

「やれやれ」そう言って彼女は肘かけイスにドサリと身を沈めました。「ご老人方はあいかわらず魚料理に不満らしくてね。かわいそうに、ホームズさんは思案に暮れてるよ。とはいえ……」シビルは淡々と言い足します。「もちろん彼女のことだから、大した思案もできないんだがね」

「蛸のフライはいかがですか?」私は提案してみました。「ベイソンさんが司祭の家で出されるんです。ところで、このお花がお義母さんに届いていましたわ」

「私に? そりゃ嬉しいね。カードは添えてあるかい?」

「そう思いますわ」私はさりげなくそう言って、彼女がカードを見るあいだ目をそらしていました。

「あれまあ、アーノルドからだよ」彼女は笑いました。「まあ、こんな綺麗な温室栽培のバラを二ダースも……なんて贅沢なんだろう! 二人で笑った冗談があってね。彼はちょっとした古典を引用しながら、その冗談を仄めかしてるのさ」

シビルが引用の内容を教えてくれなかったので、私はすこし傷つきました。もちろん傷つく理由などないことは分かってはいたのですが……。

シビルは花を大きなカットグラスの花瓶に活けました。お世辞にも上手とは言えません。

「今の調子で彼のセーターを編みつづけなくちゃね」シビルは編み物を手に腰を下ろしました。「まだ後ろ身頃の半分だけど、秋には間に合わせるって約束したからね」

「秋まで待ってもらえるなら、まだたっぷり時間はありますわ」

ルート教授がシビルに花を贈ってくれたのは、ほんとうにすばらしいことだわ……私はそう思うことにしました。でも、ロドニーが私にサプライズの贈り物をなにも持たずに帰ったときには、妙に落ち着かず、不満な心持ちになってきました。夕食をとりながらピアーズに電話してみようと心に決め、食後その計画をシビルとロドニーに告げたのです。

「今日の午後、ロイーナと私でピアーズを訪ねてみたんだけど、出版社にはいなかったの。それでロイーナが心配していて」ありのまま、というわけではありませんが、そう説明しました。

「病気じゃなければいいけどね」とシビル。「春のインフルエンザがかなり流行ってるみたいだよ。レディ・ノラードも寝込んでて、今日の午後は厚生施設に来られなかったよ」

レディ・ノラードとピアーズに共通項があると考えるだけで笑みがこぼれました。そんなことはありえないように思われたからです。

居間に入って、ピアーズの電話番号を書きとめた古封筒をバッグから取り出しました。ダイヤルすると呼出音が聞こえました。まるで空っぽの家全体に響き渡るかのような、耳障りで古ぼけた音。家具の取り払われた部屋で電話だけがポツリと床にうずくまり、どれだけ鳴っても誰にも気づいてもらえない……そんな光景が目に浮かびました。

カチッという音、そして「はい？」という用心深い声が聞こえたときにはえらくビックリしてしまいました。

「ロングリッジさんはいらっしゃいますか」私は面食らって言いました。

「あいにく今ここにはいません」

もの静かでめりはりのない声でした。すこし品もない感じ。アメリカ風の言い回しを使っていますが、アメリカ人ではないようです。

「ああ、そうですか。外出されてるんですね」

すこし沈黙があり、それからその声は言いました。「ええっと……そういうわけでもないのですが、でもここにはいません。なにか伝言をしましょうか?」

私は弱々しく言いました。「ええ、お願いします。フォーサイス夫人から電話があったとだけお伝えください」

「承知しました、フォーサイス夫人」その声は恭しく言います。「かならずお伝えします」

うろたえて受話器を置きました。先方の名前を尋ねればよかったと思いました。現状では、誰だったか推測することしかできません。フラットを共有している同僚でしょうか? そんな風には思えませんでした。そんな感じの声ではなかったのです。うまく説明はできませんでしたが……。その次に思ったのは、フラットは独立したものではなく、共用の電話が一階の玄関ホールにあるのかもしれないということ。その場合、誰が電話に出てもおかしくありません。この家のまた別の住人かもしれないし、家主の息子ってこともあります。その問題が片付いたので、私はたった今聞いた情報について考えはじめました。「今ここにはいません」。でも外出しているかといえば「そういうわけでもないのですが」とのこと。いったいどういうことなのでしょう? 家にはいるけれども、そっとしておいてほしいということでしょうか? 二日酔いということでしょうか……でも、もう夜だというのに? どう考えても納得がいかず、不安になってきます。私はただひたすら、ピアーズ自身が(もし私の伝言を聞いたらの話ですが)連絡してきて、私を安心させてくれますようにと願っていました。

第14章

　はたしてピアーズが私の伝言を受け取ったのかどうかは不明でした。というのも、それから二週間ほどなんの音沙汰もなく、彼が電話してきたときも、ただ急な思いつきでという可能性も大いにあったからです。

「五月になったらランチをしようって言ってたよね」彼ははっきり言います。「そして、その時が来たんだ。すぐにでもどうかな――たとえば明日か明後日にでも？」

　五月のランチなどという約束については記憶がありませんでしたが、ありのままのピアーズを受け入れる術を身につけつつあったので、その点については問いませんでした。

「明日でもいいわよ」私は答えました。「前のお店にしましょうか？」

「いや、あいにく今回は、職場にもうちょっと近いところがいいんだ。このところ、やたらクソ真面目に勤めてるのさ。ああ、それから今ちょっと金欠でね」

「あら」そう言いながら、どう反応すべきか考えました。雑誌にときどきアドバイスがあるように、割り勘にしようと言うべきなのでしょうか？「じゃあ、どこにしましょう？」

彼は、フリート通りのあるレストランの名前を挙げましたが、聞いたことのないものでした。

「たぶん見つけられると思うわ」自信のない声でそう言いました。

「サラリーマンの大群が押し寄せるからね、ぜったいに見逃すことはないよ」

私向きの場所とはとても思えませんでした。どうせピアーズは遅れてくるでしょうから、そのお店で、シティ〔ロンドンの金融・商業中心地〕のサラリーマンの行列がうごめくなか、彼を待つ自分の姿を思い描きました。たまたま午後にはメアリー・ビーミッシュに会いにいくことになっていました。まったく異なる二つの場のためにどんな格好をすればよいのか頭を悩ませました。当然のことながら、ピアーズに会うときは最高の装いをしたいのですが、修道院の面会室には控えめな服装が求められるでしょう。でも次に頭をかすめたのは、俗世に生きる私には俗っぽい格好――ひょっとしたらケバケバしい格好でさえも――が期待されているのかもしれないということです。そう考えると、思い悩む必要もないわけです。といっても、結局のところ私が選んだのは黒のスーツ。小さくてかわいい春向きの帽子と淡い色の手袋を合わせました。

驚いたことに、私が着いたときにはもうピアーズは待っていました。なんてハンサムなのでしょう。金髪が風になびき、彼には珍しいことですが、キラキラ輝くような少年らしさも感じられました。私に気づくと、彼は嬉しそうに歩み寄ってきました。レストラン自体は、お客が嬉しそうに歩み寄ってくるような場所には見えませんでしたが……。ほとんどの客は、新聞を読んだり仕事の話をするビジネスマン、もしくは小説を読むか、虚空を見つめて黙々と食べる女性の一人客などです。いつも連れていってもらうタイプの店とは違いましたが、ピアーズのとても元気そうな様子があまりに嬉しくて、周囲のことなど忘れてしまいました。彼がもうすこし場にふさわしい店を選ばなかったことも許してあげる気分になっていたのです。

「部屋の隅にテーブルがあるだろ」彼は言います。「ここのウェイトレスと知り合いで、僕らのために取っておいてもらったんだ」

たぶん、これがありのままの彼の人生なのだろう……所狭しと置かれたテーブルのあいだをすり抜けながら思いました。こういう場所に毎日通っているのでしょう。最初はガッカリしたのですが、その失望感がこんどは喜びの気持ちに変わりました。だって、彼が私のことを、こんな彼の日常にうまく適応できる人間だと思ってくれたということですから……。私たちの関係が進歩している証しでした。

「よければビールもあるけど」彼は言いました。「でも君は、そんな下々の飲み物を飲むにはあまりにエレガントすぎるね」

「あなたと同じものを注文するわ」私は嬉々として言いました。

「なんてかわいいんだ、君は！ 僕が頼んだら、トード・イン・ザ・ホール〔ソーセージをヨークシャー・プディングの生地に入れて焼いたオーブン料理で、労働者階級の食べ物とされる〕でも食べるかい？」

「たぶんね」あまり自信のないまま答えました。「どんなお料理かは知ってるわよ」

「「どんなお料理かは知ってる」んだ！」彼は笑います。「でも、子羊のローストのほうがいいだろうな」

「今日はご機嫌いいわね」

「君といるときはいつも機嫌よくいたいものだな」ピアーズは私に微笑みかけます。

「まあ、けっこう差があるわね」大胆にそう言ってみました。「お天気屋さんだと思うけど」

「僕はふたご座なんだ。だから移り気なのさ。そして僕は車のナンバープレートの番号を書きとめて回る。今日は来てくれて嬉しいよ」

「あなたが電話してきたとき、かなりビックリしたわよ。私の伝言は伝わらなかったものとあきらめてたから」

「何の伝言？」

「ロイーナと私があなたの出版社に行ったのも知らなかったの？」

「知ってたさ。リンプセットさんが教えてくれたからね」

「私たち、すこし心配したのよ。とくに、あなたが辞めちゃったかもしれないって彼女が言ったもので」

「まあ、実際に辞職願は渡したからね。でも、考え直してくれって泣きつかれてさ――なかなか気分よかったよ！」

「引き止めてくれてよかったわね」私は言いました。「そしてその夜、あなたのフラットに電話したのよ。ロイーナが電話番号を教えてくれたの。誰だか知らないけど、電話に出た人があなたに伝えておくって言ってたわ。その人、あなたの同僚かと初めは思ったけど、そんなはずはないって結論したの。そういう感じの声じゃなかったし」

「なんで？　じゃあ、どういう感じの声だったの？」

「うーん、何て言ったらいいのかしら」私は口ごもりました。「その、何て言うか……」

「われわれのような話し方じゃない――そう言いたくて言えないんだろ?」ピアーズが微笑みます。

「ええまあ、同僚っぽくはなかったわ」

「同僚っぽい声か!」ピアーズは甘やかすように言いました。

「それじゃあ、あなたのフラット、独立してないの?」

「してないよ。だから家には他に何人か住んでる」

「病気じゃないかって心配してたのよ。そうじゃなければよかったんだけど」ピアーズは外出中かと尋ねたときに「そういうわけでもないのですが」と言われましたが、その言葉の意味をこれ以上詮索するのは止めようと決めていました。あえて訊かないほうが、かえって多くを知ることになるかもしれないからです。

「実を言えば、二日酔いと闘っていたのさ」彼は言いました。「その意味では、実際に病気だったわけだ」

「なるほどね」私は言いました。「それで合点がいくわ」

「あの時は誰とも話したくなかったのさ。君とでさえね、ウィルメット」

「まあ、今は元気になったわけだし。それが肝心よ」

「そうだな、人生もあの時感じたほど不快なものには感じられないよ。デボンシャー・タルトなら食べられそうかい? 月水金に出るレスター・タルトとたぶん同じ料理かと思うんだけど」

「あなたのお薦めなら、なんでも食べるわ」私は言いました。「ピンクのブラマンジェだけはダメだけど」

「そういえば、なんで先週と先々週はポルトガル語教室に来なかったんだ？」ピアーズは責めるような口調です。「病気かなにかだったの？」

「いいえ。なんだか絶望しちゃってね。なにかを習っていて、ある段階に達したときに感じる絶望感よ。それにマーブル夫人が九割がたスペイン語であなたに話しかけつづけるのにも、うんざりしちゃったのよ」

「僕もそれには同感さ。だけど、そもそもどうして習いたいわけ？」

「シビルのアイデアよ。ほら、どんな人だか知ってるでしょ。それに私も、なにかやることがあるのはいいことだと思ったし」

「やること、あまりないの？　まあ、君のそういうところが好きなのさ。暇そうで優雅でさ。今のままでいいから、変わろうなんて思っちゃダメだよ。なにか立派なことがしたいなら教会の活動に参加すればいいんだし」

「あちらの方ではすこしは進歩してるわ」私は言いました。「このあいだテムズ司祭にお会いしたとき、ランサム助司祭に関する心配事まで打ち明けられたの」

「どんな心配？」

「ランサム助司祭が一緒に暮らしておられる司祭様の影響で、ローマ・カトリック教会に転向してしまうんじゃないかって」

「その心配はないさ」とピアーズ。「君から聞いたかぎりでは、ランサム助司祭はそんなに決定的な行動を取るタイプのようには思えないからね」

「そうね。でも、人の心の中なんて分かったものじゃないわ」そう言いながら私は、自分がランサム助司祭のことだけでなくピアーズのことも考えていることに気づいたのです。

「あまりあれこれ憶測しないほうがいいよ」ピアーズは軽い口調で言います。「あいにく今日は、前のランチのときみたいな大遠征をする時間はないんだ。二時半までには戻らなきゃ」

「ああ、家具の保管所ね」私はため息をつきました。「メアリー・ビーミッシュの家具があそこに保管されてるって言ったっけ？　今日の午後、彼女に会いに修道院に行くの」

「どうやって行くの？　タクシー？」

「いいえ。テンプル駅から電車に乗るわ！」

「君はそんな平凡でケチな方法では移動しないのかと思ってたよ。でもその方がいいや。テンプル地区を一緒に歩いていけるからね」

「心機一転を図ってるの？」二人でミドル・テンプル・レーンを歩いているとき、そう尋ねてみました。「時間通りに戻らなきゃいけないだなんて」

「そういうわけでもないよ。ただ、このところ働くのが前ほど苦にならないのさ。そういう気分のときに、できるだけ点数を稼いでおかなくちゃ。そのうち天気が悪くなったり、そうでなくても落ち込んだりしたときには、また元通りになるから。ぜったいにね」

「ピアーズ」言葉が口をついて出ました。「あなたが落ち込むだなんて、考えるだけでも嫌だわ。どうにか力になれたらいいいんだけど……」

彼は微笑んで、しばらく黙っていましたが、それから「ああ、でも、もうなってくれてるよ」と言いました。

なんと言ってよいか分かりませんでしたが、たぶん言葉は必要なかったのでしょう。感受性が鋭くなったときの、ある種の高揚感を味わっていました。歩いている小道の脇に、ピンクと白の八重咲チューリップの花壇があり、そこに黒いペルシャネコがうずくまっていました。こんな美しいものは見たことがありません。そこからもうすこし行くと、イチジクの木がありました。熟し切らなかったダークグリーンの実のあいだから、新しい葉が出てきていました。

「イングランドではイチジクがしっかり熟することはないのでしょうね」自分がとりとめもない会話をしていることは意識していましたが、気にも留めずにそう言いました。

「そうだね、ウィルメット。しっかり熟することはないのだろうね」私と同じようなきっちりした口調でピアーズも返しました。「日光の量が足りないからね」

「温室だったら熟するわ、間違いなくね」私は続けました。

「間違いなくね」彼も繰り返しました。私をおちょくっているのです。

もう、ほとんどテンプル駅まで来ていました。イチジクのことを話して、それでお別れだなんてぜったいに嫌だと感じて、私は言いました。

「ピアーズ、もしなにか私にできることがあったら……」

「なんて優しいんだ」彼は言いました。「君のチケットを買ってくるよ」

呆然自失の状態で電車に乗り込みました。駅から駅へと電車がゆれて進むあいだ、私は幸せな夢想に身を任せたのです……ピアーズが病気だったり、落ち込んでいたり、あるいは単に二日酔いだったりすると、私が介抱しにいく……そんな夢想です。それにしても、彼にあんな提案をしたとき、私はいったいどういうつもりだったのでしょう？　厳密にいえば、提案をしたというわけではありません。でも、もし提案でなかったとすれば、いったい何だったのでしょう？　ピアーズは私のことをほんとうに必要としてくれているように感じました。そんな人は他にいません。ロドニーはそんなことないもの……私は心の中でそう言って、バカみたいに陶酔にひたる自分を正当化したのです。ピアーズは愛され、理解されることを求めている。ひょっとしたら、私と知り合ったことですこしは幸せになっでいるのかもしれない。その結論に達すると、私は心安らかな満足感を感じ、座席にもたれてひとりで微笑んだのです。次はどうしたらいいのかしら？　そう考えながら、実際にできることはなにもないと悟りました。事態がどう動くのかを見守るしかないのです。

メアリーのくれた道案内は分かりやすいものだったので、道路からかなり奥まったところにある、大きくて醜悪な赤い建物の前まであっという間に来ました。呼び鈴は、引っ張ったら簡単に外れそうなものでしたが、そうはならなかったのでホッとしました。

金属縁の眼鏡をかけ、血の気のない唇と邪悪そうな目をもつ尼僧がドアを開けて、よそよそしく、警戒するような顔で私に微笑みかけました。まるで彼女は私の心の中を見透かせるようで、私がこれまでピアーズについて考えていたことをなにもかもお見通しのように感じられました。私の気持ちをすべて、じっくり吟味してゆくのです——冷ややかに、客観的に……。でも、彼女がいったん口を開くと、その微笑も温かみのあるものに感じられました。彼女は感じのよい親しげな声で「こちらでお待ちいただけますか？ ほんとに素敵な一日でしたわね！」と言いました。

彼女について廊下を歩き、待合室のようなところに入りました。司祭の家をすこし思い出しました。ガランとした感じや居心地の悪そうな印象は似ていますが、ここではすべてがピカピカに磨かれているところが違います。テーブルにはライラックの花瓶が置かれ、チャーチ・タイムズ紙もありましたので、私は読みはじめました……まずは広告欄から。高齢女性が助司祭へのもてなしを提供する広告（「高貴な生まれと学歴の持ち主に限る」とあります）について思案していました。こんな基準に達していると自ら思える人はいったいどれくらいいるのかしら？ そんなことを考えていると、メアリーがすばやく部屋に入ってきて、私のもとへ駆け寄りました。顔を輝かせています。

「あらあら」彼女は微笑みました。「あなたに会えたのであんまり興奮して、静かに歩く決まりを忘れちゃったわ。ウィルメット、会えてほんとに嬉しいわ！ それにとっても綺麗！ こういう服ばかり見慣れてると、しゃれた洋服を見るのがとても嬉しいの」そう言って彼女は、自分の古ぼけた黒のドレスやストッキングを指さしました。

「修道服を着てるのかと思ったわ」私は言いました。

「まだなの。それに、今後着ることもなさそうよ」

私は不安げにあたりを見まわしました。彼女がかなり嬉しそうに大声で話したので、誰かに聞こえたかと思ったのです。

「よかったらお庭を歩きましょう」メアリーは続けます。「あっちのほうが話しやすいわ」

彼女について側面のドアを通り、ライラックの茂みが影を落とす狭い小道を歩きました。私はあいかわらず周囲を心配そうに見まわしつづけたのですが、修道院に関して、こんなプロテスタント的な疑りぶかい態度をとるのはバカげているわ、と自分に言い聞かせました。でもやっぱり、尼僧のグループが芝生を横切っているのが見えると、私は小声でしゃべるように気をつけました。

「ここでは幸せになれないの？」小さな低木林の中へかなり入ってから、私は尋ねてみました。「あなたの口ぶりでは、ここにいるのもそう長くないような感じだけど」

「ここで幸せじゃないってわけではないのよ、ウィルメット。とてもすばらしい体験だったわ。でもこれは私にふさわしい生き方じゃないという思いが日に日に強くなってきてね……というか、私がここに向いていないと言ったほうがいいのかしら。そういうことなの」

「まあ、それが今分かってよかったわね」なんと言えばいいのか分からず、私は弱々しくそう言葉をかけました。婚約が破談になったときに使う言葉ですが、その場合はたぶん他に言いようがないのでしょう。でもメアリーには、もうすこしましな言葉をかけるべきだったと感じました。

「たしかに、ある意味ではそう認めるのは屈辱的よ」メアリーは続けます。

屈辱感は人間にとってよいはずだと指摘するのは控えました。なんとなくメアリー自身がそう言いそうな気がしたからです。そして実際、彼女はそう言いました――きわめて謙虚な言い方ではありましたが……。

「自分がこの道に入れるほど善良な人間だと思ったこと自体が傲慢だったのよ。でも母が死んでからなんだか……」苦痛のあまり、彼女は話を止めました。

「かわいそうなメアリー。あなたが傲慢だなんて、そんなわけないじゃない」私は言いました。「それに修道院の外でもあなたにできることはたくさんあるわ。私はこれまでもずっとそう思っていたのよ。そして今もね」それから私は、いわば俗世にまっさかさまに落ちるかのように、こう続けたのです。「あれは何なの？　マリウス・ランサムがどうしたとか、奇妙な手紙がどうとか……？」

「そうそう。気の毒なマリウス。彼のことが心配だわ」

「テムズ司祭も心配されてるみたい。例の、あの一緒に暮らしている友人がローマ・カトリック教会に関心を示しているとか、そういったこと？」

「そう、そのことよ」

そうした事柄について本気で心配することのできる女性がいるのだと頭の下がる思いで私は沈黙しました。とはいえ（メアリーを私の次元へ引きずり下ろすようですが）ほんとうにそれだけだろうかとも思いました。

「何通か手紙をもらったんだけど、どれも疑いや問いだらけなの。私ならそれらを解決する手助けができると彼は思ってるみたい。なんだか変に聞こえるかもしれないけど、なんだか彼は私を……というか、私のアドバイスを必要としてるみたいな気がするの。とんでもない自惚れみたいに聞こえるのは分かってるし、実のところ、私の意見なんてなんの役にも立たないんだけどね」彼女は口ごもり、訴えるように私を見ました。

「あなたの言ってること、よく分かるわ」私は言いました。「実際、そんな風に男は女を必要とするのよ。女性のほうがよいアドバイスができたり、強い心をもっていたりするもの」メアリーも結局のところ人間的なのだなあと思いました。それにしても、私たちがこの瞬間、かなり似た立場にいるのはなんという不思議な偶然でしょうか。妙な具合にピアーズは私を、マリウスはメアリーを必要としているのです。たぶんそのせいで、私たちのあいだにはちょっとした幸せの連帯感が生まれたのです。誰でも——とくに女は——誰かに必要とされたいものなのです。マリウスとメアリー（こうして二人の名を並べると奇妙でもあり、お似合いのようにも響きました）が結婚するかもしれない、などという途方もない考えが一瞬頭をよぎりましたが、しっかりとした形をとる前にその考えを振り払いました。だって、もし彼がローマ・カトリックに改宗するのであれば、聖職者でありつづけたいはずですし、それなら結婚はできないことになります。今のままでいて結婚しようと思うなら、メアリーよりも若くて魅力的な女性を選ぶでしょう。それに、結婚するために修道院を出る女性などいないでしょう。それだと普通の順序とは正反対になってしまいます。それでも、今まではそういうこともあったかもしれない、などと考えてしまいました。

「この友人というのがね——エドウィン・セインズベリーとおっしゃるんだけど——彼にすごい影響を与えてるみたいなの。それを阻止することなんて私には無理よ」メアリーは続けます。「いずれにせよ、マリウスのために、いわゆる「俗世」に戻るわけじゃないわ」メアリーは言い訳がましく微笑みました。「ボード司祭に手紙を書いたんだけど、とてもご親切で助けになってくださるの。静想所を取りしきっている方をご存じで、そこで家政婦のような仕事をしたらいいんじゃないかと言ってくださって」

「すばらしいアイデアだと思うわ」私は言いました。「どこにあるの？」

「はっきりとは知らないけど、ロンドンの近くみたい。ボード司祭によれば、グリーンライン・バス

〔ロンドン周辺部を走るバス網〕で行けるところだって」
バスいっぱいの静想者たちが郊外を大急ぎで歩く様子を思い浮かべて、つい微笑んでしまいました。静想所には特別のバス停が設けられて、運転手は気のきいた警句でも言って他のバス停と区別するのでしょうか。

「そろそろ行かなくちゃ」私は言いました。

「ああ、ウィルメット、ずっと私のことばかりしゃべってしまったわね」メアリーは後悔しているようです。

「でも、そのためにここへ来たのよ。それに、どうせ私のほうには大したニュースもないわ。私たちのところへ戻ってくるまで、あとどれくらいになりそう?」

「聖体節の前には戻りたいと思ってるわ」メアリーは答えました。「聖ルカ教会で行う礼拝が大好きなの。たくさんのキャンドルやお花に、お祈りの行進もあるでしょ。一緒に行きましょうか?」

「いい考えね。でも、戻ってきたときどこに泊まるの? まさか司祭の家のゲストルームじゃないでしょう?」

メアリーは笑いました。「そうね、それはないわ。たぶんモリー・ホームズさんが厚生施設の部屋を使わせてくれると思うわ」

「でも、それじゃあひどく遠いわよ。身の振り方が決まるまで、しばらくうちに滞在しなさいよ」衝動的に言葉が出ましたが、そう言いながら、軽はずみに誘ってしまって後悔するかしらとか、シビルとロドニーはなんと言うだろうかなどと考えていました。

「まあ、なんて素敵なの、ウィルメット。あなたってなんて親切なんでしょう！　それから、もしあなたから気の毒なマリウスに手助けや助言をしてあげられるなら……」

「残念ながら、私にはそのチャンスはなさそうだわ」私は言いました。「かりにあったとしても、私の意見なんてあまり力がないと思うの。セインズベリー司祭もそこまで思い切った行動は取られないでしょうし」そう言って安心させてあげました。

でも、その後の電車で夕刊をほぼ読み終えたとき、ふと私の目は、コラム欄下部にひっそり隠し込まれた一節に留まったのです。見出しに「教区司祭、英国国教会を去る」とあります。大声で叫びたい気分でしたがグッと堪えました。関心を示す乗客が周囲にいるとはとても思えなかったのですが、その記事には、ホランド・パーク、聖ローレンス教会のエドウィン・セインズベリー師が、英国国教会の南インド合同教会に対する態度は普遍的教会にふさわしくないとの理由から、ローマ教会に転向する意図を表明した、とあったのです。

このニュースに意味を見出すのは、車両の中で自分だけだろうと感じたのですが、それは私の傲慢だったようです。実際、周囲を見まわしてみて、自分の考えが誤っていたことに気づきました。私の隣の席の男性が、タブレット紙〔イギリスで発行されているカトリック系の週刊新聞〕を読んでいたのです。なんだか縁起が悪いようで怖くなり、彼から離れました。席を離れても、彼のビーズみたいに黒くて小さな目が、鼻眼鏡越しに私を追いかけてきます。ほとんど走るようにプラットホームを離れました。とにかく、その日はあまりにもいろいろなことがありすぎました。

第15章

「今日は夕飯はいらないから」数日後のある朝、ロドニーは照れくさそうに言いました。

「まあ、ダーリン。役所で遅くまでお仕事なの?」私はふざけたからかい口調で訊きました。

「まあ、そうだね」彼はタイムズ紙から顔も上げません。

「……ってことは、かわいそうにウィルメットは独りぼっちだよ」シビルが言います。「私も外出するからね。ヴァイオレットと年一度のディナー兼芝居見物の日なんだよ」

ヴァイオレットというのはシビルの学校時代の旧友で、毎年こんな風に儀式的に会うのでした。私にはいささか不自然なことのように感じられますし、シビルもそう感じているようなのですが、まるで宗教的儀式であるかのように毎年きっちり会うのです。

「あら、でも私、独りぼっちも好きだわ」私は訴えました。「ぜんぜん平気よ」

ありとあらゆるクレイジーなアイデアが浮かびました。その最たる例は、ピアーズを招いて夕食を共にするというもの。それが無理なら、マリウス・ランサムと話をすることもできるでしょう。彼は今のところ、私の知るかぎりでは、友人に従ってローマ教会に転向する気はないようです。日曜朝のミサでも、彼はいつも通りでした。お説教もされましたが、なんの手がかりもありませんでした。お説教はお世辞にも上手とは言えないものでしたし、彼の口から出てくる、たどたどしくて平凡な話も、あまりに今日的関心事と関係がないため、その主題をすっかり忘れてしまったのでした。でも、その後すぐに思い出したのです。たしか、父親のない子供や未亡人たちを訪問して、その苦境について励ましを言ったり（具体的な方法は示されませんでした）、有色人種に親切にしたりすることを勧めておられたように思います。彼の魂が何に対して疑いを抱いているかはまったく分かりませんでした。それに、よく考えてみれば、日も暮れてから二人きりになるような誘いを司祭にするわけにはいきません。ピアーズに対しても同じでしょう。次は彼が行動する番です。私は若くして結婚しましたし、それ以前にも恋がうまくいかなかった経験などはないので、自分から主導権を取ったことはありません。とはいえ、やはりピアーズには会いたくて仕方なかったので、夕刻に電話でもして「飲みに行かない？」とか「うちでコーヒーでもいかが？」と誘ってみようかしら、などと考えました。

それから名案が浮かんだのです。ちょっとした探偵気取りで彼の住んでいる場所を見にいくのです。偶然を装って家の側を通り過ぎながら、しっかり観察してみるのはどうでしょう（詳しく計画しておかねばなりませんが）。どこかへ行く途中だったというフリもできますし、万が一彼と会ったとしても焦る必要はありません。目的をもった夏の夜の散歩……トロリーバスに乗って出かけるのと同じくらい（やったことはありませんが）、とても魅力的なことに思えました。

ローダが夕飯をトレイに載せて、客間まで持ってきてくれました。冷えたコンソメ・スープにチキン・フリカッセ、そしてフルーツです。シャブリを一杯飲みながら地図を眺め、どの方面に行くべきか計画を立てました。なじみのある地区もあるのですが、ピアーズの住んでいるのはシェパーズ・ブッシュの向こう側の恐ろしげな荒廃地区のようで、どんな所なのかは想像の域を出ませんでした。夜に独りでそんな遠出をするのはちょっと恐ろしい感じもします。外はとても暖かく空はどんよりして、まるで雷でも鳴り出しそうな気配。広場の新緑も暗い色に変わり、重くて威嚇的に感じられました。

コーヒーカップを手に窓辺にたたずみ、どうしたものかと考えました。

外を見ると、コールマン氏のハスキーと思しきグレーの車が、わが家のほうへノロノロ走ってきて、家とは反対側に駐車しました。間もなくコールマン氏自身が出てきて、ドアをバタンと閉めてロックしました。後輪上部にある引っかき傷らしきものをじっくり見てから、パイプを靴の踵にトントン打ちつけ、それからゆっくりと道路を横切って歩いてきます。心配そうな顔でわが家を見上げていました。

いったいぜんたい何の目的で、こんな妙な時間にやってきたのでしょう？ 侍者の仕事に関わる教会関係の用事に違いありません。でも、いったい何？ それらしい理由をまったく思いつくことができぬまま、髪をなでたりお白粉をはたいたりしながら、正面玄関の呼び鈴が鳴るのを待ちました。彼が訪ねてこない可能性もあると思ったのですが、やはり呼び鈴が鳴りました。ローダがブツブツ言いながら地下から上がってくる前に、私自身が急いで下りていきました。そして、ほとんどワクワクしながら扉を開けたのです。

「こんばんは、フォーサイス大人」コールマン氏はそう言って、真剣な青い目で私を見ました。「フォーサイスさんはご在宅ですか？ すこしお目にかかれればと思いまして」

「あいにく夫は留守ですの」私は答えました。「なにか伝えておきましょうか？」

「いや、実はすこし厄介なことでしてね。ご相談できればと思ったんですが」

「相談ですか？」この段階で私は何がなんだか分からず、関心を抑え切れませんでした。「中に入られませんか？　私でお役に立てるか分かりませんけど」

「ありがとうございます、フォーサイス夫人。とにかくお伝えしておいたほうがいいと思うんです。そして、フォーサイスさんが帰宅されたら、奥様からお知らせいただけますよね」

いったいぜんたいロドニーに何を知らせねばならないというのでしょう？　階段を上がりながら考えました。コールマン氏の職場を思い出そうとしました。たしか勅許会計士をされていたはずですが、ロドニーの役所とどう関係するのかさっぱり分かりません。それに、もし仕事上のことなら、私には言いたくないでしょう。

「コーヒーはいかがですか？」窓際の小さなテーブルにまだトレイがあるのに気づき、私は訊きました。

「いえ、けっこうです」部屋の真ん中にぎこちなく突っ立つ彼にイスを勧めました。

「遠慮なくパイプを吸ってくださいね」そう言いましたが、実は私はパイプの匂いが大嫌いです。

彼は大丈夫ですと断りました。そして煙草の包みを差し出し、私に勧めてくれました。すこしは場が和むかと思い、それを受け取りました。彼が火をつけてくれたとき、これが復活祭の暗い教会で「新たな火」を点けたライターだわ、などと関係のないことを考えてしまいました。でも、ひょっとしたらまったく無関係というわけでもなかったのかもしれません。結局のところ、教会の事柄が関係しなければ、コールマン氏がここへ来ることもぜったいにありえませんので。ひょっとしたら、ロドニーに侍者になってほしいと頼みに来たのかもしれません。そう考えると笑みがこぼれてしまいました。

「フォーサイスさんと知り合いでもない私が、ここへこんな風に訪ねてきて妙に思われるでしょう」コールマン氏は切り出しました。「でも、現状ではこれがベストだと思ったんです。司祭の家の仕事をベイソンさんに紹介されたのはご主人ですよね。それで、きっとベイソンさんについてなにかご存じだろうと思ったもので」

「ええ、もちろんベイソンさんのことは存じてますわ。役所で夫と同じ部署に勤めておられましたから」そう言いながら、次にいったい何を言い出されるのかと考えました。「ベイソンさんが職を探しておられる時期にたまたまテムズ司祭も家政婦を探しておられて、それで私がそのことを夫に言ったんです。あまり詳しくは覚えていませんけど、とにかく夫がまずベイソンさんの話を私にしたんだったかしら」

「ということは、もう首になってたわけですね」コールマン氏はズケズケと訊きます。

「あら、そういうわけでもないと思いますわ。ただベイソンさんはお役所仕事には向いてなくて、楽しんでおられなかったんです。実際、家庭的な仕事をずっと探されていたと思いますわ。でも、ベイソンさんになにかあったんですか？」私はもうこれ以上は好奇心を抑え切れずに尋ねました。

「なにかあったというわけでもないんですがね。ただ、彼が司祭の卵をくすねたので、どうしたものかと思いまして」

「何をしたとおっしゃいました?」しっかり聞こえなかったように思えて、訊き直しました。

「司祭の卵をくすねたのです」コールマン氏は根気づよく繰り返しました。

「でも、どの卵のことですか?」

「書斎のマントルピースの上にある、あの卵ですよ」

「まあ、あの卵ですか!」ようやく理解できました。「あのファベルジェの卵ですね」

「名前なんて知りませんがね。色つきのイースターエッグみたいな物ですよ。宝石を埋め込んだり意匠を凝らしたやつです。ずいぶん高価だって聞いてますがね」

「ええ、ロシア宮廷の金細工師が作ったものです」

「ロシアですか?」彼は疑いの目で私を見ました。多くのイギリス人が、ロシアだのロシア的だのといった言葉を聞いたときに示す、いぶかしげな目です。

「ええ、ロシア皇帝の時代にね」

「ああ、なるほど」彼は安堵したようでした。「じゃあ、骨董品ということですか?」

「ええ、まあそう言ってもいいでしょう。そして、あなたがおっしゃる通り高価ですわ」

「そんな物にお金をかける人がいるなんて驚きですな」コールマン氏は言います。

「好みによりますわね」そう言いながら私は、ファベルジェの卵とハスキーだったらどちらを取るか考えましたが、はっきりとは決められませんでした。「でも、ベイソンさんが盗ったとどうやって分かるんですか?」「くすねた」という言葉は使いかねました。

「彼が見せてくれたからですよ」

「でも、いったいいつ？」

「昨日の朝のミサの後です。法衣のポケットに入れてましたからね」

「まあ、なんてことでしょう！」笑いたい衝動にかられましたが、笑ってはいけないと分かっていました。「詳しく教えてくださいな」

「まあ、こんな具合です。昨日の私には気がかりなことがいっぱいありまして……。まずはハスキーです」

「ハスキー？ ああ、あなたの車のことですわね」

「友人がバックしているときに壁にこすってしまいましてね。こすった側全体をスプレーし直してもらわなきゃいけないかと思ってたんですよ。フォーサイス夫人、ほら、神聖な場所にいても心がさまよってしまうこともあるでしょう。しょせん人間ですからね」

「ええ、もちろん」私もうなずきました。

「お気づきになっていたかどうか分かりませんが」彼は一瞬だけ微笑みました。「ボブが復活祭のキャンドルの片付けを忘れかけたんですが、私はしばらくそれに気づかなかったくらいですからね。考えてもみてくださいよ、この私がそんなことに気づかないなんて！」

「いつ片付けなければならないのか、あいにく私ははっきり覚えていないのですが」私は言いました。「花に囲まれて輝くキャンドルがあまりにかわいいので、ずっと置いておいたらいいのにっていつも思ってしまうんですよ」

「でも、それじゃ教義に反しますからね、フォーサイス夫人」彼は真面目な顔で言います。「昇天日

〔復活祭から四〇日目の木曜日〕の福音文の後に片付けるんですよ。さいわい、気づいた人はあまりいなかったようですが、ベイソンさんは気づきましたよ、間違いなくね！」

「じゃあ、あなたになにかおっしゃったんですか？」

「ええ、聖具室でちょっと皮肉を言われました。はっきり言葉は覚えてませんが、私がちょうど法衣を脱いでいたときに、それについてなにか言ったんですよね」

「法衣についてですか？」

「そうです。彼はいちど誤って私のを着てしまったことがあるんですが、それ以来、法衣のことが気になって仕方ないようでね。子供じみてますよ、まったく」

「でも、何て言ったんですの？」

「ああ、私の法衣はよい生地でできてるとかなんとか言ってから、でも自分のポケットには何が入ってると思う？　と。まったく子供みたいです。そしてポケットから卵を取り出して空中に放り投げ、手で受けて、またポケットに戻しました」

「まあ、なんてことでしょう！」そう叫んで顔をそむけ、バッグのなかのハンカチを探りました。というのも、あいにくまた笑い出したい衝動に駆られてしまったのです。コールマン氏がいま描写した場面にはどこか滑稽なところがあります。「でも、どうやって卵を手に入れたんでしょうね？」そう言葉を続けました。「ベイソンさんが、その……盗んだというのは間違いないんですか？」

「マントルピースから取ったんですよ。彼自身がそう言ってましたから」

「それで、テムズ司祭はそれに気づいておられなかったのかしら？　まあ、そういうことなんでしょうけど。あなたはなにか言われたのですか?」

「当然ながら、私は面食らいましたよ。それで「テムズ司祭の卵だ! どこから持ってきたんだい?」とかなんとか言ったと思います。そしたらベイソンさんはただ笑ったんです」

「この件をどなたかにお話しされましたか?」

「いや、ほとんど言ってません。ある友人には話しましたがね。彼は学校の教師で、青年の非行についてはよく知ってるんですよ。でも、司祭にはどなたにも言ってませんよ。実際、すこし狼狽してましたんで——復活祭のキャンドルの件だのなんだのでね。片付けを終えたころには、ベイソンさんはもう行ってしまってましたよ」

「ひょっとしたら、もう今頃は卵を元の場所へ戻されたかも。見ているのがあまりに楽しくて、ちょっと借りただけかもしれないですし。聖霊降臨祭〔聖霊降臨日から一週間〕ももうじきだし。それまでには絶対に戻されると思いますよ」私の頭にあったのは、ベイソン氏が聖霊降臨祭の告解をされたら、このことを告白せざるをえなくなるということ。そういえば、自己点検のための古風なマニュアルもありました。質問がリストアップされていて、「なにか盗みましたか?」という問いが入っていることが多いのです。アングロ・カトリック派の淑女なら、こんな問いを自分に投げかけねばならないことに驚くかショックを受けるに違いありません。イースト・エンドや波止場近辺の教区では十九世紀にカトリック信仰が復興しつつあったのですが、この質問はそうした地区の労働青年を念頭に設けられたものだろうと想像していました。でも、私の想像は対象を絞り込みすぎていたということになります。

「ほんのおふざけでやったのかもしれません」コールマン氏は自信なさそうです。「奇妙な奴ですからね。フォーサイスさんから彼にひとこと言っていただけますかね?」

「でも、まずは卵がまだ行方不明かどうか確認すべきじゃないですか?」私は意見を述べました。

「誰かが司祭の家にこっそり入って見てくることもできるでしょう?」自分自身がそれをするのを想像するとワクワクしましたが、実際には無理そうでした。

「そうですね。しかし司祭の書斎のあのガラクタの山の中から卵を見分けるのは至難の業でしょうな」コールマン氏はちょっと笑いました。「よく思うんですよ。司祭が皆に慈善セール用の品物を持ってくるように依頼されるときに、ご自身もあの書斎のガラクタを一掃されればいいのにってね」

「あらあら、慈善セールにファベルジェの卵ですか!」私は叫びました。「それは大変なことですわ」

「それに今年の休暇はまたイタリアへいらっしゃるんですよ」コールマン氏は意味深な口調で言います。

「シエナのお友達のところに滞在されるんですわね」

「間違いなく、また壊れた像だの古い絵だのを集めてこられますよ」コールマン氏は嫌味たらしく言いました。

私たちの教会の手の込んだ礼拝であれほど重要な役割を果たす人間が、美しいものにまったく鈍感らしきことがなんだか不思議に思われました。

「教会にある像はお好きじゃないんですか?」興味から尋ねてみました。

「好きですよ、フォーサイス夫人。だけど教会の像はぜんぶ新しくてピカピカでしょう。ご婦人方がホコリを払って掃除してくださいますからね。かわいそうに、グリーンヒル夫人はテムズ司祭の書斎を掃除させられてたんです。よく彼女が言っておられました。さて、フォーサイス夫人、何が最善の策なのか私には分かりませんがね、とにかくお話しして胸のつかえが下りましたよ。卵の一件がずっと気がかりで――ここだけの話、卵のこととハスキーのことがね。ハスキーは明日修理場に持っていくんです」

「うまくいくといいですわね」私はあいまいな言い方をしました。「それから、お越しいただいてありがとうございます。ちょっと様子を見てみてはどうでしょう。騒ぎにならないうちにベイソンさんが卵を戻す可能性も高いように思いますわ」

窓越しに、コールマン氏が広場を横切り、パイプに火をつけて車に乗り込むのが見えました。たぶん、ああいうすっきりした車体ラインが彼の美の理想なのでしょうが、それならなぜ彼は、質素で厳格なプロテスタントの信仰形態を選ばなかったのだろうと思いました。生まれ育った環境と関係があるのでしょうし、好みは人それぞれ、とも言います……彼自身、そう言ったかもしれません。

心に思い描いていたような、ちょっとした遠出をするにはもう遅くなりすぎていました。ピアーズのいる地区に出かけるのは、またの機会を待たねばなりません。彼が在宅してなさそうな晴れた午後などがベストかもしれません。さて、そうすると私には、シビルとロドニーの帰宅をイライラと待つことしか残されていませんでした。いわゆる「人生の裏側」の経験が私などよりずいぶん多い二人ですから、どういう行動を取るのが最良なのかをきっちり判断できるに違いありません。シビルの厚生施設での仕事や、ロドニーの役所や軍隊での経験は、私が家でぬくぬくと過ごしてきた年月や、婦人部隊として陽気にお国に仕えた短期間よりも、はるかに多くの知恵を彼らに授けたのです。自分の経験の浅さを恥ずかしく感じはじめました——結婚前に恋人もおらず、子供もいない。おまけに教会で真鍮を磨いたり花を活けたりする手伝いを頼まれることすらないのです。でも、ピアーズのことは幸せにできた……それですべては帳消しになりました。暗闇に座って彼のことを考えていたので、シビルが劇場から戻ったときにはビックリしました。

「まったく、バカバカしい芝居だよ！　幼なじみと観るのにはうってつけだね。これぞ、ザ・女の夕べだ」そう言って彼女は、モールスキンの古びたケープをソファに放り投げました。「でも観客には大受けでね。舞台裏のフランス窓から司祭が入ってきたときの大爆笑といったら……」

「そんなに面白かったんですか？」

「司祭が入ってきたときかい？　いいや、そうでもないよ。ただ帽子を手に突っ立ってて、眼鏡越しに目をパチクリしてただけさ。ちょっとボード司祭を思い出したよ。それでも大喝采を浴びてたね」

「それにボード司祭はあんなにいい方ですわ。司祭を笑いのネタにするなんて間違ってると思いますけど」

「もしあの役者が司祭平服とビレッタを身につけていたら、あんなに笑っただろうかね？　たぶん笑わなかっただろう。あんたのほうは面白い夜だったかい？」彼女はじっと私を見つめました。「あんな薄暗がりに座って、ちょっと寂しげに見えたけど」

「ちょっと奇妙な夜でしたわ。コールマンさんがいらして、ベイソンさんについて妙な話をされたんです。ほんとうはロドニーに会いたかったらしいんですけど。お話しするのは、やはり彼が帰ってきてからのほうがいいですわね、そしたら繰り返す必要もないですし」

「ノディはたしか外で食事だったね？　誰と出かけてるのか知ってるかい？」

「役所のお友達だと思いますわ。ジェイムズ・キャッシュかもしれませんね」私はあいまいな返事をしました。「そんなに遅くなるとは思いませんけど」

「あ、ドアに鍵の回る音がする。彼じゃないかい？」とシビル。「妻がなによりも待ちわびる音だよね？」シビルは尋ねるように淡々と言いました。

ちょっとあわてて階段を駆け下りました。ロドニーは玄関ホールでためらいがちに立っています。まるで入ろうかどうか決めかねているかのようでした。たぶんすこし飲みすぎて、妻と母親の厳しい視線に耐えられそうにないと感じたのでしょう。

「ほら早く、ダーリン」彼のほうへ駆け寄りました。「ちょっと話があるの」

彼は私の肩に腕を回し、私たちは客間にそのまま入っていきました。

「さて」シビルは編み物から目を上げて言います。「ベイソンさんについてのその妙な話とやらを聞こうじゃないか。ウィルメットはあんたの帰りを待ってたんだよ」

「ベイソンについて？」ロドニーが尋ねました。「スープに砒素を混ぜたとか？」

「違うわ。冗談じゃないのよ」そう言って私は、コールマン氏から聞いた卵の話をしたのです。話の過程ですこし効果が失われたような気はしたのですが、それでもロドニーに与えたショックは生半可なものではありませんでした。

「ああ、なんてこった！」彼は叫びました。「じゃあ、またやっちゃったんだな！　そんなことになるかもしれないと心配してたんだ」

「あら、前にもあったの？」

「ああ。それで役所を辞めたんだよ、実のところ。まあ、君も知ってるように、仕事にも向いてなかったんだけどね」

「役所でもなにか盗んだってこと？」

「ああ」

「だけど、役所に盗むものなんてあるかい？」シビルが訊きました。「ワイヤー製バスケットやら書類保存箱やら、誰かのティーカップ、それともお金かい？」

「いいや。実は翡翠の仏像なんだ」

「あらあら！」私は笑いました。「お役所にはなんとも不似合ね。どこにあったの？」

「誰か長官のデスクの上にあったんだ。女性長官のね」彼はつけ加えました。

「男はそんなものをデスクに置かないといわんばかりだね」とシビル。「役所での決断に東洋の知恵が必要だということは女にしか分からないのかもしれないね」

「目の保養に置いてらっしゃったのかしら」私は言いました。

「とはいえ」シビルは続けます。「実際のところ、今の政府に欠けているのは東洋の知恵なんだろうか？ほら、中国のことわざがあるだろ。〈二つパンがあるなら、一つを売ってユリの花を買え〉ってやつ。もちろん現実的なアドバイスじゃないけどさ、行政的にはどう解釈するのか興味深いところだね」

「それはブッダの教えではないと思いますよ」ロドニーが言いました。「とにかく、ちょっと本題からはずれてますしね。ベイソンがほんとうにそのファベルジェの卵を盗んだ……取ったのなら、ことは深刻ですよ。雇用が決まる前に、テムズ司祭に彼の欠点を知らせるべきかとも思ったんですが、それではベイソンがかわいそうな気がしてね。それにしても……」彼の声に怒りが加わりました。「その手の誘惑が司祭の家にあるってことは考えなかったなあ」

「それ以外にもあるのかね？」シビルは考え込んで言います。「つまり、そっち方面以外の誘惑はあるのかってこと。あんたの口ぶりだと、まるで他にもありそうに聞こえるからさ」

「まったく、お母さん。なぜあなたはいつもそう額面通りに受けとるんですか？」ロドニーはいら立っています。「僕が言おうとしたことは分かるでしょう。ベイソン好みの芸術品が、非婚主義の司祭が住む家にあるとは思わなかったってことですよ」

「べつに非婚主義とは関係ないと思うけどね」シビルはなかなか譲りません。

「とにかく、クリスマスにテムズ司祭の書斎の品物を見たとき、ちょっと心配になったんだよ」ロドニーは続けました。「でも、あの段階ではもうすでに遅すぎたわけで、とにかくうまくいくように願うしかなかったからね」

「それにベイソンさんが、自分は美しいものに囲まれていなければならないっておっしゃってたのを覚えてる？」私もつけ足しました。「かわいそうに、あの人の悪い癖なのね——卵をコールマンさんに見せたりするのもその兆候よね。そう思わない？」

「そうだね、ある種の虚勢だね。見せびらかして、自分のやったことに注意を引かずにはおれないんだろう。まあ、すぐになにかできるわけでもないから」ロドニーはあくびをしました。「卵については、一晩寝かせることにするか」

ファベルジェの卵を寝かせるというのがなんだか滑稽で、私は笑ってしまいました。それから、たぶん緊張が解けたからでしょうか、みんな笑い出しました。

「卵がないことに気づいたら、テムズ司祭は説教壇で発表するかな?」ロドニーが言いました。

「もしかしたらね。教区への告知事項の一つとして。でも結婚予告の後でしょうね」

「まるで学校みたいだな」とロドニー。「犯人が白状するまでは誰も部屋を出てはいけませんってね」

第16章

まさにその翌朝ベイソン氏と鉢合わせしてしまったのですが、控えめに言っても、すこし気まずい思いがしました。セルフサービスの食料品コーナーがある近所の大型店に買い物に行ったときのことです。私はときどきその店にふらりと入るのですが、のらくらと店内をさまよい、高級な珍味などを見かけると遠慮なくバスケットに放り込むのです。シビルは私のそういうちょっとしたお出かけを「ウィルメットのブラブラ歩き」と呼んだものです。私が実際的な日用品などを選ぶことはありませんでした。そうした品はいつも配達されていましたし……。

東洋の特産品――筍、マッシュルームの缶詰、ライム・ピクルス、外国産ソースなど――の棚のところで立ち止まっていると、突然ベイソン氏の頭が反対側から飛び出しました。卵型の頭だわ……そう思ってから、あいにくこの喩えが妥当なものであることをすぐに思い出しました。さっと素通りしてしまおうかという考えも脳裏をよぎったのですが、はっきり決めかねているうちに、もう手遅れになってしまいました。というのも彼は私に気づき、私のほうへと歩いてきていたからです。

「このお店は魅力的ですねえ」彼は興奮してまくし立てました。「ここのすばらしい品の誘惑には勝てませんな」

つまり盗まずにはいられないということでしょうか？　あいにく彼のもう一つの顔について知ってしまった今となっては、ついそう思ってしまいました。というのも、司祭の家の家政夫の給料では、こうした品物を買えるはずはありませんでしたから。

「ええ、とっても魅力的ですわね」私も同意しました、「でも、テムズ司祭やボード司祭はあまりお好きではないでしょう？」

「テムズ司祭なら気に入られますよ」ベイソン氏は熱心に言います。「最高のセンスをお持ちですからね」

「あの方の集めておられる芸術品を見れば分かりますわ」私は大胆に言いました。「彼の書斎にはすばらしい物がありますものね」

「まったくすばらしいですよ！」ベイソン氏も夢中で同意します。「どれが私のお気に入りかご存じですか？」

「いいえ」そう言ってから、ドキドキして返事を待ちました。

「そりゃ、もちろんファベルジェの卵ですよ。それに反論する人はいないでしょう？」

話をしているうちに私たちは東洋の特産品コーナーから離れ、はっきりした理由もなく朝食用シリアルの側に立っていました。ソワソワしながら私はなぜか、シリアルの箱に載っているインディアンのポンティアック酋長の伝記を読んでいました。ベイソン氏はファベルジェの卵のことをまだ話しつづけるのでしょうか？　そして私は彼になにか言うべきなのでしょうか？　まさかこんな場所で、オールブランやグレイプナッツ、パフウィート、ライスクリスピー、フロストフレークに囲まれて言うべきことではないでしょう？

「ボード司祭はぜったいにコーンフレークでなくちゃいけませんからね」ベイソン氏は巨大なケロッグの箱を摑みました。「むろんテムズ司祭はコンチネンタル・ブレックファストです。コーヒーとクロワッサンでね」

「うちの夫はグレイプナッツが好きですの」弱々しい声でそう言ってから、渾身の力をこめて尋ねてみました。「あなたは何を召し上がるんですか？　卵とか？」

彼は肩をすくめました。「とんでもない、ブラック・コーヒーとオレンジジュースです。卵は大嫌いですからね」

「でもファベルジェの卵は例外ですわね？」彼がサッと顔色を変えたりするかしらと思いながら、大胆にそう言ってみました。

「ああ、フォーサイス夫人、どうして私の小さな過ちをご存じなのですか？」彼の声は動揺していました。「テムズ司祭があなたのご主人に話されたんでしょうか？　気づいておられなければと願っていたのですがね。返そうとは思ってたんですよ、ほんとうに。じっくり見たかったのでちょっとのあいだ、拝借しただけなんですよ。あまりに美しいので、いつも肌身はなさず持ち歩いているんです。だって最終的には返さないといけないわけですからね。ほら！」彼が持っていたキャンバス製バッグを開けたので、私はその中を覗き込みました。そこには、あまりにも不似合いな食料品の寄せ集めに混じって、ファベルジェの卵が横たわっているではありませんか。かすかな光を浴びて宝石たちがキラキラまばたきしているかのようでした。

「あらまあ！」ウットリするような怖いような気持ちで私は後じさりしました。

「まったくもって美しいでしょう？」ベイソン氏は満足げに言いました。またいつもの調子に戻っています。

ベイソン氏が卵を取り出して、聖具室でコールマン氏にやってみせたように空中に放り上げたりしませんように……私は願いました。

「ええ、でもあなたの物ではありませんよね」私は厳しく言いました。

彼はすばやくバッグを閉じて、すねたように言いました。「分かってますよ。しかし私にだって司祭と同じだけ美しさを味わう権利はありますからね」

「いつ返すおつもり？」そう訊きながら、自分の大胆さに驚いていました。

彼は横を向いて、すねた子供みたいに首を垂れています。

「これから返しにいきましょうか？」そう言ってみました。

「いいでしょう」彼はとつぜん従順になりました。「でもテムズ司祭が書斎におられるかもしれません」

「大丈夫ですわ。私がなんとか彼の注意を引いておきますから」そうは言ったものの、いったいどうやってその目的を果たしたものかと頭を悩ましました。

私たちは会計を済ませ、ゆっくりと司祭の家へ向かいました。この時点ですでに十二時が近づいていました。

「そろそろテムズ司祭とボード司祭のランチの用意を始める時間でしょう?」うちとけた口調で言いました。「今日はどんなお料理をなさるの?」

「いやあ、実のところ、近頃あれやこれやで動顚してまして……。それで肝心なことができてないんですよ」

「肝心」から料理を連想したせいか、私は笑みを浮かべたに違いありません。彼はすかさず言いました。「羊の心臓づめは最高の味ですね! フォーサイス夫人、私がいわゆる「モツ料理」をバカにしてるだなんて思わないでくださいよ。まったく逆です!」

「今日は心臓料理ですか?」

「いいや、今日は昨夜の残りの骨付き肉でなにかこしらえますよ。シェパードパイ〔ひき肉をマッシュポテトで包んで焼いたもの〕みたいなものをね」見下したように彼は言いました。「まあ、私はすこしニンニクを足すんです。それからチーズとビスケット。二度も火を通した肉っていうのは、いかがなものかと思うのですがね」

「とはいえ、そうしたものを食べなきゃならないこともありますわ。とくに司祭様ならそうなのでしょうね」

司祭の家の階段を上がるにつれて、先行きがすこし不安になってきました。玄関ホールでボード司祭とグリーンヒル夫人に出くわしました。夫人は茶色い紙でぞんざいに包んだ荷物を抱えており、そこからパジャマのようなストライプ柄の素材がはみ出しています。二人は会話に夢中です。

「これで、なんとかできることをやってみますわ、司祭」グリーンヒル夫人の低くつぶやくような声が聞こえました。

「ありがとうございます、夫人」司祭は、夫人よりも大きな声で開けっぴろげに言いました。「まだまだ着られると思いますからね」

私は頭を垂れました。まるで自分にはボード司祭のパジャマを見る資格はないといわんばかりに……。

「おや、フォーサイス夫人、おはようございます。私にご用でしょうか?」彼は分厚い眼鏡の後ろで目をキラキラさせながら、いつものように歯をむき出して親しげに笑いかけます。

「ええ、実はテムズ司祭にお目にかかりたかったんです」私は言いました。「イタリアへもうすぐご出発のようですし、ちょっとお願いごとがありまして。今はお忙しいでしょうか?」

「さあ……」ボード司祭はためらわれました。彼の正直さがテムズ司祭への忠誠心と心の中で闘っているのでしょう。それからうまい文句を思いつかれたのです。「司祭が忙しすぎて教区の皆さんに会えないなんてことは、もちろんありえませんよ。書斎にいらっしゃると思いますがね」

「私が見てきましょうか?」とベイソン氏。

彼が二階に上がり、テムズ司祭の書斎のドアをノックする音が聞こえました。私もビクビクしながら彼の後を追いました。

ドアのところまで進むと、テムズ司祭が大きな声でおっしゃいました。「どうぞ、フォーサイス夫人。わしに会いにきてくださったそうですな」

「実は、とてもつまらないことですの」部屋へ入ってみると、テムズ司祭は巨大なデスクの前に腰かけて、しっかりとは見えませんでしたが、なにか書き物をしておられました。「休暇中、ローマ近辺にいらっしゃるのなら、友人への伝言をお願いできるかと思ったのですが」

「おお、残念。シエナの友達のところなんです。邸に住んでるんじゃ。だが驚くなかれ、車は持っとらんのです。持っておったら、喜んであなたのご依頼を果たせたのじゃがね。まあ、なにかよい方策を考えられるかもしれんが」

「いいえ、結構ですわ。ありがとうございます」私はぎこちなく答えました。「あまりお邪魔をしてはいけませんわね。ベイソンさんもお掃除をされてることですし」ベイソン氏が窓の側でこちらへ背を向けているのを見て、そう言い足しました。

「ああ、彼は綺麗好きですからな」司祭は言いました。「わしの宝物の面倒もよく見てくれましてな」ベイソン氏が部屋を出るまではなにも言わないようにしました。ファベルジェの卵が前の場所に戻されているのを確認しました。

「さぞ高価なのでしょうね」ようやく私は言いました。「お留守にされるときはどこかに鍵をかけてしまわれるんですか?」

「いいや、ここに置いておいても安全じゃ。もし別の場所に置いたりしたら、ベイソンさんが傷つきますぞ。彼の正直さを疑うようですからな」

気まずい沈黙が（少なくとも私の側には）ありました。でも、私が次の言葉を思いつく前に、司祭は卵をつまみあげて、かわいいわが子に語りかけるようにおっしゃったのです。「おお、わしの卵が戻りおった。こんどはどれくらい長く留守にするのかと思ったがの」

「つまり……」私は口ごもりました。

「ああ、そうとも。ベイソンさんがときどき借り出しおるんじゃ。もちろん、わしが気づいてるとは知らんじゃろう。わしはそんなことには気づかんと思っとるんじゃろう」テムズ司祭は笑いました。

「彼は美しいものが大好きじゃからな」

「ええ、そうですわね」私はそう言うのが精一杯でした。

「自分の所有物を独り占めするのは利己主義というものじゃ。他の人にも多くの喜びを与えられるんじゃからな」

相槌をうたないわけにはいきませんでした。そして、それ以上言うべきことはないように思われました。ランサム助司祭の友人のエドウィン・セインズベリーがローマ教会へ転向されたという話題も、なんだか場違いのように思われたのです。混乱したまま書斎を出てきたところ、玄関ホールでボード司祭に呼び止められました。

「ビーミッシュさんがお宅へ泊まりにこられるらしいですな」内緒話をするように彼は言いました。

「私も嬉しいですよ。彼女にも、困ったときに一緒にいてくれる友達がいることがね」

「ええ、すこしは気まずい思いもあるでしょうけど、やはり、あそこから出るのはよいことだと思わずにいられなくて……」そんなつもりもなかったのに、「あそこ」という言葉をなんだか意地悪く強調してしまったように感じたので、あわててつけ足しました。「あの修道院はとてもいいところだと思いましたわ。とくにお庭がすばらしいです。たぶん必要な野菜はあそこで栽培するのでしょうね」

まるでホテルの「自家菜園」の広告のようです。

「ええ、しかし彼女向きの場所じゃないですな。だってメアリーなら、俗世にいても同じだけの善行はできるわけだし、彼女自身にもそれに気づいてほしいものです。私は彼女のためにちょっとした計画を用意してるんですよ。教区の静想所が家政婦を探していましてね、メアリーの気に入るかと思ったんですよ。われわれの教区で静想会を計画できたらなかなか楽しいと思いませんか？　バスでも借りてね」ボード司祭の歯をむき出した笑顔とキラリと光る目が、なんだか不気味に感じられました。

私がすこし困ったような顔をしたのでしょうか、彼はすばやく言いました。「いや、静想所もなかなか楽しいですからね。テムズ司祭がこの秋に引退なさることをお聞きになりましたか？」

「噂は聞きましたわ」

「教区誌の六月号で発表されます。もちろんイタリアから戻られたらお礼の会もやりますがね」

「どなたが教区司祭になられるのでしょうね。あなたがその職に就かれたらすばらしいですわ」

「そうなれば私も嬉しいですよ」ボード司祭はあっさり言いました。「しかしもちろん主教なら、もっとふさわしい方を簡単にお探しになるでしょう」

とても誠実そうに彼が言ったので、まるで本心からの言葉のように聞こえました。

司祭の家を立ち去るとき、キッチンでベイソン氏が賛美歌「すべては美しく輝き」を歌っているのが聞こえてきました。もしボード司祭が教区司祭の職に就かれたら、ベイソン氏を家政夫として司祭の家に置きつづけるでしょうか？　そこから私はまた、ファベルジェの卵の珍事件について考えはじめたのです。「借り出し」に対するテムズ司祭の対応は実にキリスト教的なものだと思われたので、その夜ロドニーに、翡翠の仏像を盗まれた、例のお偉方の女性役人も似たような態度を示したのかと尋ねずにはおられませんでした。

「そうは思わないね」ロドニーはきっぱり否定しました。

「でも、役人にもキリスト教的なふるまいはあるんだろ？　とくに最高位に属するような女性役人ならね」とシビル。「そんな可能性は皆無だなんて言わないでおくれよ」

ロドニーはため息をつきました。「ああ、お母さん。またそういう細かいことばかり訊いて！　疲れて帰ってきてるんだから、もう勘弁してくださいよ。そんな質問に僕が答えられるわけないでしょ？」

「ほらほらノディ、分かってるだろ。私はあんたをからかうのが大好きなんだよ」シビルは笑います。

「とにかく、テムズ司祭の言動がしかるべきもので安心したよ。キリスト教徒がキリスト教徒らしからぬふるまいをすると、必要以上に冗談の種にされるからね。あいにく、私もときどきするけどさ」

「今朝、ボード司祭ともお話ししたんですけど」私は言いました。「メアリーが修道院を出て私たちのところへ来るのを、すごく喜んでおられましたわ」

ロドニーはギョッとした表情をしましたが、それをシビルは甘やかすような目で見ています。

「物質面で快適にしてあげることは可能だね」シビルは言います。「せめて、それくらいは私たちにもできるからね」

「それがなによりのもてなしだと思うよ」とロドニー。「どの部屋を使ってもらうの？」

「どう考えても、正面の空き部屋がいちばんでしょう」私は答えました。「洗面台もあるし、広場を見渡せて景色もいいし。それにベッドだって、奥の部屋のよりずいぶん快適だわ」

「でも、快適なベッドに寝たいのかな？」とロドニー。「すこしずつ俗世に慣らしてあげるべきじゃないのかい？」

「どっちでもあまり変わらないと思うけれど」私は答えました。

「ウィルメット、ベッド脇にどんな本を置くか考えたかい？」とシビル。「注意して選ばなきゃいけないよ」

「詩集とか女流作家の名作とかがいいかしら」私は答えました。「宗教関係の本はぜったいにダメですね」

「リノリウム産業について面白い報告書をまとめたところなんだ」とロドニー。「コピーを一部貸してあげてもいいよ。しっかり製本もしてあるし……」

「フールスキャップ紙〔A3よりも大きいサイズ〕はベッドで読むには最悪だよ」とシビル。「アーノルドがちょうど考古学誌に論文を発表したところだよ。あっちはベッドで読むにも手軽なサイズだし、陶器の断片のすばらしいスケッチも載ってるよ。ドーリッシュに住む病弱な女性が描いたものなんだけどね」そこでシビルは言葉を止め、柄にもなく照れた口調で言いました。「そういえば、アーノルドも九月のポルトガル行きに同行したいんだって。どう思う？」

「あら、すばらしいですわ！ 人数のバランスもよくなりますし。でも、ご家族は大丈夫なんですか？」

「ああ、妹さんがいてね。いつもは二人でマインヘッドの小さな隠れ家的ホテルに滞在して、エクスムーアで長い散策をするんだって。ここ十年かそこら、そこへ行ってたらしいんだけど、アーノルドは変化が欲しいんだってさ。なんでもドロシーの友達――ああ、ドロシーってのはその妹さんの名前だけど――がいつも一緒で、毎日お手製の弁当を持参するらしい。晴れでも雨でもね。アーノルドはもううんざりなんだそうだ」

「十年間ずっとお手製弁当か。たしかに、しばらく食べたら飽きそうだな」とロドニー。

「とても美味しいらしんだけど」とシビル。「ただドロシーってのは、なんとも退屈な女性で、それが問題のようだ」

「そのお友達のことは？　ルート教授は彼女にロマンチックな感情を抱いておられないんですね」

「それはないね」とシビル。「たぶんエクスムーアってのはロマンスを引き出す場所じゃないんだろう」

「そうだな」とロドニー。「何年もレインコートの上に腰かけて手作り弁当を食べて、また雨の中をてくてく歩いて宿に戻る……そりゃあ、ポルトガルに行きたくもなるさ」

しばらくしてから私はメアリーの使う部屋へ上がり、ざっと点検して最後の仕上げをしました。窓際のテーブルには鉢植えを、洗面台にはラベンダーの石鹸を、ベッド脇には厳選した本と新しい雑誌を何冊か置きました。そうしたことをしながら、ピアーズの住居を探す遠征のための時間はもうあまり残されていないことに気づいたのです。というのも、この手の遠出にメアリーが同行してくれるとは思えませんし、そうしてほしくもなかったからです。シビルには、買い物か映画館にでも行くふりをせねばなりません。もちろん、面と向かって訊かれるわけではないのですが、きっと私は自意識過剰になってしまうでしょうから、なにか口実を作らねばならないのです。嘘をつかねばならないのは残念です。まるで私が悪いことでもしているみたいでしたから……。

階下へくると、玄関ホールのテーブルに手紙がありました。磨かれたマホガニーの上に置かれた青い長方形の手紙は、ほとんど美しくさえありました。まるで、願うことすらできないほどに長く待ちこがれた手紙……そんな感じでした。私宛てです。「夫人」を付けず、ウィルメット・フォーサイスへ、と聖職者が書きそうな小さくきっちりした文字で書かれていました。

開封してすぐに、それがピアーズからだと分かりました。そういえば筆跡も見たことのあるものでした。ただし前に見たのは、ポルトガル語教室で黒板に白チョークで書かれた、ずっと大きな字でしたが……。手紙は「いとしのウィルメットへ」から始まり、公園で散歩してからお茶を一緒にしようというものでした。彼が手紙をどう締めくくっているかを知りたくて、躍起になって便箋をめくりました。驚いたことに、たぶん彼には至難の業、もしくはバツの悪い思いをすることになったであろう締めくくりを、「取り急ぎ」という言葉でうまく回避していたのです。「取り急ぎ」だなんて、彼にはありそうもないことだし、バカげているのですが……。あまりにも不似合いだったもので、私は大声で笑いそうになりました。

正直なところ、私自身はまったく「取り急」ぐ必要もなかったのですが、すぐに返事を書きました。すこし思案して、「愛をこめて」という害のない型通りの文句で締めくくりました。愛は「害のない型通りの」ものにすぎないのだと考えて、あまのじゃく的な喜びを感じたのです。

第17章

「じゃあ、ピアーズの住処《すみか》を見られるんだね」彼から招待されたことを私が話すと、シビルは言いました。招待を受けて訪ねるほうが、こっそり見にいくよりもはるかに体裁のよいものでした。「住処」などと言うと、古くさくてみすぼらしい場所のように聞こえてしまい、一瞬私は、午後の到来を待ちわびるのが悪いことであるかのような気持ちになりました。

「一緒にお茶をってことでしたけど、たぶん外のお店に行くんじゃないかしら」

「デリー・ルーフ・ガーデンズが土曜の午後に開いてないのは残念だよ」シビルは淡々と言います。

「でも、ピアーズ自身が用意してくれたら、他のどこのお茶よりも美味しいと思うね。女は、男が家事をするのを見るのが好きだからさ。お茶が薄すぎたり濃すぎたり、トーストが焦げてたり、あまり上手にできてない場合はとくにね」

「ピアーズはあまり家事に慣れてないでしょうね」私は嬉しそうにそう言いながら、どんなお茶になるだろうと想像しました。暑い日ですからたぶんトーストは出ず、ぞんざいにスライスしてバターを塗ったパンや、市販の甘ったるいケーキというところでしょう。「ベイソンさんとのお茶みたいなわけにはいかないでしょうね」

「そりゃそうだね」シビルは笑います。「まあ、あんたは今日もとても綺麗だし、楽しめるといいね。彼によろしく。人称不定詞を使って六つも例文を――間違ってなければいいんだが――考えてみたって伝えておくれ」

シビルが大喜びで私をピアーズのもとに送り出すのが奇妙に思えたとしても（まあ、実際のところちょっと奇妙に思えたのですが）、よく考えてみれば、結局のところ彼女にとってピアーズは、しょせんポルトガル語の先生であり私の親友の兄でしかないのでした。私ときたら、わざと数分遅刻するという作戦も守れないくらいに、はやる心で公園を足早に横切りました。あのときの私を満たしていた、空中をさまようようなあの甘い気持ちをシビルは知るよしもなかったのです。

詩人たちにとってそうであったように、私にとっても五月はもっともロマンチックな月に感じられました。空気がほんとうにワインのように――そう、たぶんロアールの川岸で飲むヴーヴレさながらの繊細な白ワインのように――感じられる日がたくさんあるのです。今日の午後は、ピアーズとテンプルを歩いた日にどことなく似ていました。あの日はチューリップのはざまにネコがうずくまり、イチジクの木の新緑は悲しげな古い実を覆い隠していましたっけ……。

私は、とてもシンプルに仕立てた、深い珊瑚色のポプリン・ドレスを身にまとい、珊瑚と銀のイヤリング、それに合うブレスレットをつけていました。いつも私は、はっきりした深い色の服を着るのが好きでした。最高の装いができたように感じ、道行く人が私をふり返っているかしら、などと思ったりもしました。実際のところ、ほとんどは互いに夢中の恋人同士のようでしたが、まあ、そんなことはどうでもよかったのです。ただ、ツイードのスカートにピンクのしわくちゃブラウスというダサい格好の女性が、手に持っていたサンドウィッチと『ニュー・ステーツマン』〔左派系週刊政治・文芸誌〕から目を上げたとき、私は突然気まずくなり、ピアーズの職場にいたミス・リンプセットのことを思い出したのです。彼女はどんな生活を送っているのでしょう？ 彼女や、あのピンクのしわくちゃブラウスの女性にはどんな未来が待っているというのでしょう？

　嬉しいことに、待ち合わせ場所に着くと、ピアーズがこちらに背を向けて立っているのが見えました。花壇のルピナスに見入っているようです。彼に駆け寄り、なにかふざけた突飛なことを――たとえば両手で彼に目隠しをしたり――したくなりました。そして握りしめてもらうべく両手を差し出し、彼の名を呼ぶと、彼は私のほうをふり返ったのです。

「お待たせしてなければいいんだけど」私は言いました。もっと劇的な幕開けを考えていたのですが、それは断念したのです。

「いや、べつに」彼は私の差し出した手をさりげなく避けました。「とっても素敵だよ。その色、よく似合うね」

　まさにこの言葉が彼の口から発されることを願っていたのですが、実際そう言われるとやはり嬉しいものでした。しばらくのあいだ横に並んでルピナスを眺めました。

「ああ、この中に飛び込んであのピリリとした温かい香りをかげたら、どんなに素敵かしら！」私は酔いしれたように言いました。「ああ、たまらなく好き！」

「おやおや、君らしくないな。その熱狂ぶりは」とピアーズ。「君はクールで威厳があって、完璧に君らしくふるまわなきゃ。ルピナスに飛び込んだりしちゃダメだよ」

「あら」ちょっとガッカリしました。「私ってそんな感じ？　クールで威厳があって……もちろんエレガントだって思われるのは構わないけれど、クールで威厳があるっていうのはどうかしらね。あまり愛すべき感じはしないわ」

「愛すべき？　そんな風になりたいの？」彼は驚いた様子です。

「こんな午後には誰だってそう思うんじゃないかしら」途方に暮れてそう言い返しました。明らかに彼の気分は、私のそれに釣り合うものではありませんでしたし、私のほうが（たいてい女性の役割ですが）自分のあふれんばかりの幸福感をグッと抑えて、二人の気分がそろうのを待たねばなりませんでした。

「ウィルメット、いったいどうしたんだい？　なんだか安っぽい女性誌みたいな話し方をしてさ」ピアーズは不機嫌そうです。

愛というのは、あらゆる感情のなかでいちばん安っぽいものよ……そう思いました。さもなければ、あまりにも月並みな感情なので、安っぽい雑誌のような口ぶりになってしまうのです。でも実際のところ、私はどうしてしまったというのでしょう？

「女性誌のことなんて、あなたは知らないのかと思ってたけど」私は言いました。

「たしかに出版社で読むことはないけどね。でも、どういうわけか目に入るからな。もうルピナスはじゅうぶん堪能したかな？　歩こうか？」

「そうね」他になにも言うことがなかったので、そう返事しました。

「かわいそうに」しばらく沈黙のまま歩いてから、彼はからかい口調で言いました。「僕の不機嫌は気にしなくていいよ。君だって言ってただろ。僕が気分屋だってさ」

「人間ってみんな変ね」私は不機嫌にそう言ってから、ベイソン氏とファベルジェの卵のことを話しました。彼にはこの話が面白かったようで、公園を横切ってベイズウォーター通りの端まで来たときには、ずいぶんご機嫌になっていました。私もまた、ほぼ幸せな気分に戻ったのです。

「聖具室でのその場面を想像してみろよ！」彼は叫びました。「法衣のポケットから卵を取り出して空中に放り上げる……見たかったなあ！　さあウィルメット、次は何がしたい？　映画に行くか、それともデッキチェアーですこし休憩するかい？　何がしたい？」

「あなたの家が見たいわ」私はきっぱり言いました。

「よし。じゃあ、うちでお茶にしよう。だけど期待するなよ。まずは、シェパーズ・ブッシュ行きのバスに乗らないと」

「あらまあ。そんなに遠くなの？」

「君には遠く感じられるだろうな。少なくともタクシーに乗るには遠すぎる」

「バスに長く乗るのって好きよ」私は言いました。「ロイーナのカクテル・パーティーにいらしたレスター司祭を覚えてる？　彼は以前シェパーズ・ブッシュの教会にいらしたの。彼も奥さんも恋しそうに話しておられたわ」

「まあ、たしかに恋しくなる場所さ。といっても、それは「ぬかるみへの郷愁」なんだがね」

「彼らの場合はそうでもなさそうよ。新しい土地にもう慣れておられたらいいわね」

「あそこは彼らにはちょっと手ごわいと思うよ」ピアーズは言います。「どういうわけか、宗教は都会よりも田舎でのほうが苦戦するからね。君は考えたことあるかい？　英語で神《ゴッド》と韻を踏むのはぜんぶ田舎に関する言葉だよ」

「ええ、たしかに。土くれ《クロッド》、地面《ソッド》、わだち《トロッド》……。ぜんぶ土くさい言葉ばかりね」

「讃美歌の作詞家はこうした言葉で苦労したんだろうな。かわいそうに。讃美歌が収穫を祝う歌や死者の埋葬にかかわる歌ばかりじゃないのが驚きだ。こうした言葉でしか神《ゴッド》と韻が踏めないからな」

「シェパーズ・ブッシュ・グリーンだわ。ここで降りましょうか？」

「いや、もうすこし先だ。そこから歩くよ」

「今日は同僚の方もいらっしゃるの？」私たちはトロリーバスに囲まれて、安全島に立っていました。

「同僚？」

「一緒に暮らしてる方よ」

「ああ、もちろん。きっとまさに今頃、やつは週末のショッピングをしてるだろうな」通りに立ち並ぶのは、毒々しい色のブラウスやスカートをショーウィンドウいっぱいに押し込んだ、安っぽくてケバケバしい衣料品店や、暑さに悪臭を放つ肉屋や食料品店など。食料品店のところまで来ると、ピアーズは戸口から中を覗きました。

「ああ、あそこにいた」

私たちも店へ入りました。ひと目見れば、その同僚が分かると思ったのですが、カウンターのところにいる数人は誰もそれらしくありませんでした。男性が二人に女性が三人――二人は年配女性で、もう一人は染めた金髪に長いイヤリングをした、けばけばしい服装の若い女性でした。まさかあの娘じゃないわよね？　いいえ、違うわ。だってピアーズは「やつ」と言ってたもの。ということは、この特徴のない二人の男性のどちらかに違いありません。

「ああ、ここにいたのか。ここで見つけられると思ったよ」ピアーズは隅のほうへ行きました。そこには――今まで気づきませんでしたが――青いタータンチェックのシャツを着て、濃い色の髪をした小柄な男性がいて、ビスケット缶を覗き込んでいました。

「ウィルメット、こちらがキースだよ。まだ会ったことないよね」彼らしくない陽気な調子でピアーズが言います。

キースはこわばったようにペコリと会釈してから私を用心深く見ました。二十五歳くらいでしょうか、端正な顔つきの、かなり魅力的な顔に憂鬱そうな茶色の目をしていました。今流行りの短めに刈り上げた髪は、動物の濡れた毛皮のようにキラキラしています。

「ええ、まだお会いしたことはありません。でもお噂はたっぷり聞いていますよ、フォーサイス夫人」彼は礼儀正しく言いました。

「たぶん前にお電話でお話ししましたね？」私は言いました。ピアーズに電話した夜に対応してくれた、あの単調で教養のなさそうな小声を思い出したのです。彼についてはなにも聞かされていないので「お噂はたっぷり聞いています」と返すわけにはいきませんでした。実際のところ私は、この対面にすっかり度肝を抜かれて混乱していたので、なんと言っていいやら、どう考えていいやらさっぱり分からなかったのです。私はかなりぶざまに突っ立って、レンズ豆の袋の上で居眠りしている大きな白黒のネコを機械的になでていました。そうすると、この男が同僚ということです。

キースはピアーズのほうを向いて、ベーコンについてなにやら尋ねていました。

「どう思う、ウィルメット?」ピアーズが訊きました。「どの種類のベーコンが一番いいと思う?」

「さあ、どうかしら」なかなかベーコンに注意を向けることができません。「好みによるんじゃないかしら」

「こちらの二人の殿方はなんにも決められないんだからね」カウンターの後ろにいた母親っぽい女性が言います。「いつも私が品物選びを手伝ってあげるのさ。さてさて、その商品のどこがいけないんだい?」彼女はキースに言います。「あんたには脂が多すぎるのかい?」

「僕らはもうちょっとストライプの入ったのがいいんだよ」とピアーズ。

「ストライプだって? まあ、かわいいねえ。こんな表現、初耳だろ!」彼女は私のほうをふり返りました。「脂身のすじは「ストリーク」って呼ぶんだよ。じゃあ、この部位を切ってあげよう。ここは美味しいよ」彼女はベーコンの片側を私たちのほうへ突き出してそれを機械にセットしました。

その機械がヒュッヒュッと音をたてて前後に動くあいだ、私たち三人は黙ってそれを見ていました。その場面のすべてが、なんだか現実ではないように思われました。バカげた服装とハリネズミかヤマアラシのようにツンツンした髪型のキースは、ほとんど滑稽な人物ともいえます。でも、それでいて私は悲しい気持ちにもなったのです。まるでなにかが終わってしまったかのような……。でも、その悲しさは心の底のほうにありました。誰かが沈黙を破るのを待つあいだ私がもっとも強く感じたのは、憤りの感情でした。

「もう終わったかい？」ピアーズはイライラして尋ねました。

「カスタード・パウダーが要るんだ」キースは答えます。

「カスタード・パウダーだって？」ピアーズのゾッとしたような叫び声。「まったくなんてこった！　何のためにカスタード・パウダーなんか要るんだ？」

「カスタードを作るためさ」キースは淡々と言います。

「つまり、それでカスタードを作ろうっていうのか。なるほど、いいさ。でも僕が食べるなんて思うなよ」

「実際のところ、彼はなんでも食べますよ」内緒話をするようにキースは私に言い、ベイソン氏のと似たキャンバス地のバッグに購入した品物を入れました。「カスタードってフルーツ煮なんかによく合うと思うんですけどね、そう思われませんか、フォーサイス夫人？」

彼が恭しくふるまうことと、私の名前を呼びつづけることにすこしドギマギしてしまいます。

「ええ、そうですわね」不本意にもそう返事をしてしまいました。

キースと私が横に並び、ピアーズがすこし前を行くような形で舗道を歩きました。誰もなにも話さないようでした。必ずしも会話する必要はなかったのでしょうけれど、沈黙のなかに気まずさを感じたので、キースに「あなたって、想像してた感じとはまったく違いますわ」と言いました。

「僕のことを想像してくださったんですか、フォーサイス夫人？」抑揚のない小さな声ですが、そのなかにも関心が感じられました。「ピアーズは僕のことをどんな風に言ってましたか？」

「なにも言ってませんでした」と答えれば、きっとキースは傷ついたでしょう。だから、私がうまい答えを考えつく前に、ピアーズがイライラ声で割り込んできたのは有難かったのです。

「ここで道を渡るよ、そして反対側の分かれ道を進むんだ」

間もなく私たちは別の通りに入りました。スタッコ細工の化粧漆喰がはがれかけた家が立ち並んでいます。それらの家は、みすぼらしいなかにも気高さがあるといった風にすら感じられませんでした。塗り直された家もある反面、おそらく爆撃を受けたからでしょう、正面部分だけ立て替えたため周囲との調和を失っている家もありました。かなりたくさんの子供たちが走り回り、寝室用スリッパをはいた老女たちが、鉢植えがぎっしり置かれたぼろぼろのバルコニーで日光浴をしていました。ほうぼうの家の開け放った窓からは、さまざまな音楽が鳴り響いてきます。

「かなり大陸的ね」私は言いました。「ほら、ナポリを思い出すわ」

「ありがとう」ピアーズが言います。「この地区についての最高の褒め言葉だよ。君は優しいな」

「どちらにお住まいですか、フォーサイス夫人?」キースが尋ねます。

私は自分の住んでいる地区を答えました。

まるで敬意を示すかのようにすこし沈黙してから、キースは真面目な顔で言いました。「お家賃はかなり高いんでしょうね」

「ウィルメットはそんなつまらないことに煩わされる必要はないんだ」とピアーズ。

「そうね。その、つまり夫の母の家なの。だから心配する必要はないのよ」

「僕らもいいところに住めたらいいなあ。どこか、もっと綺麗な地区にね」キースが言いました。

「ここじゃ、ペンキを塗ったところを毎週洗わなきゃいけないんです。炭酸水をそのまま使うんですけどね。洗剤を使うと黄色くなってしまうから……。そう思われませんか、フォーサイス夫人？」

「そうね、私には分からないわ」自分の無知を恥ずかしく思いました。

「キース、分かるだろ、ウィルメットはそんなつまらないことを知る必要もないんだよ」とピアーズ。

「生まれてこのかたペンキ洗いなんかしたことないだろうし」

「そうね、したことはないわ」私はムッとしました。「たぶん婦人部隊にいたときは別だけれどね。でも、だからといって価値のない人間ということなの？　やらなきゃならないとなれば、私だってやれるわ」

「その場合、洗剤を使ってはいけないと覚えておいてくださいね」

「さて、着いたよ」ピアーズがホッとした声で言いました。

ペンキを塗りたての家の前で止まりました。正面玄関に通じる階段があり、玄関には三つの呼び鈴。そのうち二つにはカードが付いています。一つはブロック体の大文字で「ハルバートン」と書いたもの、もう一つは印刷された名刺で、気が遠くなりそうに複雑なポーランド風の名前が記されていました。

「いちばん上の呼び鈴があなたたちのでしょう。カードが付いてないから」私は言いました。

「そう、最上階のフラットだよ」キースが打ち解けた口調で言いました。「簡易キッチンに部屋が二つ、バスルームはシェンキェヴィチさんと共用だ」

「『クオ・ヴァディス』の作者〔ポーランド作家ヘンリク・シエンキェヴィチの歴史小説〕の親戚ではないはずだ、僕らの知るかぎりはね。でもその名になんだか癒されるのさ」ピアーズが言いました。

玄関ホールに入り、階段を上りました。そういえば以前、バギーや自転車、その他いろいろな物が置かれて、むせ返るような料理の匂いのする狭いホールを想像したことがありましたっけ……。晴れた土曜の午後に見るこの家には、死んだような静けさがありました。住人は外出中か、閉じたドアの内側にいるのでしょう。なんとなくつま先立ちで階段（白い曲線模様の付いたエビ茶色のカーペットが敷かれています）を上らねばならないような気持ちになりました。それでいて、その静けさは司祭の家のそれとはどこか違っていました。なぜだかは説明できませんでしたが……。

ようやく最上階につきました。

「どこでお茶にする？」ピアーズが尋ねます。「僕の部屋にするべきなんだけど、ベッドメーキングをし忘れたかもしれない」ウィルメットはそんなの見る気にもならないだろうし」

「あら、そんなの気にしないわ」私は言いました。ぐちゃぐちゃの（おそらく校正紙の散らかった）ベッドやジンのボトル、洗ってないグラスやカップ類、吸い殻の入った灰皿などを目にすることになるだろうと、その心づもりをしてきたからです。

「君のいないあいだに片付けも掃除もしておいたよ」キースはすまし顔です。「そして、君の部屋にお茶の用意もしてある」

「なんてこった！」ピアーズがドアを勢いよく開けました。「自分の部屋だとは分からないよ。花まである」彼は本棚のほうを見やりました。青いアヤメを活けたカットグラスの花瓶が置いてあります。

「君がぜんぶやったのか？」

キースは微笑むだけでなにも言いませんでした。

ピアーズの住んでいるところをあんなに見たいと思っていたはずなのに、私はガッカリしてしまいました。いかにもピアーズ的な特色はすべてキースの片付けで消されてしまったのです。当然ながら、部屋は本だらけでしたが、本が持ち主を表すものだとはもうあまり思えなくなっていたのです。誰でも本を持っていますし、そこから分かることも知れています。もちろんメアリー・ビーミッシュがエリザベス・グージの小説を持っていて、ピアーズがコンプトン゠バーネットを持っていることに意味があるのは間違いありません。でも実際に見なくても、それくらいは自分ひとりで推測できます。正直に言えばたぶん私は、取り散らかったベッドの上にピアーズのパジャマがあったり、マントルピース上に髭剃り道具があったりするのを見たいと思っていたのでしょう。とはいえ、ピアーズも言ったように、実際に見たらちょっと我慢できなかったかもしれません。

キースはティーポットとやかんを持ってキッチンから戻りましたが、ほとんどの準備があらかじめ済ませてあったことは明らかでした。ローテーブルにはチェックのテーブルクロスがかけられ、皿にはサンドウィッチやビスケットが盛られていました。プラスティック製ドイリーには白とピンクのデコレーションケーキが並んでおり、皿には一枚ずつ紙製のテーブルナプキンが置いてあります。ベイソン氏のお茶とは比べものになりませんが、おそらくこちらのお茶のほうが、より心を込めて準備されたものでしょう。そう考えると、食べたいと思う量（実はなにも欲しくなかったのですが）よりもたくさん食べるべきですし、慎重に、というよりは、大げさに褒めねばならないという気がしました。どう考えても、キースを嫌いになるのは至難の業のようです。

お茶を終えてからフラットを案内してもらいました。

「もちろん、家具付きフラットなんですよ」キースが説明しました。「だから、欲しい物を置くわけにはいきません。でも僕はソファーのカバーにこの現代的な柄を選んだんです。どう思われますか、フォーサイス夫人？」

気に入ったと言いましたが、とくに素敵だとも思いませんでした。彼の部屋は痛々しいほどに整頓されていて生活感がありません。まるで、すべてが見る人への効果を狙ったものであるかのようでした。ソファー脇のテーブルには二冊だけ本が置いてありました。フランス語の文法書と、けばけばしい表紙のペーパーバックの小説。最近流行りの、たれさがるような植物がもう一つのテーブルに置いてあり、鉢には白いペンキ塗りの金属製カバーが付いています。壁には明るいオーク材の額に入った、ゴッホのアイリスの複製画がかかっています。

「ピアーズよりもはるかに綺麗好きなのね」私は言いました。「この部屋は景色もいいんでしょうね？」期待まじりに窓際へ行きました。

「ええ、なかなかのものでしょう、フォーサイス夫人？」キースは嬉しそうです。「遠くに木も見えますからね」

「ロンドンで木が見えるのって驚きですわね」私も言いました。

「そうさ」とピアーズ。「ロンドンの最悪の地域でも、遠くにわずかばかり木々が見えたり、バタシー発電所とかウェストミンスター大寺院のてっぺんが見えたりするからな」

「フォーサイス夫人のお宅なら、たくさん木が見えるのでしょうね」キースが切ない声で言います。

「ウィルメットって呼んだらどうだい？」ピアーズが提案しました。「気にしないよね？」

「もちろんよ」なんだか、きまりの悪い思いでした。

「お宅はさぞ素敵なんでしょうね、ウィルメット」キースが言います。

「ぜひこんどお茶にでもいらしてね」この言葉が期待されている気がして、つい言ってしまいました。

「ありがとう、ウィルメット」キースは静かな喜びをたたえています。「ぜひ、そうさせてください」キースが戸口で手を振って見送るなか、ピアーズと私は家を出ました。彼が私にあんなに親しげにすることに驚きましたが、そうしない理由もないと気づきました。これまでに出くわしたことのない状況だったので、ピアーズになんと言っていいのか分からないまま、私たちは暑くて騒然とした通りを歩きました。

しばらく二人とも黙っていましたが、私は堅い口調で言いました。「つまり、あの人が同居人ってわけね」

「そうさ。君のこと、えらく気に入ったようだね」ピアーズは微笑みました。「君のほうはどうだい?」

「よさそうな青年ね。でも、予想外だったわ」

「何が?」

「出版社の同僚と暮らしているって言ったじゃない。だから、もっと別な感じの方を想像してたわ」

「君のほうだよ。僕が同僚と暮らしてるといつも言ってたのは……。でもまあ、ある意味で僕らはみんな同僚だな。人生というつらい仕事をどうにか共に切り抜けていくうえでのさ」

私はなにも言いませんでした。彼は続けます。「おいおい、どうしたんだい? 僕が君をだましていたとかなんとか、そんなバカげたことを考えてるのかい？」

「いいえ、もちろんそんなことないわ」私は憤然と言いました。でももちろん、ある意味ではそうなのでした。「でも、もし私に教えてくれていたら、そのほうがもっと親切だったわ」

「まあ、もう君とキースは知り合いなんだし、お互いに気に入ると思うよ。彼をほんとにお茶に招かなきゃね。あいつ、君の「お宅」が見たくてたまらないんだから」

ピアーズのこの言葉に悪意は込められていないと分かりました。

「ええ、もちろんそうするわ」私は言いました。「どこで会ったの？　もし尋ねてもさしつかえなければ」

「ああ、僕のやってるフランス語教室でだよ」

「なるほど。だからベッド際にフランス語文法の本があったのね」

「そうだよ。考えてもごらん、ウィルメット。フランス語をまったく知らない人間の悲哀をね……。まったく知らないんだから！」

「たしかに妙に感じるわね」私も同意しました。「そうすると、生徒の一人だったわけね。なるほど、思いもよらなかったわ……」

「なぜだい？」

「でもピアーズ、なぜよりにもよって彼を選んだの？　共通点があるとはぜんぜん思えなかったけど」

「共通点があるってことが……」ピアーズがイラついて言いました。「えらく過大評価されてるな！　うんざりする長ったらしい知的な会話、互いにわけの分からない引用合戦をしてさ……クタクタになるよ。家に帰って、日中えんえん聞かされてきたのとまったく違う会話を聞くほうが、どんなに気持ちいいかしれやしない」

「そういう会話は確実にできるわね」私は意地の悪い言い方をしました。「キースはどんな仕事をしてるの？」

「いろいろさ。このところ夜はコーヒーバーで働いてる。ときどきモデルの仕事もしてるよ」

「あらまあ！」嫌悪の響きを声から隠し切れなかったようです。ピアーズが厳しく言いました。「これまで考えたことはなかったのかい？　編み物の見本や女性誌に出てくる若いハンサムな男の写真には、誰かモデルが必要だってことを」

「そりゃ、そうよ。だけど自分の知り合いがやってるとは……」

「君の知り合いってことだね。だけど、それ以外にも人間はいるんだ。実のところ、ウィルメットの世界を構成する、ほんの限られた選ばれし人々の他にも数百万という人間がいるんだよ」

今にも泣き出しそうなひどい気分でした。でも、この暑くてけばけばしい路上、土曜の夕方の買い物客の雑踏とトロリーバスの渦巻きのなかでは、それすらもできないように思われました。

ピアーズはもの珍しそうに私を見ました。「すまなかった」さっきよりも優しい口調です。「ちょっと言い過ぎたみたいだね。結局のところ、君がそういう風なのは君のせいだと言いたかったわけじゃないんだ。他の人間を愛する力も、人それぞれだからな」ほとんど学問的な調子で彼は続けます。

「個人の責任じゃないのさ」

「ひどいことを言うわね」私は抗議しました。

「でも、僕はしょっちゅうひどいことを言うのさ。君だってもう分かってるだろ」そう話す彼は、言いようもなく魅力的に微笑んでいて、そのせいで私はますます混乱してしまいました。たぶん私は、彼のことをほんとうには分かっていなかったのでしょう。そして、もっとひどいことには、自分自身のことも……。私の、人を愛する力に疑念をさし挟むだなんて！　それにしても奇妙なことに、そのときの私の意識にあったのは、バスで家に帰るのはぜったいに我慢ならないということでした。タクシーでなくてはなりません。

「これに乗れば、家の近くまで戻れるよ」近づいてきたバスを指してピアーズが言いました。

「タクシーに乗るわ」

「いとしのウィルメット、見事に君らしいよ！　自分を変えようだなんて思うんじゃないよ」

彼は流しのタクシーに手を振りました。もっと上品な地区でそうするよりも簡単に拾えるのは間違いありません。

「ちょうど思い出したのよ。メアリー・ビーミッシュが今日、修道院から戻ってくるってことをね」

そう言って、気を静めようとしました。

「彼女にはいったい何て言うんだい？」ピアーズが尋ねます。「こういう経験、けっこうあるの？」

「いいえ」私は答えました。「今日は一日に二つも新しいことを体験できるわけね」

「どちらも同じくらい楽しくて甲斐のあるものになるといいね」ピアーズが言います。「まあ、どんな経験でもそうらしいけどね、そうだろ？」

私はタクシーに乗り込み、私たちは手を振ってさよならしました。今では容易に想像がつきます。

ピアーズがあの家へ戻り、階段を上がり、肘掛けイスにどさっと身を沈めて、大げさなため息をつく。そのかたわらで、キースが抑揚のない低い声で私のことを話題にし、服装やマナーについて批判をしはじめるのです。私はクタクタで、なんだか自分がえらくバカみたいに思えました。ピアーズに会うべく公園を横切った、あのルンルン気分の小娘のような私とは大違いでした。でも実のところ、私は小娘ではなく、結婚した女性なのでした。もしみじめな気分になったとしたら、それは夫以外の男にうつつを抜かしたことへの罰に他ならないのです。さらに皮肉なことには、ピアーズに最近変化らしきものをもたらしたのは、キースという、あのなんとも滑稽な小男だったのでした。私の魅力と愛に満ちた気遣いのおかげだとばかり思っていたのに……。

タクシーの背にもたれかかり、煙草に火をつけました。一時的にまっ白になってしまった私の心に突如浮かんだのはボード司祭の顔でした。歯をむき出し、熱心な表情で、教区の静想会用にバスを借りようとおっしゃっている顔です。そうした事柄について考えていると、なんとなく癒される気がしました。無意識にではありますが、メアリーに会うための心の準備をしていたのでしょう。心の奥にしまいこんだ屈辱と失望の気持ちについては、また後で時間のあるときに直視することになるでしょう。

メアリーの到着前に帰宅していたかったのですが、正面玄関を開けたとたん、彼女に先んじられたことが分かりました。スーツケースと茶色のキャンバス製バッグが玄関ホールにあったからです。関係ないことですが、彼女がこんなに荷物を持っていることに驚いてしまいました。

「ウィルメット?」嬉しそうな声が聞こえました。まもなく私たちは抱擁しながら、互いに詫び合ったのです。彼女は早く来すぎたことを、私は遅れたことを……。やることがあって嬉しく思いました。彼女を部屋へ案内して、修道院で着ていたダサい洋服を彼女がスーツケースから取り出すあいだも横に座っていました。彼女の洋服のなかには、着古した部分が分かってしまう、染めた黒いドレスもありました。私はぜったいにあんなのは着たくないわと思ったのでした。

「ほんとに買い物しなきゃダメだわ」メアリーは言います。「夏物がまったくないの。ウィルメット、お願い、また手伝ってくれる？」

二人で買い物をし、レストランでお茶かランチをし、それから映画にでも行く様子が頭に浮かびました。ボード司祭が教区の静想会用にバスを借りるところを想像するのと同じような、快適な気分になりました。時が経って気持ちが楽になるのは分かっています。

ディナーの後、私たち――シビル、メアリー、私ですが――は客間の開け放った窓の側に座り、広場の木々を眺めました。キースの切ない声が聞こえてくるようでした。「フォーサイス夫人のお宅なら、たくさん木が見えるのでしょうね」。ロドニーは遅くに帰ってこようと決めていました。メアリーに会うのにかなりビクビクしていたのです。たぶん、自分の会話力ではこの状況を御し切れないと感じたのでしょう。なんだかんだ言っても結局のところ、守られた生活をしてきた私のほうが適している事柄もあるようです。パブリック・スクールと大学を出て、イタリアでの従軍経験や役所勤めもこなしてきたロドニーの人生では、そうしたことには不十分なのです。ある種の状況というのは、こうした多様な経験を経ても対応できないということなのでしょう。

たまたまメアリーはかなり早めに就寝し、私とシビルは二人っきりになったのですが、まさか彼女が部屋から出た直後にメアリーのことを話題にするわけにもいきません。まあ、いずれにせよ彼女はまったくもって昔のままで、べつだん話題にするようなこともありませんでした。それになにより、シビルと私の心には、もっと重要で興味深い問題があったわけです。

「で、ピアーズの家を見てきたのかい？」シビルは尋ねました。なんの情報も与えられていない話題について聞き出そうとするときに彼女がよく使う口ぶりでした。

「ええ、なかなか素敵なフラットですわ。完全に独立しているわけじゃないんだけど、最上階にあるからそういう風にも思えますしね」私は早口で言いました。

「例の、謎の同僚はいたのかい？」

「ええ、一緒にお茶をいただきましたわ」

「どんな人だい？」

「思っていたより若い方。けっこういい方でしたわ、実のところ」

「彼も出版社勤務かい？」

「何をなさってるのかは知りませんわ」私は言いました。実を言えば、キースがフランス語をまったく知らないことだとか、編み物の見本写真のモデルをやっていることについて、シビルと私で大笑いして楽しもうと思わなかったわけでもないのですが、どうやら彼が私の心に、ある種の保護本能か母性本能のようなものを呼び覚ましたようで、そのために私は彼のことを嘲りの対象にしたくないのだと気づいたのでした。

シビルはあくびをし、編み物をしまいました。

「それじゃあ、さほどワクワクする午後というわけでもなかったようだね。思うに私は、なにかちょっとしたスキャンダルでも期待してたんだろう。まったく性悪なことだよ。それは分かっちゃいるけどね。年寄りが性悪になると、ほんとに絶望的だね。そう思わない？　あんた、編み物の本を見るかい？」

「ええ、ざっと目を通して、なにかロドニーに作れるものがないか見てみますわ。他の人が編み物をしてると、なんだか自分も編みたくなりますから」

本を自分の部屋に持っていって、ベッド際のテーブルに置きました。髪にブラシをかけていると、ハリーからクリスマスにもらった小箱が目に入りました。

なせるときになさざれば
なさんとしてもかなわず

ピアーズが教えてくれた、これまで気づかなかった自分の性格に照らし合わせて、この銘についてじっくり考えました。ハリーはいったいどういう風にこれを解釈してもらいたかったのでしょう？　ほんのちょっとした悪ふざけ？　それとも、この言葉になにか真意があったのでしょうか？　小箱を引き出しに入れました。化粧台に着くたびにこれを目にするのが嫌だったのです。

ベッドに入り、キースはいないかと編み物の本のページをめくっていますと、まもなく見つかりました。パイプをくゆらせ、ダブルニッティング用毛糸三〇オンス〔約八五〇グラム〕使用のケーブル編みセーターを着た、いかつい男性の反対側のページでした。キースは木にもたれかかり、低いところに伸びた枝を片手でもてあそんでいました。ショール状の襟のランバージャケットのようなものを身にまとっていました。入り組んだ、なかなか素敵な斜め編のものです。「レジャー時に」「胸囲三十六〜三十八インチ向き。右袖口六十四目で編みはじめのこと」とありました。まるで彼がそこに辛抱強く立っているあいだに、誰か女性があわてて彼に合わせて編んだかのようです。暗い目は陰鬱で不可解、唇に微笑は浮かんでいませんでした。ちょっとバカげた背景を無視すれば、彼が崇拝の対象になりうることは容易に推測できます。そう考えると「崇拝」という言葉には宗教的な意味と世俗的な意味があるのに対して、「敬虔な」という言葉はそうはいかないことに気づきました。なぜだかは分かりませんでしたが、私の人生にそういった混乱があることは、いかにもふさわしいことだと思いました。

見本に載っている顔を見比べつづけました。そして、ほとんどの男性は笑顔で陽気そうだけれども(週末に庭をぶらついたりゴルフをするのがいかにも似合いそうな男性たちです)、なかにはちょっと恥じ入った感じで、まるで、編み物の見本のモデルをしているのが知り合いにばれませんようにといわんばかりの顔をした人もいました。キースほどロマンチックで超然とした感じを醸し出している男性は他にいませんでした。彼はフランス語の動詞のことを考えながら、いつかボードレールを易々と読めるようになる日を夢見ていたのでしょうか? それとも、ルックスのよい人はそうであると時々言われるように、彼の頭の中は空っぽだったのでしょうか? 彼の出自や経歴についてもっと知りたいと思いました。もしかしたら彼は植民地の出身かもしれません。ひょっとしたらニュージーランドとか……。そこから私は、キャサリン・マンスフィールドみたいな利発で気分屋で情熱的な少女たちのことを思い出しました。彼女らは、自分たちの置かれた偏狭な環境から脱出しようとして、まるで十九世紀ロシア人のような憧れをもって、真夏に行われる伝統的な英国式クリスマスやら母国への感傷的な態度やらを憎んでいるのです。そしてロンドンへやってきて惨めな暮らしをし、屋根裏部屋でお腹をペコペコに減らしながらも自分たちの自由を大喜びしているようで、それでいて、生まれつきの堅苦しさと上品さを内面に保っているのでした。キースもそんな風なのでしょうか？　それとも彼はフルハムやブリクストンのような地区、もしくはイングランドのうらぶれた地方都市の出身というだけなのでしょうか？　お茶に招くという約束を果たせば、彼についてもっと知ることができるわけです。

編み物の本を閉じて、睡眠薬を飲みました。ロドニーがずいぶん遅くに帰宅したのは知っていましたが、目を開けることも話をすることもしませんでした。

第18章

　それからの数日間をメアリーと一緒に過ごせて嬉しく思いました。彼女が側にいると、癒されると同時になんとなく自制心も生まれるのでした。彼女と一緒にいるあいだは、ピアーズのことや、彼への気持ちなどを口にすることはありえないからです。会話といえば、もっぱらメアリーの今後の身のふり方や、あるいは（当然ながら）教会関係のことでした。六月になったら静想所に家政婦のような形で住み込むのだそうです。彼女のための洋服選びはなかなか面白いものでした。たとえば、静想にくる敬虔な男女（ほとんどは女性でしょうね、と言っていたのですが）が集うパーティー用のサマードレスだとか、そうした洋服です。

「たぶん大切なのは、服というよりは態度なんでしょうけれどね」キリスト聖体節の礼拝のために教会へ向かう道すがら私は言いました。「あなただったら、静想者をどんな風に迎え入れたらいいか、よく分かるのでしょうね。私なんか、てんでダメだわ」

「そんなことないわよ」メアリーは優しく答えます。「最近のあなたは、いつも卑下するわね」

「昔はそうでもなかったっていうこと？」

「ええ、別人みたい。私が修道院に入る前のあなたとは……」彼女はためらいながら言いました。「まるで……その……まるでなにか自分の思い通りにいかないことがあって、それですこし自信をなくしてしまったような……。もちろん、そんなことがあるとは思えないけれど」

もちろん、あなたには分からないわ……そう思いましたが口には出せませんでした。そういえば面白いことにハリーも、いつだったかランチを一緒に食べたとき似たようなことを言っていましたっけ……。でも彼の場合、私の悲しげな雰囲気も魅力だと感じたわけですが、メアリーに指摘されたときには、なんだか憂鬱でみじめな気分にしかなりませんでした。

「人生って必ずしも、言われるほどに楽しいものではないわけよ」やや軽薄な感じでそう言ってみました。「それに、思っていたほど自分がよい人間ではなかったと気づくこともあるしね——実のところ、よい人間どころか、とんでもない人間だったってこともね。なんだか屈辱的だわ」

「なんてバカなことを言うの？　あなたにそんなことはありえないわよ！」メアリーは優しく私の腕を取りました。「それに、かりにそんなことがあったとしても、自分についてそんな発見をして、それが正しいと自分で受け入れられたとしたら、その人はさらにすばらしい人間だということよ」

この時点でちょうど教会に着いたことを嬉しく思いました。というのも、自分のことをつい話しすぎてしまうのではないかと心配になっていたからです。

「ずいぶん混んでるわね」メアリーがささやきました。「かなり前のほうに行かないと席がないわ」

礼拝には他所からもかなりの人数が参加していました。というのも、礼拝後にはキャンドルつきの行進があり、その後に教会ホールで軽食が出される予定だったのです。そのことはチャーチ・タイムズ紙で宣伝されましたし、教会の横を通るバスの一覧（完全に正確とはいえませんでしたけれど）も載っていました。テムズ司祭のイタリア休暇前の最後のお勤めでしたが、お説教をされる方の名前は初耳でした。ジュリアン・マローリーという、ピムリコ地区の教区司祭です……ということはおそらく、彼自身の教区からも、いく人かの会衆が来ているのでしょう。私たちの定席を占拠してるのは間違いなくその方たちでしょう。そのせいで私たちは、前のほうで居心地の悪い思いをせねばならないのです。

教会はとても美しく見えました。メアリーと私も午前中に飾りつけを手伝いました。メアリーと一緒にいると、飾りつけをする特権集団の輪にも加わりやすくなりました。私は、木の葉や花をカーペットさながらに身廊に敷きつめる作業を手伝わせてもらったのです。するとそこは、緑の葉やユリ、カーネーションに囲まれてキャンドルをたくさん灯した祭壇とほとんど同じくらい印象的なものに仕上がりました。

ジュリアン・マローリーは四十代後半で、黒髪と黒い目をもつ、かなりの美男子です。どことなくランサム助司祭を思い出させるところがありましたが、たぶんビレッタの角度だとかその程度の問題にすぎないのでしょう。お説教を聴きながら、あの方は結婚しているのかしら、などと考えていたのですが、ふとミス・プリドーの言葉——お姉さんと暮らしているとのことでした——を思い出しました。

火のついたキャンドルを持って教会まわりを行進する様子を見ていると、私はイタリアオペラの一場面——たしか『トスカ』です——を思い出しました。この行事にはどことなく大胆でローマ的なところがあり、それがなんとも味わいを増しているのでした。これに続いてどこか壮麗なイタリア式邸宅でレセプションがあればいいのになあと思いました。そこでアスティ・スプマンテやラクリマ・クリスティ、ソアーヴェ・ディ・ヴェローナといった名前のすばらしいイタリアワインを飲むのです。その反面、教会ホールでお紅茶とサンドウィッチやケーキをいただくのも、また似つかわしいような気がしました。英国国教会のなかに真の意味でのカトリック的要素があることの証しです。

「ほんとうに綺麗でしたわね、たくさんキャンドルが灯されて……」ホールに入ろうと、もみくちゃにされながら立っていると、側にいたミス・プリドーが言いました。「でも、えらく危険ですわ。私はとにかく火が怖くてね。それにデンビー卿のは燃え尽きかけていてヒヤヒヤしましたわ」

「オーガスタ、今の言葉は違う意味にも聞こえるよ」デンビー卿は外交官らしい空々しい笑い声を上げました。

「マローリー司祭とお話がしたいですわ」とミス・プリドー。「彼のお説教は、まさに要を得ていてすばらしかったですね。まあ、ご本人にそうはっきり申し上げるわけにもいきませんけど」

「他の司祭のお説教とはぜんぜん違うと伝えれば、きっと喜ばれますぞ」とデンビー卿。「今のところ、彼のまわりには人だかりができてるようですな。皆、お説教を褒めておるのでしょうかな」

「こうした機会にはいつも司祭のまわりに人だかりができますわ」

「その通り」デンビー卿もうなずきました。「そう考えると、女性が聖職に就けるようになるのが望ましいことかどうか分からなくなりますな。教区集会では、女性の聖職者も男性に取り囲まれることになるんですかな？　そしてそれは、そうした場にふさわしいことなんでしょうかな？」

「女性で聖職者になるのはおおかた、あまり見目麗しくない中年か年配の方だと思いますわ」とミス・プリドー。

「すると、その取り巻きも似たタイプの男性、もしくは、取り巻きなんてできないかもしれませんな?」デンビー卿が返しました。「なるほど、君の言いたいことは分かるよ。たぶん、そんな感じになるだろうな。ビーミッシュさんはどう思われますか?」

「あら、私は女性が聖職に就くべきではないと思っています」メアリーは答えます。「たぶん古くさい考え方なんでしょうけれど、でもあまりふさわしいと思えなくて……。さあ、デンビー卿。あなたとミス・プリドーにお茶を取ってきますわね。ここにお掛けになって待っていてください。ウィルメットと私で取ってきますから」

「わしも聖職に就いたらよかったかなあ……」デンビー卿は悔しそうでした。「引退してから教会に入るという話もよく耳にするが……とくに軍人に多いようだね。しかし、わしの場合は歌が苦手だからなあ」

メアリーと私は、できるだけそっと群衆を押し分けて、軽食類の置いてあるテーブルへたどり着きました。ひそかに勝ち誇ったような顔をしたグリーンヒル夫人が、スプーナー夫人に手伝ってもらいながらお茶を淹れていました。ベイソン氏はその近くに立って、さげすむような表情を浮かべています。

「きっと、自分ならもっとうまくやれたのに、と思っているのね」私はメアリーにささやきました。いまだに私は、ベイソン氏に会うたびちょっぴり気まずい思いをするのでした。でも、意気揚々とこちらに手を振ってくる様子からすれば、彼のほうはなんとも思っていないようで、そのほうがよいのですが……。とにかく、卵を盗んだのは私ではなくて彼なのです。

「デンビー卿は濃すぎる紅茶がお好みでよかったですよ」彼は私にささやきます。「とはいえ、最高の環境に暮らしてこられたお方でしょうに、なぜそんなお好みなのか、さっぱり理解できませんがね」

お茶とケーキをデンビー卿とミス・プリドーに届けた後、ふと気がつくと私はコールマン氏の側に立っていました。彼は、ベイソン氏よりもやや気まずそうな微笑みを浮かべていました。

「ちょうどお話ししなきゃと思っていたんですけど、例の卵の件はもう解決しましたわ」そう言ってから私は声を低めました。「たぶんもうお聞きですわね？ベイソンさんが元の場所に戻されました」

「それはいい知らせです、フォーサイス夫人。やれやれ、安心しましたよ。テムズ司祭も今後はしっかりどこかに保管していただきたいものですな」

「ハスキーの具合はいかがですか？」そう尋ねる自分が、すこしバカみたいに思えました。

「ええ、フォーサイス夫人、おかげさまで」彼の声は温かみを帯びました。「今じゃ、どこに引っかき傷があったかすら分かりませんよ。結局のところ、片側全体をスプレーし直してもらう必要もなかったんです。エディー・ファウラー——今日香炉もちをやってた男です——が自動車修理工場に勤めていて、直してくれたんです」

「それはよかったですね。今夜は内陣であれだけがんばられたのですから、さぞお疲れでしょう。万事うまくいったみたいですね。他所からもあんなにたくさんの方がお越しになってましたし……」

「ええ、この手のものは、とても人気がありますよ」コールマン氏は言いました。まるである種の商品を勧めるセールスマンみたいな口調です。「あの行進を見にきている人も多いと思いますよ。実際、なかなかの光景ですからね」

今夜ピアーズを……そしてキースをさえも誘う勇気が自分にあったらよかったのにと思いました。きっと彼らも楽しんだことでしょう。それに、キースが侍者になったらどれだけ麗しいことでしょう！　とはいえ、彼の住む世界はたぶん教会からあまりにかけ離れているから、そんなことはありえないのでしょうけれど……。自分はいったいどれくらいの「かけ離れた」世界を知っているのだろう（というか「聞いたことがある」といったほうが正確なのでしょうが）と考えると、胸がワクワクすると同時に恐ろしくもありました。ピアーズとキースの住む世界のことも、ほんとうに知っているとはいえませんし、よく考えてみれば、コールマン氏とハスキーの世界のことだって同じです。まるで教会を通じて、さまざまな世界が出会っているようにも思われましたし、周辺を見まわしてみると、ある意味では実際その通りでした。もし教会の世界に踏み込もうとしない人がいたら、内側に引き込むのがわれわれ――私のような者も含めて――の務めなのでしょう。

「サンドウィッチを召し上がったらいかがですか？　なくなってしまいますよ」側でそんな声がして、私の高尚な思考がさえぎられました。

ランサム助司祭でした。

「あいにくお客さんたちがほとんど平らげてしまいましたよ」彼は言いました。「もちろん、喜ぶべきことなんでしょうがね」

「たしかに、もりもり食べておられるようですわね」私は言いました。隅のほうで、グレーの制服姿のかっぷくのよい女性――たぶんある種の女性執事でしょう――がサンドウィッチの載った大皿をかかえて、二人の年配女性とうずくまるように座っていました。「知った人がいないと、かえって恥ずかしくなくなるんでしょうね」

「あら、シスター・ブラットはどこにいても恥ずかしがったりなさらないわ」とメアリー。「すばらしい方よ。マローリー司祭は大助かりだと思うわ」

「彼の教区はとくに大変なところなの？」私は尋ねました。

「他所と似たり寄ったりですよ」ランサム助司祭が答えました。なんとなく羨ましそうです。「むろん騒々しいこともあるようですが、若者に参加してもらいたいなら、それは避けられませんからね」彼は聖職者らしい口ぶりになって、そう言い足されました。「かわいそうに、エドウィンはその手の問題にずいぶん悩まされたようですよ」

「その方、ローマ・カトリック教会に変わられたお友達でしたよね？」メアリーが尋ねます。

「その通り。哀れなエドウィン。私には大ショックでした」

「今はどうされているんですか？」私は訊いてみました。

「サマセットで休暇中です。エクスムーアを長時間歩いて、将来についてじっくり考えてみるそうです」ランサム助司祭は大真面目に答えました。

彼もやはり毎日お弁当を持っていくのかしらと思ってしまいましたが、口には出さずにすみました。たしかルート教授兄妹とお友達は、この十年間そうされてきたことを思い出したからです。

「お友達の心が安らいで、慰めが得られるかもしれませんね」とメアリー。「あの地方は、ほんとにすばらしいところですから！」

「ロンドンとは違いますからね」ランサム助司祭も陳腐なことを言います。

「どこが彼を受け入れたのですか？」メアリーが尋ねました。

「ウェストミンスター大聖堂です。ファーム・ストリート教会〔無原罪の宿りの教会として知られる〕よりはましでしょう。その後で彼と会ったのですが、そりゃもう、どうしたらいいのか途方に暮れましたよ」そう言って助司祭は両手をもみ絞ります。まるで、その時の気まずさを追体験しているかのようでした。「映画に誘うわけにもいかないし、司祭館に戻って荷物をまとめるというのも、なんだか気が滅入りますしね」

「それで、実際どうなさったんですか？」

「ええ、結局は、セルフサービス式のかなりひどい店でお茶したんです。卵とフライドポテトを食べましたよ、たしか」

「そういう場面にふさわしいお料理ってなかなか思いつかなさそうですわね」私は言いました。

「ええ、しかし人生は続く。他のどんなものよりも、一杯のお茶がそれを象徴しているようでもありますね」ランサム助司祭は言います。

「ローマ・カトリック教会の方たちは、歓迎パーティーか、せめて軽食会かなにか開かれなかったのでしょうか？」

「最近は次から次にすごい勢いで増えてますからね……つまり転向者のことですよ。たぶん、いちいち歓迎会なんかやってられないのでしょう」

　彼の声は、床をドンドン踏み鳴らすような音でさえぎられました。テムズ司祭が演壇に登られるのが目に入りました。ケープ状の法衣をまとい、腰のところでモアレ・シルクの帯をしめた姿はとても印象的でした。

「皆さん」司祭は切り出しました。「今晩こんなに大勢の方にお集まりいただき、たいへん嬉しく思いますぞ。ご存じの方もいらっしゃいますが、わしは近々イタリアに休暇に出ます。この困難な時代に司祭がイタリアで休暇だなどというと、あまりふさわしくないと思われるかもしれませんな。そうしたことを耳にすると、『バーチェスター・タワーズ』〔大聖堂のある町を舞台にしたトロロープの小説〕を思い出される方もいらっしゃるかもしれません。その……お年を召した方たちは、ですがな」司祭はデンビー卿とミス・プリドーのほうを見ておられるようでした。おそらく、この二人以外は若すぎて一世紀前のことなど覚えていないだろう、もしくはトロロープを読むほどの教養もないだろうと思っておられるのでしょう。「思い出されるのは、あの小説の聖堂参事会員ヴァーシー・スタンホープと彼の湖畔の邸宅のことです――コモ湖だったかな、いや、マジョーレ湖か？ ガルダ湖ではなかったがな――まあ、細かいことは忘れてしまいました。ちょうど今申しましたように、そのことが思い出されますが、ちょっと似たところがあるのかもしれません」テムズ司祭はいったん話を止めて、聴衆の笑いを待ちましたが、返ってきたのはすこし自信なさげな笑い声。ただ一人、年配の聖歌隊員だけが手を打ってうんとバカ笑いしましたが、やや場にそぐわないものでした。司祭は片手を上げて、話を続けました。「しかし、です。皆さん驚かれるかもしれませんが、まったく無関係というわけでもないかもしれませんぞ」聴衆はすっかり煙に巻かれてしまい、彼の次の言葉をかたずを呑んで待ちました。「私はもう年です」司祭は続けました。「分かっておりますぞ、もっと年寄りでも職務を完璧にこなした司祭がいたとおっしゃりたいのかもしれません――実際、ときどき休暇にこの教会へ手伝いに来てくださったフォスディック司祭はもう九十近いですし、ここへお越しいただいたのは大いなる喜びでありましたが――しかしわしも、もう齢七十を超えました。ひょっとすると、ぼちぼち若い方に道をゆずるときが来たのかもしれません。ひょっとすると……ですがな」そこで彼はもったいぶって言葉を止め、内緒話をするような口調で言いました。「先日、主教と昼食会で話しておったんですがな――彼はこの教区の厳しさをよくご存じです。それでですな、ほとんどの皆さんがご存じのように、わしにはシエナ近くに友人がおります。親切な方たちです。毎年、休養と元気回復のために彼らのもとを訪ねて、なんとか今まで、いわば、やり遂げてきたのです。さて……」そこでまた、もったいぶった沈黙がありました。「どう思われますかな? シエナのお邸に空き部屋が出たのです!〈貸し部屋あり〉ですぞ! すばらしい庭のある小さな邸、ベッドルームは四つしかありません。ヴィラ・セネレントーラ、なんともしゃれた名前ではありませんか。それに、まったく無関係というわけでもありませんしな」

メアリーはため息をついて私のほうを向きました。「何の話をされているの?」

「秋に引退されるおつもりなんですよ」ランサム助司祭がささやきました。

「セネレントーラ……シンデレラのことですわね」とミス・プリドー。「いったいどう関係するんだか分かりませんわ」

スピーチはもうすこし続きました。終わったときには、皆またお茶を必要としているようでした。

グリーンヒル夫人がさらにたくさんのケーキを持って足早に現れ、ボード司祭はお茶壺の重みによろめきながらついてこられました。

「なんていい方なんでしょうね、あんな風にグリーンヒル夫人を手伝われて……」メアリーが言いました。「ここの職に就かれるといいですね。皆さん喜ばれると思いますわ」

「そうでしょうかね？」ベイソン氏は意地の悪い口ぶりです。「ボード司祭が教区司祭になられたら、残念ながら、司祭の家はひどく気の滅入る場所になってしまいますなあ。まったくセンスがおありになりませんからね」

ボード司祭のお部屋を思い出すと、ベイソン氏の言っておられる意味が分かりました。彼の極上の料理はボード司祭には骨折り損でしょうし、ファベルジェの卵を目にする機会もなくなるでしょう。とはいえ、司祭の家が今より気の滅入る場所になったとしても、もしかしたらそれは然るべきことではないでしょうか？　聖職者たちが質素な食事をして、金曜日にはタラを食べていると思ったほうが、好感が持てるのではないでしょうか？

「テムズ司祭がいらっしゃらなくなったら、いろいろと変わるのでしょうね」帰り道、歩きながらメアリーは言いました。

「そうね。それでベイソンさんが今の仕事を辞めてしまったとしても、ぜんぜん驚かないわね」私は言いました。「そうしたら、また気苦労が始まるわ。彼に合った仕事を見つけてあげなきゃならないってね……。静想所の料理係として雇ってもらえないかしら？」

メアリーは疑わしげです。

「ああ、やっぱりダメね」私は言いました。「べつに害になるわけでもないだろうけれど、あそこじゃ優れたシェフとしての名声は期待できそうもないものね。それにしても、ある意味でベイソンさんになんだか責任を感じてしまうのよね」

「ええ、分かるわ」メアリーも相槌をうちました。「奇妙なことに、私もマリウスに責任を感じてしまうのよ」

「まだローマ転向を考えておられるわけじゃないわよね？」

「ええ、そういうわけではないわ。お友達が移られたときに一緒に時間を過ごして、その気をなくしたみたい」メアリーは物思いにふけるように言いました。

そういえば、気まずい空気とひどいお茶の話をなさっていました。そしてエクスムーアでの長い散策の計画の話も……。

「私、思うんだけど」メアリーは続けます。「マリウスはこうした事柄を、ちょっと軽々しく、ある意味では軽率に話しすぎると思うの。でも、彼の本心は誰にも分からないわ」

「男の本心なんて、ほんとに分からないわね」私は厳しい口調で言いました。「彼に恋をしちゃったの？」

「あら、とんでもないわ！　そんなことになっても、どうしようもないし……」メアリーは心底ショックを受けた様子でした。

「まあ、そうでしょうね。でも、恋することもあるかもよ」私は答えました。

第19章

メアリーがマリウス・ランサムのことをどう思っているのか、それ以上深く追求するつもりはありませんでしたから、彼女がわが家を出るときまで、その話題には触れませんでした。あまりに希望のない、あまりにありふれた状況——パッとしない熱心な信者がハンサムで非婚主義の司祭に恋をする——でした。彼女があまり思い悩まなければいいのにと思いました。静想所での彼女の新たな役目も、修道院でのそれとほとんど変わりばえしないように思われました。というのも、いずれにしても、彼女を今の心情から連れ出してくれるような人には出会えないでしょうから……。しかも困ったことに、彼女に紹介できそうな、適齢期のしかるべき男性はほとんどいませんでした。デンビー・グローテ卿は明らかに高齢すぎますし、ミス・プリドーの所有物のようにも思われました。コールマン氏はハスキーに夢中になりすぎですし、社会的にも釣り合いが取れません。ピアーズはそもそも対象外です。かりに彼に結婚する気があったとしてもです。

ほんの数週間前に私が抱いていた、ピアーズに関するとてつもない幻想を思い出しても、今ではもう微笑むことができるようになっていました。とはいえ、ロイーナとハリーの家で週末を過ごしたとき、彼の話が出るとやはり意識してしまいました。もちろん、彼についての話題はどれも、いつもと変わりばえしないものだと分かってはいましたが……。

たまたまですが、ロイーナの口からピアーズの話題がかなり自然な形で出ました。「先週ここに来てたのよ」彼女は言いました。「友人のキースと一緒にね。あなた、あの人たちとお茶したんですってね。大成功だったらしいわね」

私自身は「大成功」とは呼ばないけれど、明らかにそうだったのでしょう。

「ええ、やっと彼のフラットを見たわよ」私は言いました。

「キースのこと、どう思った？」

「ええ、なかなか素適でかわいい人ね」注意深く言葉を選びました。

「たしかに、ピアーズのこれまでの友人たちに比べたらましよ」

「もうすこし年上で、なんというか……ちょっと違うタイプの人を想像していたわ」私は言いました。

「どういうわけか、てっきりピアーズは出版社の同僚と暮らしていると思い込んでたしね」

ロイーナは大笑い。そのせいで私は、自分がかなり幼稚な想像をしていたように感じたのです。

「かわいそうなピアーズ」ロイーナは言いました。「あの陰気な場所にいた人たち……あんなタイプの人と暮らしてると思われたら、ちょっとたまらないんじゃないかしら。キースは気に入ったわ。それに家のこともすごく手伝ってくれたしね」

「ハリーもキースのことが気に入ったの？」

「なんだか、とらえどころがないと思ったみたい。もちろん、キースが編み物の見本のモデルをしてることは言わなかったわ。言わないほうがいいと思ったの。とはいえ、ハンサムな男はほとんどやってるみたいだけどね。ほら、いかにもパイプをくゆらせて頼りになりそうな感じの男たちよ」

「ダブルニッティングのセーターを着てるタイプね」私はクスクス笑いました。「そう、私も同感よ。私もロドニーには言わなかったわ」

「ぜったい言わないほうがいいわよ。男ってすごく心が狭くて陰険だからね」ロイーナが言います。「でも、キースがコーヒーバーで働いていることについては大丈夫だったわ。だって、ハリーの知り合いの娘さんも同じだから。ちょっと粋な感じの仕事だし、まあ、男らしくはないかもしれないけどね。ハリーもこの頃ようやく、男だからって男らしい仕事をする必要はないと気づきはじめたみたい」彼女は微笑みました。「ハリーは毎日、コーヒーバー勤務の娘さんのいる男性と通勤電車で一緒になるのよ。オックステッドから来るみたいだけどね。だから、コーヒーバーに関してはまったく抵抗がないのよね」

　その日の夕刻、庭でカクテルを飲んでいると、ハリーが犬みたいに献身的な表情を目にたたえて私を見つめているのに気づきました。私はイスの背にもたれました。こんな素敵な場所でカクテルを楽しめることにも、それから彼の熱愛ぶりにも、満たされた思いでした。ピアーズから受けた傷を癒すための香膏のようなものです。私には、俗に言うような退屈な意味で他者を愛することはできないのかもしれませんが、他の人の心に愛を呼び覚ますことはできるかもしれません。そうした自分を思い浮かべると、悪い気はぜんぜんしませんでした。そのうちにまたロンドンで楽しむであろうランチの光景を想像してみました。ワゴンに乗った巨大な骨付き肉が、テーブルに次から次へと際限なく運ばれてきて、切り分ける道具を手にしたシェフたちが恭しくスタンバイしている……。微笑みで私の口元がピクリと上がりました。

「ウィルメット、あなた酔っぱらってきたわね」ロイーナは羨ましそうです。「ハリーに特製カクテルを作ってもらったの?」

「君の飲んでるのとまったく同じだよ、ダーリン」ハリーは、いかにも善良な夫といった声で言いました。「ただ君は飲むのが遅いんだよ。飲みほせよ!」

ロイーナはせっせと飲みつづけ、間もなく私たちは皆そろってとても陽気な気分になったのです。ロドニーもその夜遅くに合流しました。二日とも完璧なお天気で、まるで終戦間近のイタリアの、あの暢気な青春時代に戻ったかのようでした。

ロンドンに戻ると、私はキースに電話をかけてお茶に招きました。

窓際のテーブルには、鉢植えのスイートピーを飾りました。その日の私は、ぼんやり霞のかかったような幻想的で大胆な柄のシルクドレスを身につけたのですが、その色がちょうどスイートピーの色と調和するかのようでした。

キースが部屋に入ってきたとき、食料品店で彼を見かけたときと同じような、なんとも不思議な胸の痛みを私は感じたのです。キースは清潔な白シャツと黒ビロードのジャケットという服装。彼もまた最高の装いをしようと気合を入れてきたことを物語っていました。

「僕はこの紫がかった花が好きです」キースはスイートピーの鉢に近づきました。「紫って、なんとも悲しげな色ですよね」

「そうね」弱々しく私は言いました。

「ねえ、ウィルメット。ご親切にありがとうございます」彼は礼儀正しく言いました。「とても素敵なお宅だとピアーズから聞いてたけど、ちゃんと自分の目で見られるなんて……」

彼はイスの縁に腰かけました。私の家の美しさに関する話題が出尽くしたので、いったい次は何を話すんだろうかと心配になりました。ローダがお茶を運んできてくれたのですが、彼女も同じことを考えているに違いありませんでした。

私がお茶を注ぎ、キースが銀のティーポットやカップのことを褒めた後、彼はうちとけて内緒話でもするような声で言いました。「僕たち仲良しになれると思うんだ、ウィルメット。君はとてもいい人だし、それに魅力的でもある。こんな風に言って失礼じゃなければ……」

「ありがとう」私はつぶやきました。声のトーンがふさわしくなかったのか、あるいは彼に皮肉は通用しないかのどちらかでした。この新しい関係が築かれた今、いったいどんなことをするべき、もしくは言うべきなのでしょう。でも結果的には、私が努力する必要はまったくありませんでした。というのもキースは私に心を開き、レスターでの幼少期から現在にいたるまでの彼の人生の物語を聞かせてくれたのです。例の平板な小声が容赦なく続くので、私が礼儀正しく同情や驚きの気持ちをつぶやこうとしても、入り込む余地はありませんでした。

すこし眠たくなってきました――ひょっとすると実際に目を閉じてしまいさえしたかもしれません――が、もちろん目を開けておいたほうがいいに決まっています。キースの美しい顔を見ることでかろうじて忘れることができたのですが、実のところ彼はかなり退屈な人物でした。とはいえ、この事実に気づいたことはある種の慰めでした。そのせいで彼がさほど危険で魅惑的な人物とは思えなくなったうえ、ピアーズの住む世界が私の世界に近くなったように感じられたのです。私の周囲にはキースほど美しい人はほとんどいないけれど、同じくらい退屈な人はたくさんいましたから……。

「それでフランス語を習おうと思ったのね？」そう尋ねている自分の声が聞こえました。

「そうです。そしてピアーズに出会ったというわけ。その頃、僕は家主の女性と喧嘩をしましてね。といっても、僕のせいじゃなかったんですよ。あと二人の青年とフラットをシェアしてたんです――彼らはバレエ団にいましたが当時は休養期間でした――トーニーとレイって名前です。それで、ある夜パーティーを開いたときに、トーニーが部屋の装飾品を窓から放り投げたんです。実をいえば、それはギリシャ女性の描かれた、青と金色の大きな花瓶だったんです――ほら、舞台関係者ってすぐに興奮するでしょう」彼はすました声でつけ足しました。「とにかく、家主は僕の仕業だと思ったんですよ。実際のところ、僕はいつもとても静かだったのにね。でも、わざわざ自己弁明もしなかったんですよ。だってピアーズが独りで暮らしていて、そこに空き部屋があるのを知っていましたからね。彼もその頃、フラットで喧嘩かなにかをしたとかだったな。そんなわけで僕があそこに移ったんです。それにしてもウィルメット、その散らかり方といったら！」彼はヒソヒソ話でもするかのように声を低くしました。「地下に住んでる女性がいちおう家の掃除をすることになってるんですが、近づこうとしなかったですね。ピアーズの部屋に大きなテーブルがあったのを覚えていますか？」

「ええ、なんとなく」私は答えました。

「なんと、あのテーブルのホコリに名前が書けたんですよ」

「まあ、なんてこと」私は調子を合わせました。

「あそこじゃ、やることが山ほどありましたよ。僕なしにピアーズがどうやって生きてこれたのか不思議なくらいです。それにね、キッチンは空き瓶だらけでドアもまともに開けられなかったし」

「ほんとに？」

「そうですよ！　それに彼、ベッドメーキングもしたことがなかったんです。カバーをかけない日もありましたしね。それに、まともな食事もしてませんでした。それにね、ウィルメット……」彼の濃い色の瞳が大真面目に私の眼を見つめたので、いったいどんな恐ろしい事実が明かされるのかと思いました。「ティーポットさえなかったんですよ！」

「なんてこと！　じゃあ、どうやってお茶を飲んでたの？」

「飲んでなかったんです。一度もお茶を淹れたことがなかったんです。考えてもみてくださいよ！」

「たしかにピアーズとお茶はあまり結びつかないけれどね」私は言いました。

「今は飲みますよ」キースのとりすました口調に、なんだか私はピアーズが気の毒になってきたのです。

「あなたはピアーズの救世主だったのね」私は言いました。「家庭的でない男性が独り暮らしをするのって、とても哀れに思われるもの。それにピアーズはなかなか手伝わせてくれないでしょう」

「ええ、とにかくありとあらゆる面でやりにくい人間ですからね」キースは悦に入った口調ですが、それも無理はありません。「だけど、彼の言うことをまともに受け取ってはダメですよ、ウィルメット。ときどき、すごく意地悪になるんだけど、本気で言ってるわけじゃありませんし」

ひどく気まずい気分で、すこし腹も立ちました。だって、先日のピアーズと私の会話の内容を、彼がキースに話したということに違いありませんでしたから。

「彼の言うことなんて気にしたことないわ」強がってすばやく言い返しました。

「それならよかった、ウィルメット。だって実際あんなこと言うなんて、ひどいですよ」

「彼がなんと言ったか知ってるの？」尋ねてみました。

「知ってるかって？」キースは驚いた様子です。「もちろんですよ。でもピアーズは、あなたが愛すべき人間じゃないなんて本気では思ってませんよ。それに、少なくとも僕はぜったいそんな風に思いません」

　厳密に言えば、ピアーズはそんなことは言ってませんし、その類いのことも言ってないのですが、あまりに驚いたのでそれを指摘しそびれました。でも実際、驚いたところでお茶を終えるのもそう悪くなかったのでしょう。キースは立ち上がり、ピアーズが出版社から戻る前には家にいたいので、そろそろ帰らなければならないと言いました。

「ウィルメット、ほんとに楽しかったです」彼はそう言いながらカーテンに触れ、ちゃんと裏地が付いているかどうか確認しました。裏地があると確認すると、彼はよしといわんばかりに小さくうなづきました。「僕の勧めるコーヒーバーにも来てくださいね。もちろん、そんな場所にいらっしゃるならの話ですが」

「ええ、ぜひ覗いてみたいわ。何というお店？」

「お宅からもけっこう近いんですよ、実は。マーブル・アーチの近くで、セネレントーラというんです」

「ラ・セネレントーラですか！」私は叫びました。「なんという偶然でしょう」

「おや？　ご存じですか？」

「いえ。ただ、私たちの司祭が引退されるイタリアのお邸の名前と同じだったもので」

「ああ、なるほど。うちの店もイタリア式の内装ですよ」

キースならなんと美しい侍者になるだろうと考えていたのを思い出して、教会には行くのかと尋ねてみました。

「いや、ウィルメット。残念ながら行かないですね」彼は答えました。「教会の礼拝ってひどく古くさくないですか？　実は、教会に通っている男の子と知り合いでしたが、彼は礼服をよく着ていて、すごく素敵だったなあ」

礼服を着るのは聖職者だけなのですが、それをわざわざ指摘することもないと思い、控えました。もちろん、その友達が聖職者ならば話は別ですが、ありそうもないことのように思えました。

「もちろん彼はカトリック教徒だったんです」キースは続けます。「とても敬虔なね」

よく気づくのですが、「とても敬虔だ」と描写されるのはローマ・カトリック教徒だけです。ちょうど名ばかりの信者とされるのもローマ・カトリック教徒だけなのと同じように……。でも、この点についてもわざわざ議論する価値はなさそうでした。

「あのね、ウィルメット。僕は神を信じてないんですよ」キースはあっさり言いました。「さようなら。それから、すばらしいお茶をありがとうございました。またすぐに会えるといいですね」

「ピアーズによろしくね」今となってはこの言葉も、どうでもよい場合にありとあらゆる人に言うのと同じく、気楽で意味のないものとなっていました。

キースが軽やかな足取りで広場を横切っていったその横を、シビルとルート教授は、もっとゆったりとした歩調で家のほうへ歩いてきました。

「あの美青年は誰だい？　神を信じてないって言ってたけど」シビルが尋ねました。

「聞こえてましたか？」

「聞こえたよ。君が伝道のためのお茶会でもしていて、それがあいにくうまく行かなかったのかと思ったが」とルート教授。

「実は、彼はピアーズの友達なんですよ」

「なーるほどね」意味深な口調のシビル。

私は話題を変えましたが、夕食時に彼女はまたその話題を持ち出しました。

「ウィルメットはピアーズの友達をお茶にお招きしてたんだよ」

「そうなの？」ロドニーはあまり興味のなさそうな声で言いました。

「そうだよ。ピアーズの人生がなぜうまくいかないか、その手がかりがつかめたよ。彼は「賢明には愛せなかったが、深く愛しすぎた」〔シェイクスピア悲劇『オセロー』より〕男なんだよ」

「お母さん、あまりに陳腐な引用ですね。それにそんなこと言ったってなんの意味もありません。考えてみたら、誰だってそうした経験はありますからね」

私は驚いてロドニーを見ました。愛についてそんな一般論を口にする人ではないからです。彼がちょっと赤面しているのが分かりました。

「ノディー、あんた、私の言葉を誤解してるよ」

「とにかく」私は言いました。「ピアーズの人生がうまくいかないのには、いろいろな理由があるように思えますけど。まず第一に怠け者だわ。キースはピアーズにとってよい影響だと思います。キースのおかげでピアーズはお茶を飲むようになったんですからね。でも実のところ、ピアーズの人生ってそんなにうまくいってないんでしょうかね？　それほどでもないと思うんですけど」

「少なくとも私たちにちょっとしたポルトガル語は教えてくれたしね」とシビル。「私たち、どれくらいポルトガル語会話ができるんだろうか」

「皆でポルトガル旅行をするんでしょ？」ロドニーが訊きます。

「そうそう、実はそのことを話したかったんだ」そう言いながらシビルはナイフとフォークを置き、それからルート教授のほうを見やりました。教授はロブスターのマヨネーズ添えの上に身をかがめ、さっきのロドニーのようにすこし顔を赤らめました。私の思い込みでしょうか？　今夜は男性が二人とも、ちょっと照れくさそうにしているように見えるのです。

「アーノルド、あなたから話す？　それとも私から？」シビルは訊きました。

「ちょっとしたお知らせがあるんだ」ルート教授が顔を上げて言います。「わしらにとっては嬉しいことなんだが、君らにも喜ばしいものであることを祈るよ。嬉しいことに、シビルがわしとの結婚を承諾してくれたんだ」

この知らせを聞いたときの自分の気持ちはうまく言い表せません。まずは聞き間違えたのかと思い、その次には、とんでもない冗談に違いないと思ったのです。シビルがルート教授の妻になるだなんて！　だって、彼女はロドニーの母親で私の義理の母です――それ以外の何者になれるというのでしょうか？

「ウィルメットが打ちひしがれてるよ」シビルが優しく言いました。「高齢者二人が結婚するなんて言い出したもんで、ビックリしてちょっとショックを受けてるんだろう」

「あまりに驚いたんです」私はどもりながら言いました。

「ああ、驚くだろうと思ったよ」とルート教授。「しかし長年わしは君の義母さんにこの上なく深い敬意を払っておったんだ。最近になってその気持ちがあまりにも強くなったので、わしらは二人とも……」と、ここで彼は言葉を切り、ロブスター用ピックを手に大げさな身ぶりをしました。

「そりゃあ、もちろんすばらしい知らせです」冷静になろうと努めながら、私は言いました。「これ以上に嬉しいことはありませんわ」

「そうだよ、自分の半分くらいの年の男と結婚して家名を汚すことだってありえたわけだしね」シビルは言います。「タブロイド紙の見出しになるような結婚さ」

「まったく、お母さんときたら。そんなことができる機会があったとはとても思えませんがね」ロドニーは甘やかすように微笑んでいます。

　シビルは謎めいた微笑を浮かべましたが、それを責めるわけにはいきませんでした。「ちなみに、アーノルドは私より十八ヶ月年下だよ」シビルは言います。「私は六十九歳で、彼はまだ六十七歳。それでも、まだ目前に七十代、そしてひょっとしたら八十代が控えているわけだ」

「そしてポルトガル旅行がハネムーンということになりますね。当然ながらロドニーと私は同行しないほうがいいですわね」私はサラリと言いました。二人が気まずい思いをするかもしれないので、「ハネムーン」という点をあまり強調したくなかったのです。二人が一緒に建築物をひっそり観てまわったり、夜には屋外でワインを飲みながら抽象的な議論——教授がうちへ来るといつもやるようなものです——を交わす様子が目に浮かびました。

「そうだね、今年はお母さんたちにポルトガル旅行を譲りますよ」ロドニーがホッとしたように言いました。「ウィルメットと僕はコーンウォールへ行きます。ジェイムズとヒラリーがペンザンス近くのとてもいいホテルに行くらしいから、ジェイムズに住所を尋ねてみよう」

私はかなりガッカリしたのですが、口には出しませんでした。「結婚式はいつにされますの?」明るい声で訊きました。

「八月を考えてるんだよ。もちろん登記所に行って、それから家族で静かに昼食会をするんだ」とシビル。「年相応にひっそり地味にやるよ」

「その言葉を額面通りに受け取りたくはないな」ルート教授は言います。「すこしは陽気に騒ぎたいもんだ」

「もちろんですよ。陽気なパーティーにしましょう」ロドニーは堅苦しい口調で言いました。

シビルと私の目が会って、私たちは笑い出しました。そして私は突然気づいたのです。彼女がこの家を出てルート教授と暮らしはじめたら、どれだけ寂しくなるかということに……。でも、彼女はけっして家を出たりしないでしょう。間違いなく、私たちは皆この家で一緒に暮らすことになります。

唯一の変化は、ルート教授が「頻繁に」ではなく「いつも」この家にいるようになるということだけです。私がそうしたことを考えている最中にロドニーは、いろいろ変わってしまいますねと言いながら、彼らがどこに新居を構えるつもりかを尋ねました。

「もちろん、ここに住みつづけるさ」シビルは言います。「自分の家なんだからね。ほら、アーノルドはこのところクラブ暮らしだろ。あそこに妻を連れていくことはできないんだ。ここで私と一緒に暮らすのさ」

「たぶんあまり標準的でもないだろうが、前例がないわけでもない。母方居住制もしくは妻方居住制というやつさ」ルート教授はそっけない言い方です。「その制度では、夫が妻の村に行くんだ——種族によっては母系制に従うところもある」

「ということは……」

「そうだよ、ノディー。あんたたちを追い出さないといけないんだ。あんたとウィルメットは自分たちで家を買いなさい。ウィルメットにはきっと楽しい体験になるよ」

ロドニーがあまりにうろたえた顔をしていたので、私はからかうように「ダーリン、私と二人きりで暮らすのって、そんなにひどいこと？」と言わずにおれませんでした。とはいえ、実のところ私自身もすこしうろたえていました。シビルとルート教授が自分たちだけでこの家に住みたがるとは夢にも思わなかったのです。

その晩二人きりになったとき、ロドニーはウェンブリーやイーリング、ウォルトン・オン・テムズ、ベカナム、それ以外のロンドン周辺の地区のことをやや憂鬱そうに話し出しました。そしてこんどはセントラル線のひどさや、ラッシュアワーにウォータールー駅やチャリングクロス駅にたどり着くのが絶望的に難しいこと、役所からロンドンブリッジ駅やキャノン駅に行くのが不便なことなどを長々と話しました。

「お母さんがこんなことをするなんて」彼は言いました。「ほんとに不自然だよ」

「だけど責めるわけにもいかないわ」私は言いました。「それに、シビルがこういう風にするの、なんだか彼女らしいようにも思うわ。いつも思ってたのよ。シビルって、なにか不自然なことをやってのけるギリシャ悲劇のキャラクターのようだってね」

私に関して言えば、ロドニーが話しているような地区に引っ越す気はさらさらありませんでした。聖ルカ教会と司祭の家に簡単に行ける範囲内で、小さな家かフラットを見つけて引っ越すことを考えていたのです。

第20章

メアリーからは、静想所に落ち着いたらすぐに会いに来てね、と熱心にせがまれていました。それに私も、シビルの結婚式の準備や、ロドニーが引っ越し先について頭を悩ますのから解放されるのが嬉しくてたまりませんでした。唯一決まったことといえば、八月にバカンスに出て、ジェイムズとヒラリーが勧めるコーンウォールのホテルに滞在するということ。そこに部屋が取れたのはえらくラッキーなことだったようです――ジェイムズの名前を挙げたとたん予約が可能になったのです。どうやら今後はずっと、ほんとにラッキーだったわと声高に叫んで感謝しつづけないといけないのでしょう。

平日なので、聖職者や静想者らしき人がたくさんバスに乗っているとは思えませんでした。静想はたいてい週末に行われるからです。

「土曜日に聖職者のグループが来るわ」村のバス停に迎えに来てくれたメアリーが言いました。「週末は女性ばっかりだったの。家事関係の世話をするのは初体験だったわ」

「大変だった?」私は尋ねました。

「ええ、ちょっと厄介な人がいてね。小型石油コンロを持ち込んで部屋でお茶を淹れようとしたんだけど、火が出すぎてカーテンが燃えたの。それに、引き出しに古いパンやケーキのくずを残していった人もいたし——ほんとに汚かったわ」

「まあ、かわいそうなメアリー！　それにしても、問題がぜんぶ飲食に関係してるのも妙だわね。でもたぶん、欲を制しようとするときって、そうしたことがいつもよりも大事になるものだわね。小型石油コンロを使った女性はお茶をどうしても淹れないといけなかったんでしょうし、もう一人はもうすこし食べないとやり切れなかったんでしょうね」

「ガスコンロつきの部屋もあるのよ。やかんを貸し出すこともできたし、もうすこし食べたいのなら、そう言ってくれればよかったのに」

「たぶん自分の弱さを認めるのが恥ずかしかったんじゃないかしら」私は言いました。「それにしても、小型石油コンロを持ってくるなんて、ほんとに厄介ね！　聖職者たちはもうすこし手がかからなければいいけど」

「そうとはかぎらないわ。結局のところ彼らも人の子よ。マリウスは、電気ひげそりを使ったせいで静想所のヒューズをぜんぶ飛ばしたことがあるんだって」

「聖職者がそんなぜいたく品を持つべきじゃないわね」私は厳しい口調で言いました。「でもきっとあなたは、聖職者が優れていることを信じてるタイプよね」

「私が？」メアリーは驚いたように微笑みました。「たぶん昔はそうだったかもしれないわ。でも今は違うわ。いろいろ驚かされることもあるみたいだしね」

もうすこし詳しく聞きたいところでしたが、静想所に到着してしまったので、「あら！」とか「信じられないわ!」とか、そうした言葉を口にしなければと感じたのです。実のところ、信じられない気持ちでした。というのも、こんなにも精巧なヴィクトリアン・ゴシック様式の建物が、こんな地味な村に建てられただなんて、とても想像できなかったからです。

「昔は牧師館だったのよ」メアリーが説明しました。「でも、もちろん大きすぎてね、先々代の牧師が自分用に平屋の家を建てたのよ。それから監督区がそれを接収して、最初は未婚の母たちの家として使い、その後は静想所にしたの。ああ、そういえば、一時は男子用の私立小学校だったこともあるわ。いつだったかは、はっきり覚えてないけれど」

「嫌なことだらけの学校にはふさわしい建物のように見えるけど」私は言いました。「家事は手伝ってもらえるの?」

「ええ、私以外にもう一人住み込みの女性がいるのよ。彼女が料理はほとんどするの。そのうえ、村の女の人たちが掃除に来てくれるし、教会堂の用務係の方がボイラーの火を焚いて、庭の面倒もみてくれるの」

「ここの暮らしは気に入ってる?」私は尋ねました。

「ええ、忙しいけど平和よ。だけど、やっぱり自分が役立たずのように感じるわ。ここでの暮らしはあまりに快適すぎて、真の意味でいい人生だとは思えないのよね」

メアリーの言葉は私をいら立たせました。私にまで罪悪感を覚えさせたからです。でも、委員会や教区の仕事に走りまわり、母親の横暴に耐え、修道院に入った後では、そんな風に感じるのも不思議はないのでしょう。実のところ、静想所で一日過ごしただけで私自身もそんな気になってきたのです。

私もなんとか役に立とうとしたのですが、できることはほとんどありませんでした。お天気は最高でしたが、だからといって、午前中メアリーがこれから到着する静想者のためにいろいろ準備をしているときに、私だけデッキチェアに寝そべるというのも、あんまりのような気がしました。だから私はまっすぐ座れるキャンバス製のイスに腰かけたり、木製の堅いイス（いかにも誰かの追悼に贈られた感じのものです）に座ったりしていました。背の部分にはなにか彫られているのかしら、などと考えていました。メアリーが私に割り当ててくれた仕事は、ランチ用の豆を摘んで莢をむくこと、そして庭の隅のりんごの木の下にある堆肥の山にその莢を捨てること、それだけです。そこへ行ってみると、緑がかった微光のなか、刈り取った草や庭園から出たゴミなどが大量にありました。そこに豆の莢を放り込みながら、この豊穣なるものたちが土のなかで腐敗し、そこからまた新たな生命が生まれ出るさまを想像したのです。マーヴェルの詩行が頭の中で鳴り響きました。

僕の恋は、すくすく伸びる草木のよう
大帝国より大きくゆっくり成長する……

庭のこの辺りには異教的な雰囲気がただよっていました。まるで今にも家畜の神パン〔ギリシャ神話〕――ちょうどキースの顔が思い浮かびました――が出てきて、葉っぱのあいだから覗き見していそうな気がしました。鳥たちは人間慣れしてずうずうしく、普通のサイズより大きく見えます。ぶつかり合いながら舞い降りてきて、ギラギラかがやく不遜な眼で私をじっと見つめました。ここへ静想にやってきた人たちは、庭のこの場所までたどり着くのでしょうか？ ここに未婚の母や少年がいることは想像できましたが、正しい沈思にふけろうとする人々には不似合いな場所のように思われました。それから、りんごの木の向こう側には蜂の巣の塊があることに気づき、重大事を蜂に報告し忘れると不吉なことが起こるという古い言い伝えを思い出しました。まるで蜂が原始的な告解相手であるかのようです。

ゆっくりと芝生のほうへ戻りましたが、デッキチェアにはもう座りませんでした。堅いデッキチェアは私の気分にしっくりこないように思われたのです。

二日目の夜になって初めてメアリーと私は心を割って話をしました。夕食後、私たちは彼女の寝室兼居間で過ごしたのですが、私はシビルの来《きた》る結婚のことや、それが私たちの人生にどんな激変をもたらすかについて話していたのでした。

「そうね」メアリーは言いました。「結婚にはそういう力があるわね、違う？ それに、もちろん人の死も」

「でも誕生にその力はないわ」

「そうね。生まれるときは、もうすこし静かにこの世に登場するようね。そして実のところ、一人の人間として確立されて初めて、変化だとか激変だとかをもたらすようになるのね」

「私ね、シビルがまた結婚しようと決めたことに驚いて、ちょっとショックを受けさえしたんだと思うの」私は認めました。

「私だって同じだったろうと思うわ。でも年配の方の再婚はすばらしいわ。高齢になって互いを慰め合えるんですもの。人は誰でも他の人からの助けと慰めを必要とするのだと思うから」

そういえばピアーズが、われわれは皆、ある意味では人生というつらい仕事をどうにか共に切り抜けていくうえでの同僚だと言っていたことを、胸のうずきとともに思い出しました。メアリーはなにかのほうへ話を向けようとしているように感じました――たぶんマリウス・ランサムだわ、私はそう思いました。

「コーヒーを飲むと目が冴えちゃうっていうけど」彼女は言います。「ウィルメット、あなた大丈夫?」

「ええ、疲れてないもの。一日中なにもせずに過ごしたし」

「いつも思ってたの。大学に行って、そこで深夜まで人生についてあれこれ語ったりしたかったなあって」メアリーは熱意あふれる声で言います。「でも、もう遅すぎるわよね」

「何が? 大学に行くのが?」

「そうじゃなくて――ある程度の年齢になると、若い時分みたいな話し方はしないってこと」

「そうね」と言いながら、なんだか居心地の悪さを覚えていました。

「ウィルメット、ちょっと尋ねたいことがあるのよ。正直な気持ちを答えてくれる?」

「ええ、もちろんよ。できる範囲でだけど」こんな風に言われたら誰でも感じることですが、ほんとうに正直に答えられるのかしら、といぶかしい気持ちでした。

メアリーはコーヒーカップを両手でギュッと摑み、暖炉のタイルを見下ろしました。よく見ると、イグサと茶色っぽいアイリスが交互にくる面白いパターンのものでした。

「司祭が結婚するのって間違ってると思う?」彼女は低い声で訊きました。

「一般的な原則として?」時間かせぎの質問をしました。

「ええ、まあそういうこと」

「あら、私にはなぜ間違ったことなのか分からないわ。だって、結婚されてる立派な司祭もたくさんいらっしゃるわけだし」

「ええ、そうね、それもそうだわ!」彼女は早口で言いました。「とはいえ、私の知っている司祭たちはほとんど独身でいらっしゃったけれど。つまり、聖ルカ教会に妻帯者の司祭がいるというのが考えられなくて」

「おそらくテムズ司祭はよしとはされないわね」私は笑いました。「でも彼も秋には引退なさるのだし、ボード司祭はたぶんまた違う考え方をされるんじゃないかしら」

「でも、妻帯の聖職者が司祭の家に住むというのは、ちょっと無理があるわね」メアリーは続けました。「司祭の家というのは、聖職者は非婚主義者たるべしという考えに基づいてるわけでしょ?」

「そうね、でも覚えてない? あの家はもともとは司祭の家として建てられたもので、最初の司祭には子供がたくさんいたんだとテムズ司祭もおっしゃってたわ」

メアリーは微笑みました。「あのね、ウィルメット。マリウスに結婚してほしいって言われたの。私があなたに言いたかったのは、そのことなのよ。彼のこと、ひどい人だと思う?」

この知らせに対する自分の第一反応を口にするわけにはいきませんでした。それは、おそらく典型的に女性的な感じ方なのですが、マリウス・ランサムのような美男子がメアリー・ビーミッシュのような内気でパッとしない女性と結婚したがっているということに対する驚きでした。でも、このくだらぬ考えを脇へ押しやるとすぐに、彼女がどんなにすばらしい司祭の妻に――とりわけマリウスのように不安定そうな司祭の妻になるかに気づいたのです。明らかにメアリーこそ、彼を安定させるために必要な人間なのでしょうし、結婚という新しい体験と、それに伴う責任のせいで、彼の気持ちもローマから逸らされることでしょう。

「とてもすばらしいことだと思うわ」私は言いました。「いわゆる「返事」はもうしたの?」

「いいえ、はっきりとはまだよ」メアリーは微笑みました。「でも、彼にはもう気持ちは伝わっていると思うわ」

「いつプロポーズされたの?」私は訊きました。「ほとんどチャンスはなかったように思えるけど。だってまず、あなたはうちに滞在してたし、それからここへ移ったわけだから……」

「あなたがここへ来てくれたほんのすこし前よ」とメアリー。「午後にスクーターでここまで来られたわ」

「スクーターですって?」驚いて鸚鵡返しに訊きました。「持ってらっしゃるの、知らなかったわ」

「一週間ほど前に急に買ったらしいわ。実のところ、母が彼にすこし遺産を残したから、それを使われたんだと思うの。訪問などにはすごく便利だから」メアリーは熱心な声で言いました。

ひどく軽率で似つかわしくないことのように思われましたが、例のお金で「善行」ができると彼が言っていたのを思い出すと、面白く感じずにはおられませんでした。それから私は、五百ポンドというのは自分のために使うにはじゅうぶんな額であると二人で話し合ったことも思い出したのです。スクーターのことやメアリーのことがあるから、きっと彼は英国国教会のほうに専心してくれることでしょう。

「あの夜、教区ホールで彼に恋してしまったの?」私は尋ねました。「愛があんな場所で花開くだなんて、考えるだけでワクワクするわ」欠けたデラ・ロビア式の飾り板や、シューシューいうガスの暖炉、お茶壺、教区ホール中を満たしている(おそらく教区ホールはどこでもそうでしょう)湿気たレインコートの不思議な匂い……そんなものが私の脳裏によみがえりました。実のところ、こんな場所のほうが月並みな場所よりも愛が花開きそうなものです。

「ううん、違うわ」とメアリー。「私、自分が結婚するなんて考えたこともなかったの。だってほら、私って今までボーイフレンドもいなかったでしょ」彼女はボーイフレンドという言葉を気まずそうに口にしました。でもいったいどんな言葉を使えば、彼女の意図したところは伝わるのでしょう?「恋人」も「崇拝者」も「信奉者」も、どれもふさわしくなさそうに思えました。

「私は信仰に生きる定めかもと思ったのだけど」彼女は続けます。「でも、たとえマリウスに会わなかったとしても、そうではないと気づいたでしょうね」

「すばらしいことだと思うわ。うんと幸せになれたらいいわね」私は言いました。「たぶんマリウスはどこかで聖職禄を探すことになるのよね」

「ええ、それがベストでしょうね。実際、聖ルカ教会に残るよりいいと思うわ。もちろん、テムズ司祭がイタリアから戻られたら、報告せざるをえないでしょうけれど」

そのときの二人の会話は、なかなか面白いものになるでしょう。私は思いました。たぶんベイソン氏が戸口で立ち聞きして、聞くべきでなかったことまで外へ漏らしてしまうことでしょう。性悪なことだとは知りながらも、そうなることを願ってしまう私でした。

「あらまあ、ウィルメット。何時だと思う？　もう二時よ！　聖職者のグループが明日やってくるというのに。用意を間に合わせるだけの早起きはぜったい無理だわね」

それから私たちは床に就きましたが、コーヒーのせいか、頭が混乱してしまったせいか、私はかなり長いあいだ眠れぬまま横になっていました。まるで私の知らないうちに、私の周囲でさまざまな人生が進みつづけていたような感じでした。ちょうど道路の真ん中にある安全島に立っているあいだに車がたくさん通り過ぎていったような感覚。珍しいことではないかもしれませんが、かなり面食らってしまいました。シビルとルート教授、ピアーズとキース、それにマリウスとメアリー——名前をペアにしてみると妙な響きです——皆が私にひと言の相談もなく物事を進めていたのでした。そしてロドニーと私は自分たちだけで家を構える……そう考えると妙な気分で、かなり混乱してしまいました。イタリア時代を思い出そうとしましたが、心によみがえってきたのは、あまり関係のない奇妙な光景ばかりでした——葉の付いたミカンの盛られたお皿、ダンス帰りに乗った変てこな軍用車、その後部座席でロドニーと手を握っていたときに見えた、ロドニー付きの運転手のピクリとも動かない後ろ姿、冬に火をくべに来てくれたナポリの少年の色黒で謎めいた顔、それから片手をオレンジの木の枝にそっと置いて木の葉越しに見つめるキースの顔、優雅な感じの女性が、十一号の編み針を使って六十四目で編みはじめる姿……。

明るい陽光と、お茶を手にベッド際に立つメアリーに起こされました。

「やることがたくさんあるわ」彼女は言います。「実のところ、午後遅くまで到着はされないんだけどね」

「到着って?」そう言ってから、ああ、もちろん静想にくる聖職者のことだと思い出しました。しっかり目が覚めたので、手伝う気は満々でしたが、普通のお客さん用の準備とはまったくわけが違います。独居坊のような小部屋には、化粧台にバラの一輪挿しを置くとか、ベッドサイドに高級雑誌を用意するといった、女らしい最後の仕上げも必要ありませんでした。想像するに、部屋を清潔にしておく必要すらないのかもしれません。きめの粗いシーツに、ロバ革のようなゴワゴワしたグレーの毛布は、間違いなく清潔ではありましたが、かりにそうでなかったとしても、聖職者たちがそれに気づくことも文句を言うこともおそらくないのでしょう。

やれることをすべてやった後、芝の上でデッキチェアに腰かける時間がすこしあるようでした。が、そんな姿でいるところを見られるのを是としないメアリーは、聖職者たちが私道に現れる気配がすこしでもあれば、跳び上がらんばかりの体勢でした。

「たぶん、ほとんどの方はお茶の時間にはここへいらっしゃるわね。そうでしょ?」私は尋ねました。ロンドンへ帰るために私が乗る電車は五時すこし過ぎだったので、独りでこっそりお茶をして帰ろうと思っていたのです。

「そうね、いいスタートが切れるわ、一杯の紅茶でね」メアリーが答えました。

静想所でのお茶のプランをボーっと考えてみました。すべて暗い色づくしにするべきですが、いちばん暗い色のものといえばキャビアしか思い浮かびません。でも、それだと場にふさわしいとはいえないでしょう。そこで行き詰まってしまいました。

「今、ちょうど電車が到着する頃よ」メアリーは腕時計を見ました。「たぶん、ほとんどの方はこの電車で来られると思うの」彼女は立ち上がって、デッキチェアを折りたたみます。「ちょっと私道のところまで行って、誰か来てないか見てくるわね」

彼女はいなくなりましたが、私ももう寝そべって怠惰を楽しむわけにはいきません。チェアを片付けて庭をぶらぶらしました。野菜のあいだを歩きまわっていると、動揺した様子の人が、私のほうになにやら身ぶりをしながら走ってくるのが突然目に入りました。掃除の手伝いに来てくれていた村の女性の一人でした。

「ミス……マダム……こっちへ来て！　早く！」彼女は叫びました。「蜂が群がってるんですよ！」

「あら、でも私に何ができますでしょう？」困惑してあたりを見まわしながら、私も大声を出しました。「蜂のこと、さっぱり分からないんです。庭師はいらっしゃらないのですか？」

「ああ、奥さん。彼は今お墓堀りをされてますわ！」動揺した声が返ってきました。

「たぶんビーミッシュさんなら、どうすべきかお分かりになるんだけど」私は期待を込めて言いました。「お坊さんたちを迎えに私道のほうまでいらっしゃってますわ」

フフンと鼻を鳴らすような音――まさかそんなはずはないと思うのですが――をその女性が発しました。それから私たちは一緒に私道のほうへと走りました。あまり進まないうちに、メアリーがロードデンドロンの茂みのところで身をかがめているのが目に入りました。側には聖職者たちもいました。小さなスーツケースとキャンバス製の旅行かばんを抱えた聖職者がたくさんいるのが見えました。

「メアリー、蜂が群がってるのよ！　どうしたらいい？」私は叫びました。

「あらまあ、どうしましょう！　庭師はいらっしゃらない？」

「誰かが群れを駆除しないとダメですわ」最初に蜂について知らせてくれた女性が言って、挑戦するかのように周囲を見まわしました。

彼女の言葉を聞くと、メアリーのまわりにいた群衆の中から、とても古いグラッドストン・バッグを抱えた、背の曲がってみすぼらしい高齢の聖職者が歩み出ました。

「わしにお任せください」彼は静かに言います。「ヴェールと発煙銃はありますかな？　あいにく持ってこなかったもので」そう言って彼は、自分のグラッドストン・バッグを言い訳がましく指さしました。「こんなことになるとは思いもよらなかったもので……まあ、そんなもんですよな？」彼は優しそうな、でも心ここにあらずといった笑顔を見せました。まるで静想所に蜂が群がることを予期してくるべきだった、といわんばかりです。「蜂のいる場所を教えてくださいますかな？」

それで私たちはゾロゾロと、庭の隅の蜂の巣のあるところまで歩いていきました。樹齢の高いりんごの木のねじれた幹に蜂がウヨウヨ群がっていました。

お年寄りの聖職者は帽子にヴェール、手袋を身につけ、発煙銃を操り出しました。

「彼はこの静想グループのリーダーなの」メアリーが私にささやきました。「とても気高いご老人よ」

「蜂のことまでご存じだなんて！」私は言いました。「気高さを試すテストともいえるかもね。少なくとも忍耐力は試されるわ」

そこで立って老人を見ながら、聖ルカ教会の司祭たちならどう対応しただろうかと考えて楽しみました。テムズ司祭やランサム助司祭が手際よく対応されるとはとても思えませんでしたが、ボード司祭ならうまくやられたかもしれません。

「女王蜂を探さにゃならん。それが大事なんだ」また別の聖職者が言いました。「そうしたら彼女についていて巣に戻るだろう」

彼は小さな手帳を取り出し、なにかを書きつけました。庭のこんな異教的な場所においてさえ、お説教のためのアイデアを見つけられたかもしれないと考えると、なんだか嬉しくなりました。

第21章

静想所の庭や、蜂の群れを駆除した立派な高齢の聖職者……そうしたものと、ピアーズの友人キースが夜に勤めるセネレントーラ・コーヒーバーとは、いわば「別世界」といってもよいでしょう。でもその反面、ある意味ではさほど「別」というわけでもないかもしれません。というのも、ほの暗い照明と豪奢な緑樹に飾られたセネレントーラは、神秘的な緑の薄明かりのなか、りんごの木の下に堆肥の山が見えたあの庭の一隅——蜂が群がった場所でもあります——を思い起こさせたからです。この類似をこれ以上推し進める気はありませんでしたし、今言ったほどに両者が似ているとも思っていませんでした。私たちのまわりにいる客は若い盛りの人たちばかりでした。そうした若者のことは、見かけたり読んだりすることはあっても、遭遇することはめったにありません。ほんの十歳かそこら年上なだけで、ずいぶん年寄りのような気分にさせられました。

「なんてこった！」ロドニーが低い声で言いました。「これぞ人生だよな！　いつも思ってたんだ。僕らももっと外出すべきだってね。それにしても気づかなかったよ。いかに僕らが時代に乗り遅れてしまってるかにね」

その日の午前、シビルとルート教授はキャクストン・ホールで結婚式を挙げました。非キリスト教的で質素な式でしたが、それなりの威厳と美しさがありました。家族だけで――つまり私たち夫婦とルート教授の妹のドロシーだけで――ひっそり昼食会を催してから、新婚カップルはリスボン行きの飛行機に乗りました。シビルはポルトガル語文法で、アーノルドはリスボンやコインブラに住む教授らに宛てた紹介状の束でがっちり武装されていました。ピアーズも友人たちに手紙を書いてくれたので、（ピアーズの表現を借りれば）お堅い教授たちのお気に召さない場所へも、彼らなら連れて行ってくれるだろうとのことでした。

彼らが出発し、シャンパンの効果が薄れてくると、ロドニーと私はあてもなくブラつき、それから流行中の陰気なお芝居を観に劇場へと出かけました。その後、気晴らしと慰めが欲しいと感じた私は、キースのコーヒーバーへ行こうと提案したのでした。

「きっとこの店があるおかげで、若者たちはもっと悪いことをせずに済んでるんだろうな」私たちは空席二つになんとか割り込みました。緑樹の枝を脇へよけながらロドニーが言いました。

懸命にキースを探しますと、すぐに見つかりました。まさに想像した通り、彼の濃い瞳が緑葉のとばり越しにじっとこちらを見つめています。彼はオレンジ色のシャツを着て、とても活き活きした様子でした。私たちを見ると、キャッと喜びの声を上げました。

「ああ、ウィルメット、なんて嬉しいんだ！」

私がロドニーを紹介すると、キースは私たちのコーヒーを取りに急ぎ足で駆けていきました。

ロドニーが笑い出しました。「すると、あれがピアーズの〈同僚〉ってわけか！　お母さんの言葉のんじゃないか」

意味が分かったよ。ピアーズ自身は今夜ここにいるのかな？　たぶん洗い物でもこっそり手伝ってる

「ピアーズは来てるの？」キースがコーヒーを持ってきたとき私は尋ねました。

「今ちょうど来たところですよ」とキース。「ほら、あの入り口のところ、レモン色のセーターを着た女性の側にいるでしょ。このテーブルに場所を作りましょうか？　きっと同席したがると思いますよ」彼はなれなれしい口調です。「イスを一つ持ってきましょう」

ピアーズの立っている辺りを見やりました。周辺にいる若者たちよりもすこし年上でくたびれた感じはありますが、はるかに気品があって興味をそそります。彼を見ると胸が痛みました。胸の辺りをほんのかすかにチクリと刺すような痛みです。

「こんばんは、ピアーズ」私は言いました。「私たちのところにいらっしゃいよ」

「気が滅入るよな」とピアーズ。「若い世代に交じってノンアルコール・ドリンクを飲むなんてさ。僕らの世代にはパブしかないのに、もう閉店してるんだからね」

「ああ」ロドニーはそう言いながら、几帳面に時計を見ました。「そうだろうな」

「キースはえらく忙しそうね。かなり疲れそうな仕事だわ」

「やつは他人の世話を焼いて回るのが大好きだからな。あのエネルギーにはクタクタになるよ——世話を焼かれる側からすればね。今日の夕方も家に帰ったら、キッチンの床はピカピカだし、布巾はぜんぶ洗ってあるし、他にもできることは片っ端からやってあったよ」

「そうさ、布巾は洗剤を入れて煮沸したんだ」キースは満足げな声です。「さて、ウィルメット。な

にか食べませんか？　とても美味しいサンドウィッチがありますよ。それともペストリーのほうがいいかな？　デニッシュ・ペストリーって呼んでるんですけど」

私が心を決めかねてためらっていると、ロドニーが私の腕を摑みました。

「あれまあ、入り口に立ってる人が見えるかい？」彼はつぶやきます。

なんと、ベイソン氏ではありませんか。卵型の顔を輝かせて、空席を、あるいはおしゃべりできそうな相手を見つけようとしていました。彼に見つかるのは時間の問題でした。彼が私たちに気づいて眉をつり上げ、驚いた表情でこちらへ歩いてくるのを待ちました。

ロドニーはうめき声を上げました。

「あっ！」キースはそう言って、もう一つイスを持ってきました。「今夜は皆がここに集まってくるみたいですね。やあ、ウィルフ！　いったいどうしたのかと思ったよ。いつもより遅いじゃないか」

ベイソン氏はおどけて、丸めた夕刊でキースの頭をポンとたたきました。

「じゃあ、お二人は知り合いなのね」ベイソン氏が「ウィルフ」と呼ばれているのには面食らってしまいました。

「そうなんです。ウィルフは常連でね」とキース。「たくさん司祭さんが住んでる家を切り盛りしてるんですよ」

「ええ、知ってるわ」私は言いました。それにしてもなんと奇妙なことでしょう。ピアーズの私生活について私があれこれ想像を逞しくしていたとき、なんの繫がりもなさそうなベイソン氏が私に洗いざらい教えてくれることも、おそらくは可能だったわけです。

「ここに来ればとびきり美味しいコーヒーにありつけますからね」内緒話でもするようにベイソン氏は言いました。「僕の淹れるコーヒーに引けを取りませんよ」

「そりゃ、そうさ」意気がってキースが言います。「知り合いだったなんて素敵だな。それなら、皆で楽しくおしゃべりできますね」

「そうね、そう思うわ」私はそう言いました。というのも、ベイソン氏がなにやらウズウズした表情をしていたからです。まるで、なにか秘密を打ち明けたくてたまらない、といわんばかりの……。ここセネレントーラでは、シューシュー鳴るコーヒー機をハンサムな青年二人が操作していますが、どちらも教会の侍者に負けないくらい献身的な様子です。そんな店で、教会や司祭の家の話をするのは、さほど場違いなことでもないでしょう。

「テムズ司祭はいつお戻りになってもおかしくないわね」私は切り出しました。

「そうそう、今日の午後お帰りになりましたよ。かなり日焼けされてね。あちらのお邸の準備は万事とてもうまく進んでいるようですよ。バスルームを一つ増やしてもらってるそうでね、カラーラ大理石貼りのバスですって。かなりの手の込んだものなんでしょうな。司祭は夢中でしたよ！　それにしても、あいにくでしたよ。お戻りになったまさにその夕べに、ランサムが例のニュースを持ち出さねばならなかったのは……。」ベイソン氏はそこで言葉を止め、コーヒーをすすりました。

もし彼が、ロドニーやピアーズからなにか反応を期待していたとしたら、さぞガッカリしたことでしょう。それに私が「ビーミッシュさんとの婚約のことね」と言ったときも、あまり快くは思わなかったはずです。

「じゃあ、ご存じだったんですね？」卵型の顔がうなだれました。

「ええ、ビーミッシュさんのところに泊まったとき彼女から聞いたわ」

「それなら、司祭の家に住むわれわれにとって、どれほどのショックだったか分かるでしょう」

「ええ、そうでしょうね」

「こんなことになるとは夢にも思いませんでしたよ」ベイソン氏はもったいぶった言い方をします。「司祭の非婚は、つねにわれわれのモットーでしたから」

笑いを押し殺したようなピアーズの声が聞こえました。一瞬、彼と目が会いましたが、彼はおかしくて死にそうだといわんばかりの目をしていました。

「しかし、なぜランサム助司祭がメアリー・ビーミッシュと結婚してはいけないんだい？」ロドニーが部外者的なくだけた調子で訊きます。「どちらにとってもすばらしいことじゃないか」

「ああ、いとしのフォーサイス」ベイソン氏は言いました。「失礼ながら、あまりお分かりになっておられない」ロドニーの主張をそうやって退けてから、ベイソン氏はまた続けました。「ランサムの打ち明け方ときたら！　夕食前に気軽な調子で、しかもドアを全開のままで……」

これは期待できそうです。

「たぶんランサム助司祭は、一刻も早く言いたかったんだろう」とピアーズ。「とにかく済ましてしまいたかったんだよ。その気持ちはよく分かるな」

「そうね」私も相槌をうちながら、ランサム助司祭のリハーサル姿を思い浮かべました――役者が入場シーンを練習するように、切り出しの文句を何度も繰り返して練習しているところです。「それで何とおっしゃったの？」

「それは今ここで私が申し上げるわけにはいかないでしょう。こんな場所で……」ベイソン氏はそう言って、緑樹のあいだからおぼろげに見える熱狂した若者の群れを見まわしました。

「かまわないさ」ロドニーは静かな声で言いました。

「どんな会話だったか、大まかなところを教えてくれたらいいよ」とピアーズ。「でも、たいていそういう話は、想像力を使って語り直すと、ぐんと面白くなるんだけどね」

「いいえ、そんな必要はありません！　断言しますよ！」ベイソン氏は、怒りでキンキン声になりました。「一言一句もらさず聞きましたから。だって聞こえてきたんですからね。テムズ司祭は夕食前にティオペペをお飲みになります――まあ、あれが嫌いな人はいませんよ。ちょうど私は、司祭のバカンス中に手入れしておいたデカンターを届けにいくところでした――そうそう、急いでつけ足しておきますと、デカンターは洗っちゃいませんよ。それで、そのときちょうど書斎の開け放ったドアのところから声が聞こえてきたんです」

「そこで君はその場に釘付けになったってわけだな。まあ、当然のことだが」ロドニーが言いました。

「そりゃ、動けませんよ。動いたら私の存在がばれて、皆が気まずくなりますから。私はデカンターを持ったまま、あそこに立つより他なかったのです。ランサムは、私が気づかないうちに書斎へ滑り込んだのでしょう。というのも、私が聞いた第一声は「司祭、申し上げておかねばと思うのですが、結婚することに決めました」でした。ほら、テムズ司祭はちょっと右の耳が聞こえにくいのですが、あの声の張り上げ方からして、ランサムはきっと司祭の右側に立っていたのでしょう。「結婚じゃと？」テムズ司祭は鸚鵡返しに言われました。「はい」とランサム。そして一分ほど沈黙がありました。そのあいだテムズ司祭は、驚きか嫌悪を表すジェスチャーをなさったことでしょう。というのも、その後、司祭はこんな風におっしゃったのです。「ああ、ランサム、ショックと言わざるをえんな。わしが目を離したとたんにこれじゃからな。実にひどい、ひどすぎる。初めは南インドの件で、それから英国国教会の正当性を疑ったかと思えば、今回はこれじゃ。ああ、まったくひどいことじゃ、ひどすぎる」ベイソン氏は、まるで賞賛の言葉を待つかのようにここで話を止めました。

ベイソン氏がテムズ司祭をいささか大げさに演じすぎているように私には思われたのですが、でも、だいたいこんな感じの会話だったというのは信じられました。

「テムズ司祭が動顚されていたのは分かりましたよ」ベイソン氏は続けます。「ランサムが結婚相手はビーミッシュさんだと告げると、「ああ、わしのせいじゃ。わしが君をこの司祭の家に住まわせておれば、こんなことは起こらんかったじゃろうに」とおっしゃったのです」

「それはある程度当たっているわね」私は言いました。「かわいそうに、ランサム助司祭はたらい回しにされてたもの。最初はビーミッシュ家、それからセインズベリー司祭のところ、そして今は司祭の家のゲストルーム……」

「まあ、いずれにせよ」ロドニーが言います。「二人が結婚したいというなら、いずれするだろうよ。ランサム司祭が仕事をしてゆく過程で、どのみち二人は出会っていただろうしね」

「そうでしょうな」とベイソン氏。「しかし、ちょっと「裏切られた感」はありますな。俗っぽい言い方をすれば」

「会話はどんな風に終わったのですか?」私は訊きました。

「残念ながら、ちょうどそのとき、階下からボードの物音が聞こえたので、私もその場を立ち去らねばなりませんでした。きわめて厄介な状況でしたよ。でも、私が戸口で立ち聞きしていただなんてテムズ司祭に思われたくありませんでしたからね。だから最後までは聞いてません。しかし夕食時の雰囲気はかなり張りつめたものがありました。ボードは教区関係のことをペチャクチャおしゃべりしてましたっけ。ああ、まったく下らないことばっかりですよ。社交クラブがラニミードに出かけるのにバスを借りるんだとか、教会ホールのピアノを調律するんだとか……。食事を味わっている人なんて誰もいなかったと思います」

「何を料理したんだい、ウィルフ?」平坦な小声が聞こえました。キースが私たちのテーブルのところへ戻っていました。

「ゼリー寄せの卵とラザーニャ・ヴェルデです。ほら、テムズ司祭のイタリア休暇に敬意を表してね。しかし、わざわざ作ることもなかったですよ」

「残念だわね」私は言いました。

「テムズ司祭が去られたら、私もあそこには留まりません。ぜったいにね」ベイソン氏は憤然と言いました。「ボードは大喜びでG夫人に戻ってもらえばいいんですよ。私はゴメンですがね。毎食後、砂糖を二杯入れた紅茶をもらえばいい。四旬節は除いてね。砂糖をあきらめるのは彼にとってはかなりの苦行でしょうな。間違いなくね」

「それなら立派な行為だな」ロドニーはフェアです。「そして君は別の仕事を探すってことだね」

「ええ。実はもう見つけてあるんですよ」ベイソン氏は言いました。「デヴォン州のアンティークショップでね。観光シーズンにはお茶も出すんです」

「一日中ずっと立ってるのは疲れないかい、ウィルフ？」キースが尋ねました。「白状しちゃうと、僕だって今はもうクタクタさ。僕は君みたいなウオノメもないのにね」

「その手の仕事をするとは限らないからね」ベイソン氏はもったいぶった口ぶりで、ウオノメの話は無視しました。「僕はむしろアンティークの仕事担当になるだろう」

「美しいものに囲まれるってことだな」ロドニーはそう言って、横目で私を見ました。「願ったりかなったりだね？」

「ほんとに美しいものばかりであることを願うよ」とピアーズ。「近頃は、ガラクタ以外になにも置いてないアンティークショップばかりだからな。とくに海辺の町はね」

「ああ、そこは古くからあるとても評判のよい店でしてね」とベイソン氏。「聞くところによると、メアリー女王がよく立ち寄られたとか……もちろん昔の話ですが」

「それを聞くと安心するわね」と私。「王室と関係があると聞くとね。そう思わない？」

「少なくともわれわれの国の王室だと、そうですな」ベイソン氏がうなずきました。

「お母さまも呼び寄せるの？」私は訊きました。

「いえ、母はハロゲートのほうがよいそうです。それに、もちろん私にとってもあちらに〈別宅〉があるのはありがたいですからな」

「おい、ベイソンくん、仕事に関して君はなかなか運がいいようだな」とロドニー。「その仕事のこと、どうやって知ったんだい？」

「チャーチ・タイムズ紙の広告ですよ。あそこに載ってるものなら大丈夫だという気になりますからね。そして事実そうでした。あらゆる面で便利ですし――アングロ・カトリック派の教会も歩いて二分のところにあります」彼はおしゃべり口調でつけ足しました。「聖餐式でパンを取っておいてくれる派ですよ」

「あーあ、疲れちゃった」キースが駄々っ子みたいに言いました。

「もう終わったのなら帰ろうか」ピアーズは彼を見上げました。

「彼にチップはあげたほうがいいのかな？」

「あげて悪いはずはないわね」と私は言い、「もう帰ったほうがよさそうだわ」と、ピアーズのほうを向きました。「また私たちのところにも来てね」弱々しい口調でそう言いました。

「彼、このところたいてい毎晩この店に来てるんですよ」キースは自分がボスだといわんばかりの口ぶりです。「だからまたおしゃべりしに来てくださいね」

自分がそんなことをする図は想像できませんでしたが、たぶんこんな夜更けに、しかも今日みたいに極度に疲れる日の終わりには、自分がなにをする姿も想像できませんでした。

「僕はお宅のカーテン選びを手伝いますからね」とキース。「忘れないでくださいよ」

「もちろん忘れないわ」私は言いました。

私たちのタクシーでベイソン氏を送らないわけにはいきませんでした。それに、バカンス中に彼のアンティークショップ兼カフェの近くへ行ったら、かならず立ち寄るという約束もさせられました。

「まあ、あの方面へ行かない可能性だって大いにあるんだから」ベイソン氏を下ろしてからロドニーは言いました。「バカンスの車の流れから離れるのは至難の技だろうしね。君にも分かるだろう?」

私は司祭の家の閉ざされた扉を見ながら、中でベイソン氏が階段をこっそり上り、ドアの外側でちょっと止まって耳をそばだてる様子を想像していました。こんな深夜でも、司祭のなかにはまだ寝ずにお祈りや瞑想にふけったり、あるいはスリラー小説でも読んでいる方がいるのでしょうか? もちろん、そんなこと分かるはずもないのですが……。

翌朝、広場でランサム助司祭にお会いしました。メアリーから婚約を知らされたあとお会いするのは初めてだったので、急いでお祝いの言葉を述べました。

彼はありがとうと言ってから、深いため息をつきました。

「しかし実に大変でしたよ」彼はうんざり顔です。「テムズ司祭のお気に召しませんでね。心配した通りですが」

それは残念ですわと私は言いました。

「報告するのは厄介でした。しかもあいにく、ベイソンさんが部屋の外で聞いているが分かりましたからね。聴衆がいるのは想定外だったので、本領を発揮できたとはとても思えません。まあ、今ではすっかり落ち着きましたがね」

聖職者ではあるけれど、この男《ひと》はほんとうにメアリーを娶るにふさわしいのだろうか?……よくある問いだと思いますが、そう問わずにはおられませんでした。もちろん、はっきり口に出して問うことはできませんでしたが……。

「あなたは幸運ですわ」私は言いました。「メアリーはあんなにすばらしい方ですもの」

「ええ、その通り」彼も相槌をうちます。「僕のために尽くしてくれるでしょう。それにもちろん、僕らはいわば人生に傷ついた者同士ですからね」

「あら、そうなんですか？」私は疑わしげな口ぶりで言いました。というのも、彼にこの表現が当てはまるとは思えなかったからです。もちろん彼が宗教上の疑念や迷いで、私が思う以上に苦しんできたなら話は別ですが。

「人間誰しもそうですね、よく考えてみれば……」彼は弱々しい口調になりました。

「そうですね、人生ってそんなものですわね。皆、傷つけられて……」私はピアーズのことを考えました。「自分だけが苦しんでるなんて考えるべきではないのでしょうね」

大地とともに日ごと回る
岩や石や木々とともに＊

「あなたが苦しむ姿は想像できませんがね」彼はほとんど咎めるような口調です。

「いいですわ。まあ、そういうことにしておきましょう」私は笑いました。

「もちろん、僕もちょっとバツが悪いんですがね。メアリーにはかなり財産がありますから」

「でも、そのお金でどれだけの善行ができるかを考えてごらんになったら……」私はすばやく返事をしました。

「そう、そうですよね」彼はありがたそうに言いました。「お金が気まずさにつながる必要は必ずしもないわけです」

「ご自身の教区を持たれるようになったら車も必要になりますわ」と私。「助司祭としての訪問ならスクーターでもすごく便利でしょうけど、教区司祭になられたら、もうすこし威厳が必要ですしね」

「皆さん、ほんとうにご親切です」彼は言います。「お耳に入っているかもしれませんが、コールマンさんは新婚旅行にハスキーを貸してくれるとまで言ってくださったんです」

「そんな申し出をお受けになれますか?」

「いや、やはり無理ですね。まるでアブラハムとイサクのようですから。僕は、よき友ビルにそんな生贄を捧げよとはとても言えませんよ。近いうちに車を買おうと思ってるんです。もちろん結婚式はひっそりとやりますよ」

たしかに、非婚を心に決めていた者同士が結婚する場合、あまり派手なお祝いはふさわしくないと思いましたが、それを口に出すことはグッと堪えました。

第22章

「たぶん、これに違いないわね」私は車の窓から身を乗り出しました。「間違いなくアンティークショップよ。それに店内にはテーブルに着いてる人も見えるわ」

「ここには駐車できないな」ロドニーの声はイラついて、すこし動揺していました。休暇シーズンのイングランドで車を運転する人にはよくあることです。「君はサッと降りたらいい。僕は止める場所を見つけてから合流するよ」

低いドアをくぐり抜けて中へ入り、隅にある小さな丸テーブルのところに座りました。光沢のある水差しや真鍮製の装飾金具でいっぱいです。壁には、白い額縁に色つき台紙を合わせた古い複製画や彫版がかかっていました。金属製で長柄の付いたベッドウォーマー、薪架、翁形のジョッキ、ボトルに入った船など、骨董愛好者や観光客の関心を引きそうな物が棚に陳列されていました。メアリー女王はいったい何を買いに訪れたのかしら？　まともな品物は彼女がぜんぶ買い占めてしまったのかしら？　などと考えました。私の見るかぎり、目立ってよい家具はなかったからです。

他のテーブルはほぼすべて満員で、座っている人たちは皆、まるで自分たちの会話を恥じるかのように小声でヒソヒソとささやいていました。実際、恥じる理由があったのかもしれません。というのも、見苦しいくらいにキャッキャと笑っている人たちもいたからです。

「彼にチップを置いてゆくべきかしら？」女性の声が聞こえました。

「そうでしょうね」その連れがクスクス笑います。「でも、ひょっとしたら、どこかにチップ用の箱が置いてあるかもね。この頃、そういうお店が多いから」

たぶんベイソン氏のことを話しているのだろうと思いましたが、他のスタッフも皆、例の高飛車な態度をとっているのかもしれません。あの態度をとられると、お皿の下に小銭をすこし置いておくのがためらわれてしまうのです。興味津々でベイソン氏の登場を待ちましたが、ほどなく彼はジャコビアン風チンツ地のカーテンの後ろから、お茶のトレイを抱えて現れました。彼はすぐには私の存在に気づきませんでした。だから彼の外見に初めはショックを受けた私も、それを抑えて表情をつくろってから挨拶することができました。彼は髭をたくわえており——顔の形に合った卵型の髭（と呼んでもよいでしょう）でした——ゆったりした青いスモックにコーデュロイのズボンとサンダルという格好でした。

ベイソン氏は、私とロドニー（途中からテーブルに加わっていました）を見つけると、キャッと喜びの声を上げました。

「ウィルメットとロドニーだ——わあ、嬉しいなあ！」

私たちもようやくファーストネームで呼び合う仲になったわ、そう思いました。私はどのタイミングで彼を「ウィルフレッド」あるいは「ウィルフ」と呼びはじめるべきなのでしょう？

「何をお持ちしましょうか?」彼が訊きました。

「ああ、アフタヌーン・ティーでいいわ」と私。

「しかし、どのアフタヌーン・ティー? 小エビ、ロブスター、カニ、またはデヴォンシャー、それともカールトン? シンプルなのもありますが、まさかそんなのはご希望じゃないでしょ?」

「カールトンって面白そうね。どんなの?」

「ポット入りのお茶——中国茶かインド紅茶からお選びいただけます——にジャムとクリームを添えたスコーン、そしてロブスターサラダと果物です……果物は缶詰のものですがね」彼は小声でつけ足しました。

「ちょっと多すぎないかな」ロドニーは自信なさそうな顔。「シンプルなロブスター・ティーはもらえるかい?」

「まったく手のかかることですな! シンプルなロブスター・ティーなんてほんとはメニューにないんですが、まあ、他ならぬお二人のためですから……」そう言って彼は、サンダルをパタパタいわせながら滑るように立ち去りました。そして間もなく、私たちのお茶を持ってきてくれたのです。

「こんな格好をさせられるんですよ」彼は自分のお仕着せを指し示しました。「ちょっと目新しさが増すでしょ? 実際、変わったものに皆さん惹きつけられるようですし」

「髭はあなたご自身のアイデアなの?」と尋ねてみました。

「そう、その通りです。僕の顔ってどこか物足りないと感じてたんですよね。それで、実のところ、髭がいわば「最後の仕上げ」をしてくれるように思えたんです」

「すばらしいよ！」ロドニーは元気いっぱいそう言って、自分の手を髭のない顎のところにもっていきました。「ここの仕事は気に入ってるのかい？」

「ええ、そりゃあもう！」

「素敵な品物があるわね」そう言って私は光沢のあるピンクとゴールドの水差しを棚から下ろし、テーブルに置きました。

「それがお好みですか？」ベイソン氏は熱心に訊きます。

「ええ、でもたぶんお高いんでしょ？」

「でも、僕からのプレゼントとして受け取っていただきたいんです」ベイソン氏はそう言って、ジャグを私の手に押し込もうとします。「まさにあなたにピッタリの品だと思いますしね」

私は困ったような、そして、おそらくねだるような視線をロドニーに向けたのでしょう。彼は気を利かせて札入れを取り出し、穏やかに言いました。「ご親切にありがとう、ベイソンくん。でもそんなに気前よくしてたら生活していけないぞ。ウィルメットのために買わせてほしいんだ、頼むよ」

「そりゃまあ、夫に許された特権なのでしょうし」ベイソン氏はうなずきました。「ところで、司祭の家に住む哀れな方々について教えてくださいな。グリーンヒル夫人が戻られているんでしょ？」

「ええ、戻られたわ。ボード司祭にとても忠実でいらっしゃいますから。それにもちろん、テムズ司祭が十月に引退されたら彼を独り占めできますからね。新しい司祭がいらっしゃるまでの話だとは思うけれど」

「かわいそうに」ベイソン氏はため息をつきます。「金曜にはタラ、そしてあの果てしない紅茶地獄……」

「出発前の金曜日、グリーンヒル夫人にお会いしたとき、夕飯の献立を尋ねずにはおれなかったの。そして答えはやっぱりタラ！　なんだかすこし悲しくなってしまったわ。あなたがいらした頃のすばらしいお料理やらスキャンピのことを思い出すとね……」

「「スキャンピを思い出して」か」ロドニーが感慨深げに言います。「本のタイトルになりそうだな？」

「そうね」私は相槌をうちました。「でも司祭の家に関する本としては、ごく内輪の人間にしか理解できないんじゃないかしらね。どういう意味かぜったい誰にも分からないわよ。とはいえ「金曜は夕ラ」では逆に分かりやすすぎるし……」

「そういえば、ご新居は前よりもっと司祭の家に近いそうですね」ベイソン氏は続けました。

「なぜご存じなの？」

「ああ、風の便りですよ」ベイソン氏はうきうきした調子でそう言い、それから、しばらくのあいだ彼の注意を引こうと努力していたご婦人方のテーブルに行って請求書を渡しました。

「僕らが自分たちしか知らないと思っていることを、彼はいつでも知ってるんだろうね」とロドニー。

「まあ、この場合はべつに大したことじゃないがね」

　次の住まいを探すうちに、私たち夫婦の仲は長年なかったほどに親密なものになりました。戸建てがいいかフラットがいいか、あるいは街中がよいか郊外にするかなどを決めるのに長い時間がかかってしまいましたが……。静想所のメアリーを訪問してから、私は郊外の田園地帯に憧れを抱いていました。おぼろげな光の中に見えたりんごの木、その下の堆肥の山、そして思いがけない蜂騒動など……。でもロドニーが思い浮かべたのは、冬の朝にゴム長靴、ダッフルコートと山高帽のいでたちで、畑を越えてヨロヨロ役所へたどり着く自分の姿……そんなのぜったいにゴメンだ！と思ったようです。その他にも魅力的な広告物件はありました――ウィルシャー州やハンプシャー州で、ジョージ王朝風の牧師館の中の独立した一翼だとか、好立地の郊外住宅街にあり、タイル貼りのトイレと二台分のガレージが付いた家など。「現在非居住の牧師館、改装可」というのは、私が頭の中で作り上げた文句でしょう。今の時代にはとてもありそうもないですから……。

最終的に私たちが出した結論は、無難でつまらないものでした。シビルの家に近くて、司祭の家にも以前より数百ヤードは近いところにあるフラット（のリース購入）です。カーペットやカーテン選びを楽しみましたが、キースは疲れ知らずで、一緒にいる人間をクタクタに疲れさせることが分かりました。「ウィルメット、僕はライムグリーンが好きなんです。アンティーク家具との相性がいいですからね。まわりを引き立てるでしょう？　このイスはある意味で古めかしいけど、なかなか素敵ですね。アンティークですか？……」彼がペチャクチャおしゃべりする様子を思い出して私は微笑みました。滑稽でもあり、退屈でもあり、また居心地よくもあります。ほんとうに彼のことがかなり好きになってしまっていたのです。

「そうだ、望遠鏡があったら司祭の家の窓を覗けますね」アンティークショップの戸口で別れを告げたとき、ベイソン氏が言いました。

「前に比べたら見たいものもあまりない気がしますわ」すこし悲しげに私は言いました。

「そんなことありませんよ！」と自信満々のベイソン氏。「ちぇっ、また客ですよ。さようなら！」

「あ、い、つは元気そうだな」かなり離れた駐車場に向かうべく狭い通りを二人で歩いているときに、ロドニーがため息まじりに言いました。

部屋を予約してあったトラストハウス・ホテルへ車で向かったときには、私たちのバカンス気分はすっかり消えていました。もう帰路の途にあったからです。大きなダイニングルーム――背の高い窓から雨に濡れた本通りが見渡せました――で静かなディナーを取りました。

「ポルトガルはこれより素敵だっただろうなあ」とロドニー。「来年は行けるかな、あるいはイタリアでも……君はどうだい？」

「すごく嬉しいわ」私は答えました。「まだ知らない地方へ行ってみるほうがいいかもね。十年もたって同じ場所を訪れるのはちょっと悲しすぎるかもしれないし」

「こういう小さな写真みたいなところにね」とロドニー。他の客が気づいていない小さなラウンジを上階に見つけたのですが、壁には、ポジリポやヴェスヴィオ山、ポンペイや、ポッツォーリなど、ナポリの風景を描いた繊細な水彩画が何枚もかかっていました。

「なんでこんな絵がここにあるんだろう？」ロドニーが言いました。

「誰かのおばさんが描いた絵なのかしら。あるいは、どこかカントリー・ハウスのセールで、ホテルのラウンジ用にふさわしそうだと、まとめ買いされたのかも」私は推論しました。

「こういう絵を見ると、陰気で雨がちのウェスト・カントリーを旅する者も、太陽のさす場所があることを思い出せるわけだな」ロドニーは言いました。「そして実際のところ、ポジリポとここは大違いだものな！」

「ほんとね。ねえ覚えてる？『ヴィア・デ・ポジリポの近年の拡張』っていう奇妙なガイドブックのこと」

「もちろん。『あらゆる悲しみの休止』なんて妙な訳が付いてたな」

「それから、ディ・キァンタモーネの洞窟……『娯楽に出かけた市民がスキャンダルを起こして帰ってくる』だって」

ロドニーはため息をつきました。「楽しい時代だったよな。たぶん、あんなに楽しいことはもう二度とないのかな」

「まあ、あの頃は若かったからね。でも年を取れば取るだけ人生はよりよいものになるはずでしょ？結婚生活でさえもね」最後のひと言は、意識してシニカルにつけ加えたわけではありませんでした。

「ウィルメット、残念ながら、ここ一、二年はそういうわけにもいかなかったんじゃないかな？よく考えてたんだけど……」ためらいがちにロドニーはそう言って、私がテーブルに並べたトランプの札をじっと見つめました。「とくにこの夏はね」彼は続けます。

きまり悪さが私の中にじわじわと広がってゆくのを感じました。彼はいったい何を言い出すのでしょう？蕾のうちに摘み取られたとはいえ、私がバカみたいにピアーズにのぼせ上がっていたことを持ち出して、その話に方を付けようとしているのでしょうか？私はビクビクしながら、長い列のカードを一枚ぬき取りましたが、計画していた複雑な作戦が、意識していなかった一枚のカードのせいで不可能になっていることに気づいたのです。

「この夏？」時間稼ぎにそう訊いてみました。

「ああ。前にうちの部署の女性役人の話をしたのを覚えているかい？」

「ええ、たしかコットンの靴下を履いてる人だっけ」彼がいったい何を言い出すのか、好奇心と安堵の気持ちから、私はとっさに笑ってしまいました。

「たしかにエレノアのコットンの靴下について話したよな」ロドニーは微笑みました、「ちょっと心ないよな、実際のところ。とにかく、彼女に友達がいるという話も覚えているかい？」

「女性の役人でも友人はいるのね」私は侮蔑的に言いました。「それがどうしたの？」

「一度その女性に会ったと言ったのは覚えてないかな？」

「ああ、思い出したわ。ミス・ベイツね。たしかファースト・ネームはペイシャンス」

「いや、正しくはプルーデンスだ」とロドニー。「彼女を一、二度ディナーに誘ったんだよ」軽い口調で彼は言い足しました。「ほら、ベイソンがファベルジェの卵を盗んだ話を君が聞かされた、あの夜さ。それから、ビーミッシュさんが泊まりにきてた頃にもう一度ね」

トランプを動かしていた私の手が止まりました。そうすると、ほんとに彼はミス・ベイツを食事に連れ出していたのです。私がバカみたいにピアーズにのぼせ上がっていた頃、私の夫は女性役人の魅力的な友人を食事に誘っていたのです。

「へえ、そうなの」私の声はこわばっていました。

「ダーリン、食事をしただけだよ」そう言うロドニーもかなり動揺した様子でした。「あの時なぜ君に話さなかったのか、自分でも分からないよ。僕がバカだったんだ」

「大したことじゃないわ」と私。「言う必要もないんじゃない？　だって、私だってハリーやピアーズとランチを何度もしたけれど、いちいちあなたに報告してたかどうか分からないし……」

「ランチはいいさ。でも、ディナーはなんとなくちょっと違うだろ」

「ええまあ、あなたがそう言うなら、たしかに違うかもしれないわね。彼女といて楽しかった？　ミス・ベイツだっけ？」

「ある意味ではね。妙なことに、彼女といると君のことを思い出すんだ。あの小さなリージェンシー風ソファみたいなのに超然とクールに座ってるところなんかがさ……」

「そのリージェンシー風ソファってどこにあったの？　彼女のフラット？」

「ああ。リージェント・パーク近くの小さくていい場所だ」ロドニーは真面目な顔です。

「なんだか居心地悪そうね」私は冷淡に言いました。

「リージェンシー風の家具は快適とは言えないからな」ロドニーの口が引きつりはじめ、それから突如、私たちはどうしようもない笑いの発作に陥ったのでした。だから、夕食前に置き忘れた編み物を取ろうとラウンジへ入ってきた老女が、驚愕の表情を浮かべてそそくさと退散してしまったのです。

「そんな話を告白するのに、なんて妙な場所を選んだものね」私は弱々しく言いました。「それに私もハリーやピアーズのことを言ったから、これで秘密はないわね」

でも、笑い止んでから考えてみると、それほど滑稽なことでもなかったのかもしれません。ロドニーはけっして他の女性に目を向けるタイプではないとばかり思っていたのです。でも、実際にはそうすることもできて、現にそうしていたという事実から、私はなにかを学ばねばならないのです。いったい何を学ぶべきなのか、それは自分でも定かではありませんでしたが……。

第23章

「法衣をお召しになりますか?」私たちが列になって郊外の教会に入ろうとしていると、聖職者が同僚に尋ねている声がしました。その日の午後、その教会でマリウス・ラブジョイ・ランサムが教区司祭に就任することになっていたのです。

「もちろんですとも!」その同僚は意気揚々と答えました。二人とも小さなスーツケースを抱えていました。おそらく、そこからしわくちゃの小白衣を取り出すのでしょう。

私たちの人数はかなりのものでした。バス二台分の友人や有志が聖ルカ教会から訪れたうえ、コールマン氏のハスキーも満員で走ってきたのです。常連の信徒たちの席をたくさん奪っているのだろうなと意識しながらも、あまり気にしすぎないことにして、私たちは教会の前のほうを占拠しはじめました。ミス・プリドーの隣の席でひざまずいて祈っていますと、最後尾の列からヒソヒソ声が聞こえてきました。そして、私がちょうど腰かけようとすると、二人の婦人がわれわれを押し分けて進んできて、周辺をけげんそうな顔で見まわしながら腰を下ろしました。まるで見慣れぬ環境にきた動物のようです。

「就任式が大好きでね」まるで結婚式のことを話すように、感傷的な声でミス・プリドーがささやきます。「それにランサム司祭の最初の教区でもあるわけだしね……すばらしい日だよ」「そうですわね、彼がここに長く留まられるといいですわね」そう言ってから、適切な発言だったかしらと考えました。というのも、結局のところ、結婚とはわけが違うのです。結婚の場合、二人が長いあいだ（できれば永遠に）「留まる」ことが望ましいわけですが……。

美しい教会というわけではありませんでしたが、かすかなお香の匂いが嬉しかったです。何列にも連なって座る聖職者たちをしげしげ眺めて、知っている方を探し出そうとしました。マリウスの友達の哀れなエドウィン・セインズベリー（今ではローマ・カトリック教の平信徒です）も教会のどこか後方で隠れるようにしておられるのでしょうか？それとも彼は、このような式に出席することも許されないのでしょうか？それにしても、迷いや疑念をすっきり解消させた友人が、この裕福な郊外の教区に職を得て、快適そうな近代的司祭館と無限の「可能性」（と宗教関係の文書には書かれます）を手にする姿を目の当たりにするのは、彼にとってなかなか辛いことなのではないでしょうか？彼の姿はどこにも見あたりませんでしたが、そのとき思い出したのです。彼は今頃エクスムーアをさまよって、秋の薄霧のなか、あれこれと考えているのかもしれません。

メアリーがかなり近くに座っているのに気づきました。グレーのコートとあまりに飾り気のない帽子をかぶった彼女は、もうすでに司祭の妻らしく見えます。今日の機会はすこしばかりの華やかさを必要とするだろうと判断した私は、羽飾りの付いたエメラルドグリーンの縁なし帽を黒いスーツに合わせていました。

「ほら！」ミス・プリドーが肘で私をつつきます。「彼が入場してくるよ」

「教区委員が司祭指定者を内陣入り口近くの身廊席へと導く」私は式次第を読みました。そのときマリウスが入場してきました。真剣な面持ちをした彼はとびきりハンサムに見えます。まるで、彼を席へ誘うずんぐりむっくりの教区委員二人の上にそびえ立つかのようでした。私たちが賛美歌を歌っているあいだに、主教や他の司祭たちも入場してきました。式はさらに進みます。新司祭が教会のいろいろな場所に連れられて、主の助けのもと万事を執り行いますと誓約する段に達したとき、私は心配になりました。マリウスは、自分には任が重すぎると感じるのではないでしょうか。でもたぶん、よい奥さんと快適な家を得て、しかも気まずいほどに多額の故ビーミッシュ夫人の遺産もあれば、なんとか彼もがんばってゆけることでしょう。

主教の話は短くて的を射たものでした。先週も監督区内で教区司祭を就任させたそうですが、その教会は古くてとても美しいものだったそうです。一方、私たちがその午後にいた教会は美しいとは言えませんでしたが、美しさがすべてだなどと考えるべきではないと主教はおっしゃいました。美にはなんの価値もない――そこまで言い切りはしないが、人が思うほどに重要なものではないと諭されたのです。

この時点で私の心は宙をさまよいはじめ、ふと気づくと私は、マリウスの容貌がこの教会の欠点を補ってくれるわ、などと考えていたのです。もちろん主教はそんなことを言うわけにもいかないでしょうが、信徒のなかにそう思う人がいても不思議はありません。

間もなく私たちは最高に心を込めて「教会は神の御国」を歌いました。式が終わると、私たちは焦れる気持ちを礼儀正しく抑えながら、お茶の供されるホールへと向かったのです。

メアリーは人ごみをかき分けて、私のほうへ駆けてきました。例の熱意あふれる真剣な顔をしています。

「ウィルメット、会えてほんとに嬉しいわ！　出てこれたのね。それに聖ルカ教会からあんなにたくさんの友達も来てくれたのね。バス二台分よ。ほんとに予想外で……」

「テムズ司祭も嬉しそうね」私は言いました。「いろいろあったけれど……。これでよかったんだとお分かりになったはずよ」

「そうね、ようやくマリウスが結婚することを受け入れてくださったみたい。結婚祝いにとても素敵な陶器を送ってくださったわ。ドレスデンとかなんとかいう物……。ほら、司祭の書斎に置いておられるような品よ」

「家具はちゃんと保管所から戻ってきたの？」私は訊きました。

「ええ、もちろん。ぜんぶすばらしい状態でね」

「そうでしょうね」物思いにふけって私は言いました。ピアーズと二人で保管所の横を歩き、家具のひどい腐敗ぶりや、その奇怪で恐ろしげな様子などについて突飛な想像を巡らせたことを思い出していたのです。もちろん現実にそういうことはなかったわけで、たぶんそのほうがよいのですが……。

「で、あなた、ほんとに幸せなの？」そう尋ねたものの、必要のない問いでした。彼女の顔はキラキラと輝いていたからです。

「ああ、ウィルメット、完璧よ！　欲しいものはすべてあるわ。ずっと思ってるの。まるで幸せのグラスみたいだって……つまり人生のことを言ってるんだけど」

「ジョージ・ハーバートの詩ね」私は言いました。

　　神が初めて人間を創りたもうたとき
　　幸せのグラスを手に人間のかたわらに立たれ……

「でも、残りの詩行も忘れないようにお願いしますよ」マリウスの魅惑的でけだるい声がしました。

「ありとあらゆる幸せを人間に与えられた後も、神は「安らぎ」だけグラスの底に残しておかれる……。これこそ、悩める郊外教区の司祭にはまさにピッタリです。まったく、なんて午後でしょう！もうヘトヘトですよ」

「あなたが「悩める郊外教区の司祭」だなんて、考えるだけでも楽しいわ」私はそう茶化して、意地悪も言いました。「それに、日曜には三十九箇条を読まないといけないのでしょう?」

「やれやれ、その通りです。免れるわけにはいきませんよ。声がもつだろうか?」

「朝と夕べに分けることもできるんでしょう?」メアリーは現実的です。「あ、お茶が出てきたわ。よかった！」

　にこやかな笑顔を浮かべた女性——鼻眼鏡をかけ、動物の尻尾のファーで縁飾りをした、かなり変てこな帽子をかぶっています——が紅茶を載せたトレイを持ってやってきました。お茶を受け取ったグリーンヒル夫人は、毒が入っているのを心配しているのか、あるいは自分の淹れたお茶と比べているだけなのか、疑わしげな表情でそれをすすっていました。

「残念ながらラプサンでもなければ、アールグレイですらありませんね」マリウスが低い声で言います。「でも、さいわい僕はテムズ司祭と違って、インド紅茶を飲めますからね。彼からお聞きになりましたか？　四十年以上も司祭をやっていて、インド紅茶を飲むことができないだなんて！」

「ええ、そうおっしゃってましたわ」そう言いはしましたが、紫の帽子とマスクラットのケープを身につけた地位の高そうな女性が、新司祭夫妻に近づいてきたので、私は気を利かせてその場を離れ、コールマン氏の側へ行きました。ファベルジェの卵の件を共有したにもかかわらず、彼にはいまだに話しかけにくくはあるのですが……。

「この教会、どう思われます？」うまく会話になるかと期待しながら訊きました。

「なかなか素敵ですね」との返事。「嬉しい驚きですよ、実のところ。大ミサをするにはちょっと窮屈な感じですが、でもたぶん、すこし工夫すれば大丈夫でしょう。ちょうどここの司式者と話してたんですがね」

「情報交換ができたんじゃないですか？」

「その通り。そしてちょっとした情報を仕入れましたよ」

「ちょっとした情報？」

「どうやら、聖歌隊用の聖具室の壁に菌類が生えてたそうです」コールマン氏の青い目がキラリと光りました。

「菌類？」おぼつかない口調の私。「菌類って、あの、キノコとかその手のもののことですわね？」

「そう、その通り。いやあ、きわめて興味深い話ですよ。ほぼ確実に、乾燥腐敗が起こってるってことですからね」

「あらまあ」私はありきたりな反応をしました。さっそくマリウスの取り組むべき課題がここにありました。ビーミッシュ夫人のお金を役立てられるわけです。そうしたら、いわば「男を上げる」こともできるでしょう。

「魅力的ですな、乾燥腐敗というのは」コールマン氏は続けます。

乾燥腐敗を研究するのが趣味なのかしら？　そう思ってしまうくらいに、彼は強い関心を示していました。彼の人生もなかなか充実したものに違いありません！

「フォーサイス夫人じゃありませんか？」とどろき渡るような男性の声。ふり返ってみると、高そうなコートを着た長身の男性が側にいました。メアリーのお兄さんの一人だと気づきました。ビーミッシュ夫人のお葬式のあった一月の午後、私を追いかけてきて、メアリーが修道院に入らないように説得してくれと頼んだ人です。

「前にお目にかかったときと今日とでは、大違いですな」

「ええ、今日のほうがずっと嬉しい日ですね」私も同意しました。「とてもフレンドリーな教区のようですし。メアリーとマリウスはここでぜったい幸せになれますわね」

「やはり僕の読みは間違ってなかったってことだな」ジェラルド・ビーミッシュはクックッと笑いました。「なのに世間じゃ女の直感なんて言うんだよな！　物事がどう動いていくか、僕にはすぐ見えましたよ。メアリーはあいつに夢中だったが、彼は非婚とかなんとか言い張る――まあ、若い司祭にありがちな話ですがね。それでメアリーが修道院に入ってしまうと彼は気づくんだ。チャンスを逃したと。メアリーにしてはなかなか賢い動きだったな——彼女にあんなずる賢いことができるとは夢にも思いませんでしたよ。女性を見くびっちゃあいけない、そういうことですね」

「その通りです」私もうなずきました。「でももちろん、メアリーが修道院に入ったのは、そうした理由からではありません。それが自分には最高の生き方だと、ほんとうに確信しておられたんですから」

「しかし、男前の夫はそれよりなお「最高」でしょう?」ケーキの最後の一口を頬ばりながら、彼はクスクス笑いました。「さて、ここでの菓子パン争奪戦も、もうたくさんだ……まあ、メアリーに会いにきただけですからね、実のところ。ほら、家族の支えとかそうしたもんですよ。こっそり抜けてもいいですよね?」

「ええ、そう思いますわ」私は答えました。「私はもうすこし長くいないと。聖ルカ教会からみんなでバスに乗ってきてますので」

それから間もなく、このパーティー(と呼んでもいいと思うのですが)はお開きになりました。メアリーにさよならを告げると、「来週かならずお茶に来てね」と言われました。私たちがバスに乗り込んでいると、メアリーとマリウスは道路まで出てきました。手を振る二人に見送られて、われわれ一行は出発しましたが、帰路は長いものになりそうでした。郊外の並木道や、新しく建てられた醜悪な店や小さな家々のあいだを走り抜けてゆくのですが、それらを見るだけで私の心は絶望で満たされるのです。われわれのバスの前をコールマン氏のグレーのハスキーが、弓から放たれた矢のように疾走し、あっという間にはるか前方へ消えていきました。

「お茶はなかなかのものだったね」グリーンヒル夫人が友人のスプーナー夫人に言っているのが聞こえました。

「そうだね。でも、あの教会ホールは使い勝手が悪そうだよ」というスプーナー夫人の返事。「まともな流しがなかったよ、実際。少なくとも私は見かけなかったよ」

「じゃあ洗い物はどうしてるんだろうね?」とグリーンヒル夫人。「そりゃ、やりにくいだろうよ、まともな流しがないんじゃあね」

ここにもビーミッシュ夫人の遺産が使えるわ……私は思いました。車の購入、乾燥腐敗、そして流し……すぐにお金もなくなるでしょう。そうして、メアリーとマリウスは彼らの立場に似つかわしく、清貧の身になるのです。

でも、お金があろうとなかろうとメアリーは幸せになるでしょう。人生は〈幸せのグラス〉のようなもの……彼女の喩えについてゆっくりと考えました。それから、おのずと自分の人生についても考えたのです。私だってメアリーと同じだけのものを持っています――私の人生も〈幸せのグラス〉であってよいはず……そうでない理由はどこにもありません。ひょっとしたら、私が気づかなかっただけで、これまでもずっとそうだったのかもしれません。

バスが聖ルカ教会のホールの横に止まりました。

「やれやれ」ボード司祭が、いつものように歯をむき出して微笑みます。「万事うまく行きましたよね。ランサム司祭はあそこで立派にやってゆくでしょう」

私は道を曲がって、新居のある通りに入りました。家ではロドニーが待ってくれているはずです。その夜はシビルとアーノルドも一緒に、皆で食事をすることになっていました。素敵な一日の終わりにふさわしい幸せな時間となることでしょう。

訳注（本文の該当箇所に＊あり）

六頁　『恋愛とルイシャム氏』（一八九九年）のことであろう。賢いけれども貧しい主人公は、ピアーズのように語学の才能があり、教師をして生計を立てる。
六頁　低教会派のこと。英国国教会において福音を強調する一派。「高いほう」はローマ・カトリック教会に近い高教会派（アングロ・カトリック派）のこと。
二二頁　架線からポールで集電し、軌道のない道路上を走行するバス。ロンドンでは二十世紀半ばに三十年ほど走っていた。
二四頁　カトリック教会では、金曜は肉食を慎むべきとされ、魚を食べる習慣があった。
二八頁　ベルグレイブ地区は高級住宅街。サヴォイ・オペラ『アイオランシ』の歌をひねった引用。
三四頁　オーストリア皇太子ルドルフと愛人マリーがマイヤーリンクの猟小屋で謎の死を遂げたのは、実際には一八八九年であった。
八四頁　英国の小説家ウォルター・ペイターによる小説（一八八五年出版）。
九六頁　十七―十八世紀の彫刻家。装飾的なバロック彫刻で知られる。
一一三頁　イギリスの小説家・詩人ウォルター・ジョン・デ・ラ・メアの詩。
一四六頁　住人の大半が年配の婦人であるイングランドの静かな田舎町クランフォードの生活を描いた小説。
一四九頁　ファベルジェは十八―十九世紀ロシアの金細工師・宝石職人で、彼の工房で製作した宝石や細工物はヨーロッパやアジアの王室で珍重された。
二〇五頁　詩人T・S・エリオットは『荒地』において、死んだ土地にライラックを生やし、思い出と欲望をないまぜにする四月を「残酷な月」と歌った。
三四一頁　英国ロマン派詩人ワーズワースの詩「ルーシー」より。

訳者あとがき

処女作『なついた羚羊』（一九五〇年）を皮切りに、バーバラ・ピムは着々と作品を世に送り出した。第五作にあたる『幸せのグラス』（原題：*A Glass of Blessings*）は、一九五五年〜五六年に執筆、五八年に出版された。『よくできた女《ひと》』（一九五二年）とともに前期ピム喜劇の双璧的存在として評価はきわめて高い。

語り手をつとめるヒロインは、ロンドンの高級住宅街で役人の妻として何不自由ない生活を送る、三十三歳の美しきウィルメット・フォーサイス。優しい夫ロドニーと風変わりな義母シビルと暮らす。教会活動や献血など多少の「善行」はするものの、家事は家政婦まかせ、子供もおらず、気ままにおしゃれや買い物を楽しむお気楽そのものの有閑マダム……と見える。しかし実のところ彼女は人生に退屈し、そっけない夫への不満や子のない寂しさも抱えて満たされぬ日常を過ごしているのだ。そんな彼女の前に現れたのが謎めいた美男子ピアーズ。酒癖が悪く、危なっかしい彼に心惹かれるウィルメットは、自分の不倫願望には無自覚のまま「ピアーズ改良計画」という大義名分のもと彼に接近し、のめり込んでゆく。

「大事件」はめったに起こらぬピム文学の例によって、このロマンスが実現することはなく、作品後半ではウィルメットがひとり相撲をとっていたことが判明する。さらに彼女は、自分の知らないうちに周囲の人々がそれぞれに人生を充実させていたことにも気づき、憤慨する。しかし最後には、自己認識や他者理解が不十分であったことを素直に認めるとともに、すぐそばにある幸福をも再認識するのである。ウィルメットのロマンスや家庭生活をあつかう主筋に、教会を中心とする人間模様を描く副筋がみごとに絡みあい、小説世界に奥行きと広がりを与えている。いかにもピム的な色とりどりの個性派キャラクターたち（美に執着する司祭、考古学に夢中で不可知論者の義母、ゴシップとグルメ好きの家政夫、腹立たしいほどに「よくできた女」など）ががっちり脇を固める。どこにでもありそうで、でもなさそうなロンドン中流社会の一断面をユーモアと諧謔まじりに活写するという、まさにピムのお家芸が余すところなく披露される。

さて、ヒロインが（日本で言うところの）「セレブなマダム」でしかも美人とくれば、自分には縁遠い存在と思われる方も多いかもしれない。しかしこのウィルメット、おそらくピム小説のヒロインでは、読者がとりわけ親近感を覚えるキャラクターではないか。夫不在の自由で空虚な時間、倦怠感ただよう夫婦関係、ファッションや買い物への飽くなき関心、夫以外の男性とのロマンス願望、キャリア・ウーマンや子のある女性への劣等感など、彼女の生活や関心、悩みは、現代日本の女性たちとも大いに通じるところがある。

しかし、ウィルメットがなによりも読者の共感を呼ぶ理由は、彼女が欠点だらけのダメ女であること。いい人すぎるミルドレッド（『よくできた女』のヒロイン）とは大違いで、ウィルメットには突っ込みどころが満載である。自分の容貌や魅力についてのうぬぼれは半端ではない。物事の外面にとらわれて、つい大切なことをおろそかにしてしまう。教会でもイケメンについ目がいったり、知り合いの毛皮の種類が気になったりしてお祈りに集中できない。親友の夫からの誘惑を断ることもしなければ、男の甘い言葉にロマンス妄想を全開させるなど、人妻としてのモラルも疑わしい。独善的で偏見も強いし、おまけに視野は狭いとくる。

しかしそれでいて憎めない。というのも、ウィルメットのダメさ加減が、ピムの人間愛とユーモア溢れる筆づかいにより、あくまで愛すべき「困ったちゃん」レベルに留められているから（ちなみにウィルメットはピム自身の一番のお気に入りキャラクターでもある）。さらにいえば、彼女の垣間見せるうぬぼれ、偏見、ずるさ、欲望は、よほどの聖人か偽善者でないかぎり誰しもが自分のうちに感じつつも、なかなか口にはできないものだろう。だからウィルメットが悪びれずにそれらを吐露するとき、読者はときに反発を覚えることもあるが、逆に思わず「そうそう」と苦笑したり、よくぞ言ったと快感を覚えることさえある。それゆえ本作の読者は、ウィルメットがよりよく生きようと悪あがきしたり、自らの欲求をしたたかに追い求めたり、その結果ガッカリしたり憤慨したりして、でも最後には悟りと救いを手に入れる過程を、ときに共感しながら、ときに心理的共犯関係に入りながら、ときにはツッコミを入れたり呆れたりしながらも楽しむことができるのだ。ヒロイン以外にも多くの「難アリ」キャラクターが登場するが、ピムはいずれをも断罪することなく、彼らのどうしようもない性癖やバカバカしい執着ぶりを皮肉とユーモアたっぷりに描きだして笑い、最終的には愛すべき人間の姿として受け入れる。

批評家マイケル・コッツェルが「『幸せのグラス』の成功はもっぱら語りの手法、つまりウィルメットを語り手に選んだことによるものだ」と指摘するように、本作の魅力は、偏見や自己欺瞞に満ち満ちた主人公が語り手になることで生まれる複雑な読書体験にもある。一方においてウィルメットの一人称語りは、圧倒的な直裁性と親近感でもって読者をグッと巻き込み、彼女のロマンス体験や内面世界を共有させてくれる。しかしその一方で読者は、語り手の観察眼には限界があり、その判断や認識が当てにならないことに気づかずにおれない。そのため、ときおり小説の語りから距離を置き、彼女の認識や言動をアイロニカルに眺めることにもなるのだ。ウィルメットの曇った目に映る「現実」と小説世界の現実とのズレを意識し、その齟齬がもたらすアイロニーを楽しむことが、本作を読む醍醐味のひとつである。ちなみに『よくできた女』のミルドレッドは、ピム小説中でもう一人の私語り《わたしがた》りヒロインである。ミルドレッドのほうは抜群の洞察力と観察眼でもって周囲には見えないものまでを鋭く見とおし、語り出してくれるため、読者は彼女に全幅の信頼を寄せつつ、もっぱら彼女の視点から物語を楽しむ。同じ一人称語りの小説といえどもずいぶん異なる読書体験を提供しているのである。

一九七七年に「再発見」されて以来、生誕百周年の二〇一三年を過ぎた今に至るまで、英米圏でのピム人気は衰えるところを知らないが、なかでも『幸せのグラス』は、多くの批評家がこよなく愛する作品である。最強のピム擁護者でもある詩人フィリップ・ラーキンは本作をピム作品のなかでもっとも巧緻な最高傑作とみなす一方、批評家デイビッド・セシル卿もまた『よくできた女』と本作とが、(一九七七年の時点で)二十世紀英国における最良の上流喜劇だと断言した。ピム愛読者として知られる著名な批評家ジョン・ベイリーも、二〇〇九年の新版に寄せた序文のなかで本作を「一番のお気に入り」とする。「二〇世紀のジェイン・オースティン」とも呼ばれるピムだが、とくに本作は、恵まれた境遇にある、魅力的だが欠点だらけのヒロインが、失敗の後に成長するという点でオースティンの『エマ』に比されることが多い。さらにアイリス・マードックやマーガレット・ドラブルといった二十世紀の主要女性作家との類似点を指摘して本作を称揚する批評家もいる。

ほとんどのピム作品と同じく、本小説でも社会変革はおろか、共同体や家庭を揺るがす事件や騒動はなにも起こらず、多少の波風は立っても最終的には平穏無事な日常が淡々と流れてゆく。その意味で本作は「保守的」な小説といえるであろう。しかしピムは保守に安住しているわけではない。本作が執筆された一九五〇年代後半といえば、戦後の混乱や非常事態が収束するなか、伝統的価値や規範が変化・多様化していった時期である。規範と規範外、常識と非常識、正統と非正統などを分かつ境界線・区分が脅かされ、撹乱され、問い直され、ときには修正されてゆく……そんな変化しつつある社会の兆候を、ピムはいっけん「平穏無事な」日常のなかに丁寧に描きこんでいる。第二派フェミニズム運動や「怒れる若者」といった大きな文化的うねりの起こるすこし前のこの時期、ピム自身はまだ順調なキャリアを重ねていた頃ではあったが、彼女も時代の変化を感じずにはおられなかったはずだ。だからこそ、居心地のよい風習喜劇の枠に安住することなく、その枠内ギリギリのところでひそかに実験的試みを行っていたのである。一例として、ピアーズとキースの同性愛的関係を挙げることができる。同性愛が犯罪とされた時代の制約もあって、その描写はかなり曖昧なレベルに抑え込まれており、日本人読者にはなかなかピンとこないかもしれないが、気をつけて読んでみると、ピムがこのきわめてセンシティブで厄介な問題を、細心の配慮をもって描いていることが分かる。

なお、原題は十七世紀の宗教詩人ジョージ・ハーバートの詩「滑車」("The Pulley", 1633) の二行目から取られている。力、美、知恵などさまざまな恵み (blessings) の入った盃を手にした神が、それらを人間にいかに与えようかと思案している、そんな詩である。終盤でヒロインが悟りと安らぎを得る場面に、この詩がうまく活かされることになる。宗教的な響きを保つためには「恵み」「祝福」といった訳語を用いるべきかもしれないが、より一般的な「幸せ」という言葉をあえて選んだ。

末筆ながら、いつも的確なアドヴァイスとあたたかい励ましの言葉をくださる編集者の尾方邦雄氏に心より御礼申し上げる。また細々とした英語表現やイギリス風俗に関する私の質問の嵐を、イギリス紳士（？）的な忍耐と寛容の精神でさらりと受けとめ、丁寧に説明してくださるデイビッド・チャンドラー氏にも深く感謝したい。

二〇一五年四月一日

芦津かおり

著者略歴

(Barbara Pym, 1913-1980)

イングランド・シュロップシャー州のオスウェストリーに生まれる．オックスフォード大学セント・ヒルダ・コレッジ卒業．1950年，『なついた羚羊』でジョナサン・ケープ社からデビュー．『よくできた女』で作家としての評価を確立して活躍しながら，60年代から70年代にかけて作家としては不遇となる．しかし1977年『タイムズ紙文芸付録』のアンケートにおいて「もっとも過小な評価を受けた20世紀作家」として脚光を浴び，その後，『秋の四重奏』などを出版した．「20世紀のオースティン」の呼び声も高く，没後再評価の気運も高まっている．

訳者略歴

芦津かおり〈あしづ・かおり〉京都大学文学部卒業，同大学大学院修士・博士後期課程修了．現在，神戸大学大学院人文学研究科准教授．イギリス文学．主にシェイクスピア劇を中心に研究している．訳書にバーバラ・ピム『よくできた女』(みすず書房, 2010) 論文に "*Hamlet* in the Context of French-English Royal Politics," *Studies in English Literature* 45（日本英文学会），"Shiga Naoya's Claudius' Diary," *Shakespeare Jahrbuch* 140（ドイツシェイクスピア協会），"Politicizing Hamlet—Shohei Ooka's *Hamlet's Diary*," in *Unbroken Wings* (Universal: Tbilisi, 2010) など．

バーバラ・ピム

幸せのグラス

芦津かおり訳

2015年 4月28日　印刷
2015年 5月 8日　発行

発行所 株式会社 みすず書房
〒113-0033 東京都文京区本郷5丁目 32-21
電話 03-3814-0131（営業） 03-3815-9181（編集）
http://www.msz.co.jp

本文組版 キャップス
本文印刷・製本所 中央精版印刷
扉・表紙・カバー印刷所 リヒトプランニング

ISBN 978-4-622-07909-5
［しあわせのグラス］